마음으
讀서

마음으로 읽는 책 · 마음을 읽는 책

마음讀서

마음으로 읽는 책 · 마음을 읽는 책

장길섭
지음

나마스테

여는 글

어느 날, 한 친구가 이렇게 묻습니다.
"선생님, 음악은 왜 들으십니까? 많이 들으신다면서요."
"많이 듣지. 외로우니까."
"그럼 책은 왜 읽으시나요?"
"가슴이 고프니까 읽지."
"일은 왜 하세요?"
"사랑하고 싶고 사랑 받고 싶으니까 일하지."
얼떨결에 답한 건데 나중에 돌이켜보니 잘 한 거 같아요.
왜 책을 읽는가, 그건 정말 가슴이 고프기 때문이거든요.
배가 아닌 머리가
배가 아닌 가슴이 고파서
영혼이 고파서 나는 책을 읽습니다.
만권독서, 만리여행.
내가 참 좋아하는 말입니다.

지식기반사회에서는 책을 읽지 않고는 길을 찾을 수가 없습니다. 과학과 종교, 예술과 철학이 영성으로 통합되는 세계에 도달할 수가 없는 것이죠. 그건 농경사회나 산업사회 때도 마찬가지였습니다.

구석기시대 때 가장 잘 산 나라가 어디인지 아십니까? 바로 이집트예요. 신석기 때까지 번영의 문화를 누렸지요. 그 이유는 '헤르메티카 Hermetica'라는 지혜의 책을 그들이 갖고 있었기 때문입니다. 비전되던 그 책은 사람들을 깨어나게 만드는 마력을 지니고 있었지요. 다시 말해 그 책을 읽은 사람은 의식이 트이고 용감해지고 기술과 요령이 생겨서 다른 나라, 다른 부족을 이기는 힘을 얻게 되는 거예요.

그런 지혜를 담은 책들이 알렉산더 대왕이 세운 도시 알렉산드리아에 모이게 됩니다. 그리고 헬레니즘 시대의 문명을 주도한 그 도시에 세계 최초의 거대한 도서관이 세워지게 되지요. 이름 하여 〈알렉산드리아 도서관〉입니다. 약 50만 두루마리가 넘는 분량의 책을 소장했다고 하니, 굉장하지요.

그 책들을 제일 먼저 습득한 이들이 그리스인들이고, 그리하여 그 시대 최고의 지식이 그리스로 이동하게 됩니다. 그 이후 로마로 건너가면서는 중

세 가톨릭에 의해 절단나기 시작하지요. 그런 책을 읽으면 사람이 변하고 단단해지니까요. 말이 달라지고 행동이 달라지고 어떻게 조종할 수가 없어지니까 탄압을 하는 거예요. 책은 불온문서가 되어 불태워지고, 사람들은 졸지에 마녀가 되고 사탄의 계시를 받은 이단자가 되어 화형대에 서게 됩니다. 새로운 세계를 보고 거기서 뭔가 창조할 힘을 얻은 이들의 모진 운명이죠.

탄압 속에서 책과 지혜들이 대이동을 시작해 피렌체로 갑니다. 피렌체에는 메디치가라는 로마 교황청의 재정을 담당하던 집안이 있었거든요. 돈 있는 집안에서 헤르메티카나 카발라Kabbalah와 같은 지혜들이 담긴 책들을 모은 거지요.

그것을 갈릴레오가 읽고, 다빈치가 읽고, 미켈란젤로가 읽고, 라이프니치, 뉴튼, 모차르트, 아인슈타인과 같은 지식인이나 예술가들에게로 전수가 됩니다. 그리하여 그들 지혜는 각각 건축과 그림, 과학이론과 글로 표현되어 인류 문명의 거대한 보고寶庫로 남게 되고요. 거기에 삶의 비밀이 있고 우주의 비밀이 있으니까, 그걸 접하면 인류의 바코드를 읽을 수 있는 혜안이 열리니까, 똑똑한 이들은 다 그런 책들을 읽으려고 한 게 아니겠습니까?

다시 책 이야기로 돌아가서 우리나라 얘기를 좀 해봅시다. 나는 우리나라가 이 정도로 살 수 있는 것은 전적으로 책을 읽었기 때문이라고 생각해요. 못 살던 시기에도 선각자들이 미국, 유럽에 가서 각 부문의 앞서가는 지식을 들여왔지요.

북한이 그처럼 못 사는 이유가 뭘까요? 그건 지식을 가진 사람이 없기 때문입니다. 어떤 사람이 그래요. 미국은 앞으로 멸망할 것이라고. 왜? 유학을 가는 인간이 없다는 거예요. 나가서 안 배워오니까 멸망하는 게 당연하다는 얘기지요. 그러자 어느 미국인이 이렇게 반박합니다. 우린 안 망한다고, 나가서 배워오지 않는 대신 일류 지식인들을 데려와서 쓰는데 왜 망하냐고 말입니다.

미국이 어떤 나란지 아십니까? 일 년에 일만 명씩, 각 분야에서 세계 최고의 지식을 가진 인재들을 데려다 쓰는 나라예요. 얼마 전에 어떤 사람도 이런 말을 합니다. 삼성 이건희 회장의 능력은 새로운 지식을 가진 사람을 다른 회사에 앞서 먼저 스카우트하는 거라고. 전 세계 돌아다니면서 하는 일이 그거예요. 인재를 발견하면 몇 십 억씩 줘가며, 전용비행기 태워 데려오는 거죠.

가족들까지 다 책임집니다. 왜죠? 몇 십 억을 줄 때는 몇 조를 다시 벌어들일 거라는 기대가 있지 않겠습니까? 지식을 갖고 있으니까 그게 가능하다고 보는 거예요.

그러면 우리 같은 보통사람들은 어떻게 하면 되겠습니까? 내가 돈이 많다면 데려다 쓰면 돼요. 하지만 그것도 한계가 있지요. 옛날에 김영삼 전 대통령이 그랬잖아요. 머리는 빌리면 된다고. 그런데 멍청한 사람은 절대 똑똑한 사람 못 데려다 씁니다. 잘난 사람을 가려볼 눈이 없는 것이죠. 그러니 우리가 지식을 만나기 위해 지금 당장 할 수 있는 가장 좋은 방법은 책을 사서 보는 겁니다.

한 권의 책을 쓰기 위해 저자는 그 분야의 전문가들을 만나고 수백 권의 관련 책을 탐독하는 데 몇 십 년을 보냈을지도 모릅니다. 어쩌면 평생 걸려 썼을 수도 있지요. 그걸 우리는 일이만 원에 살 수 있는 겁니다. 또 짧게는 하룻밤 사이에, 길게 잡아도 1, 2주면 얻는 거예요. 그러니 너무 손쉽고 간단하지 않습니까?

내 꿈은 나를 만나는 사람들이 풍성한 삶을 사는 것입니다. 가슴 뛰는 일을 하고, 또 주변 사람들을 아끼고 사랑하면서 사는 겁니다. 이런 내가 좋아, 다시 태어나도 나는 이런 삶을 살 거야, 라고 말하면서 사는 겁니다.

내가 안내하는 수련도 다 그런 삶을 살게 하기 위함입니다. 그런데 이 수련을 좀더 명료하게 하기 위해서는 개념을 정리하는 것이 필요하다 싶더군요. 그래서 책을 소개하는 것입니다.

지금부터 제가 소개하는 책들은 삶을 예술로 만들어가는 데 도움이 되는 길잡이와도 같은 것들입니다. 얼추 150권을 가려 보았어요. 서재에 꽂힌 책들을 뺐다 도로 꽂았다 하면서요. 막상 해보니 선정하는 작업도 보통 어려운 것이 아니네요. 중간에 권수가 줄지 늘지 잘 모르겠습니다. 어쨌건 일단 한번 가 보자고요. 만권독서, 만리여행입니다.

자, 준비되셨지요?

차
례

영혼은 늘 목마르다

꽃들에게 희망을

어린왕자

삶의 모든 것

나는 책을 안 읽는 사람이었습니다. 굳이 변명을 하자면 어린 시절에 책을 가까이할 기회가 별로 없었어요. 초등학교 2학년 때 책이라는 걸 처음 봤는데, 그게 하필이면 만화책이었지요. 그러다 4, 5학년쯤 되었을 땐가, 우리 면의 지서장 자리에 새로 부임해 온 분이 지서에 도서문고를 만들면서 애들에게 책을 빌려주기 시작했습니다. 그 때 처음으로 이순신과 에디슨 위인전을 읽었어요. 사실 그 전엔 지서를 좀 무서워했는데 책을 빌려주기 시작한 다음부터는 더 이상 겁내지 않게 되었죠.

그 이후 책을 다시 만나게 된 건 신학교 가서입니다. 행복했죠. 특히 기숙사에서 공부할 때는 그야말로 책에 머리를 박고 정신없이 읽었습니다. 저녁에 읽기 시작해서 새벽이 훤하게 밝아올 무렵 책장을 덮곤 했으니까요. 『꽃들에게 희망을』도 그 즈음 만난 책입니다.

영혼은 늘 목마르다

가장 먼저 소개할 책으로 무얼 고를까 무척 고심했습니다. 책들이 막 싸우더라고요. 자기 먼저 소개해 달라고.(웃음) 끝까지 남은 책이 『꽃들에게 희망을』하고 『어린왕자』 두 권인데 결국 『꽃들에게 희망을』이 앞자리를 차지했지요.

삶의 또 다른 문이 열리다

저자 얘기를 좀 할게요. 트리나 폴러스는 조각가이자 공동체 삶을 산 여성운동가예요. 이 책을 책상머리에서 쓴 게 아니란 얘기지요. 내 생각에 그는 어느 날 자기 운동에, 자기 예술에 한계를 느끼고 그를 넘어서기 위해 이 책을 쓴 게 아닌가 싶어요. 그것도 누구나 이해할 수 있도록 동화라는 형식으로 말이죠. 그래요. 이 책은 동화입니다. 어른을 위한 동화죠. 30분이면 다 읽을 만큼 쉽습니다. 그러나 그림을 찬찬히 들여다보고 내용을 마음에 새기면서 읽으면 도저히 그렇게 빨리 못 읽죠. 나중엔 그림만 봐도 내가 살아온 삶이 어떠했고 앞으로 살아야 할 삶은 어떠해야 하는지 알 수 있게 됩니다.

이 책은 묻습니다. 이 세상에 나비가 없다면 어떻게 될까? 꽃들이 피어날 수 있을까? 그리고 대답합니다. 꽃을 위해, 향기로운 세상을 위해 나비를 만들어야 하지 않겠냐고. 이것은 예수와 붓다, 그리고 소크라테스가 꾼 꿈과 다르지 않습니다. 그들 역시 염려했습니다. '꽃과 향기가 없다면 이 지구가 얼마나 쓸쓸할까. 최고의 꽃은 사람인데, 사람이 자기 안의 꽃을 잃고 향기를 잃어 이 지구에 썩어 문드러지는 냄새밖에 남지 않으면 어떡하나. 꽃 한 송이 없는 지구, 거기서 서로 싸우는 소리만 들린다면 얼마나 황량할까……' 하고요. 이런 염려 끝에 그들이 내린 답은 하나였습니다. 그건 바로 세상의 꽃, 인간 내면의 꽃이 활짝 피어나도록 나비를 만드는 것이었지요.

　책 내용은 다들 아시죠? 노랑 애벌레와 검정 애벌레가 등장합니다. 그들이 남의 얼굴과 몸통을 짓밟고 위로 올라가는 데서부터 이야기가 시작되지요. 그런데 마침내 정상에 도달해 보니 자기가 발 딛고 선 것과 같은 기둥들이 너무 많은 거예요. 이제는 오르는 게 문제가 아니라 거기서 버티는 게 생의 과제가 된 것이죠. 그러던 중 다른 용감한 애벌레를 만나 그들은 기둥 아래를 향해 다시 내려오기 시작합니다. 그 길이 얼마나 험했을까요. 다행히 그 길 위에서 나비를 만난 애벌레들은 그가 인도하는 대로 자기 몸에서 실을 뽑아 자신을 그 안에 가둡니다. 예수가 그렇게 매달려 산 것처럼 말이죠. 성경에 쓰여 있습니다. 아브라함은 이삭을 낳고 이삭은 야곱을 낳고…… 그렇게 이어진 14대에 3을 곱해야 비로소 예수에 이릅니다. 하지만 그 예수는 진짜 예수가 아니지요. 자기를 고치에 매달아 산 이후 다시 태어난 예수가 진짜 예수입니다. 그는 자기 자신을 낳은 것입니다. 예수뿐 아니라 붓다도, 또 다른 깨달은 선각자도 다 그 길을 갔습니다. 자기 자궁으로 진짜 자기를 낳았습니다.

　이 책은 먹고 마시는 삶이 전부가 아님을 알려줍니다. 내 자궁으로 나를 낳는 법을 일러주지요. 30분이면 읽을 수 있지만 30일, 30년을 묵상해도 그 여운과 파장은 두고두고 남는 그런 책입니다.

내 안의 별나라를 찾아서

두 번째 책입니다. 누구나 다 아는 『어린왕자』입니다. 어느 별나라 왕
자 이야기입니다. 예쁘게 생겼는데 칼을 들고 있지요. 군화도 신었습니
다. 저자가 44살인가에 죽었는데 42살 무렵에 썼다고 하니 생의 마지
막 즈음에 쓴 책이죠. 프랑스가 나치 점령하에 있을 때, 고국을 잃고 미
국에 체류하면서 쓴 것이에요. 아마도 자기 얘기가 아닐까 싶습니다.
자기가 살고 싶은 세계, 그런 삶을 투영한 것이겠지요. 법정 스님이 그
런 말씀을 하신 적이 있습니다. 나는 이 책을 스무 번 읽었다고, 이 책
을 읽지 않은 사람과는, 모르고 만났으면 모를까, 그렇지 않은 이상 만
나지 않을 거라고요.

앞서 소개한 책과 마찬가지로 이 역시 어른을 위한 동화입니다. 그
래도 30분은 더 걸리겠죠? 읽는 데만 두세 시간, 그러나 그 여운은 정
말로 길 것입니다. 맑고 깊을 것입니다. 이 책을 읽고 나면 나 자신이
부끄러워져요. 내가 어떻게 사는지 그 모습이 그대로 들어오니까요.
아, 내 눈에 뭐가 많이 씌웠구나, 마음에 때가 많이 끼었구나, 손발이
너무 굳어 있구나 이렇게 알아차리게 해주지요.

우리 어른들은 숫자를 좋아합니다. 그래서 제 자식이 새로 사귄 동
무 얘기를 하면 숫자와 관련한 것부터 물어 보지요. 나이가 몇인데? 어
디에 있는 몇 평짜리 아파트에 사는데? 키는 얼마고 몸무게는 몇이니?

아버지가 무슨 차 탄다니? 해외연수는 갔다 왔다니? 그 동무의 목소리는 어떤지, 무슨 장르의 음악을 좋아하는지, 나비 채집이나 혹은 강아지 키우는 것에 관심이 있는지 따위는 알려고도 하지 않습니다. 그러니 창틀에 제라늄 화분이 놓이고 지붕 위에서 비둘기들이 노니는 붉은 벽돌집을 보았다고 말하면 그게 어떤 모습인지 상상이나 할 수 있겠습니까? 상상 못하죠. 절대 못합니다. 20억짜리 집이라고 하면 떠오르는 그림들이 수도 없이 많을 테지만요. 이 얼마나 창피한 일입니까?

그 부끄러움 때문에라도 우리는 이런 책을 읽어야 합니다. 한 번 읽고 끝내는 게 아니라, 살면서 허물을 벗어야 할 때마다 읽어줘야 합니다. 그러면 우리 영혼이 기뻐하지요. 왜냐고요? 우리 모두는 각자 자기 안에 이런 어린왕자를 키우고 싶어하니까요. 아니, 이미 살고 있으니까요. 그게 우리 본래 모습이니까요.

'사랑은 같이 있는 게 아니라 같은 방향을 보고 가는 것'이라는 문장은, 내가 가장 좋아하는 것 가운데 하나입니다. 여우와 길들이기에 관한 이야기를 나누는 장면을 보면서는 '맞아, 인생이 그런 거지. 관계란 그렇게 가야 하는 거지.' 하면서 고개를 끄덕이기도 했지요. 여러분도 이 책 속에 숨어 있는 보석 같은 문장들, 가슴에 꾹꾹 새기면서 음미하고 또 삶에 실제로 적용해 보시길 바랍니다.

이토록 신비한 세상, 놀라운 은총

책 속에서 길을 찾고 행복을 느낄 즈음, 그 때부터 저의 화두는 바뀌기 시작했습니다. 교리와 신학에서 '삶'으로 말이지요. 그 때 만난 책이 바로 미셸 콰스트가 쓴 『삶의 모든 것』입니다. 그동안 참 많은 책들을 처분해 왔는데 글쎄 이 책이 남아 있지 뭡니까. 어찌나 반갑고 행복하던지. 처음 읽은 당시에도 너무 좋아서 조금 읽다가 끌어안고, 다시 몇 줄 읽다가 생각하고 그랬던 책이에요.

책의 저자인 신부님 얘길 해볼까요? 이 분도 책상에서 글을 쓴 사람은 아닙니다. 이 신부님이 쓴 글은 노동자의 삶과 그들이 겪는 문제에 깊이 관여하면서 함께 기도하고 묵상하는 가운데 나온 것이라는 얘기지요. 그처럼 삶과 진하게 만난 글이어서 더 감동적인 게 아닐까 싶습니다. 내가 워낙 강팍한 사람이라 글쟁이들 글에는 좀처럼 감동을 안 하거든요.(웃음)

책을 한 장 딱 펼치면 이런 구절이 나와요. '하나님께 귀 기울일 줄 안다면……' '귀 기울인다는 말' 어떻습니까? 살면서 '잘듣기'가 얼마나 힘든지 다들 아시지 않나요?(웃음)

저자는 또한 말합니다. 천국은 어린이들만 갈 수 있다 했으니 거기에 어른은 없다. 이빨 빠진 어린이, 등 굽은 어린이, 머리가 희어진 어린이만 있을 것이라고요.

이런 대목도 나오지요. 하나님은 이 세상을 초록색으로 만들었다고. 왜? 우리들 눈 피곤하지 말라고요. 그렇다고 초록색만 주었느냐, 그건 아니죠. 그분은 또한 지구에 수없이 많은 색깔들을 주었다는 거예요. 책을 펼치는 순간부터 덮을 때까지 이런 아름다운 이야기들이 가득합니다. 읽는 것만으로도 은총이 되고 찬송이 흘러나오는 그런 이야기들이 말예요.

책을 멀리 하면 지식이 습득되지 않고 지식이 없으면 알 수가 없어요. 모르는 사람에게는 팔만대장경이 빨래판이고 고려자기도 개밥 그릇이 되고 맙니다. 그런 사람은 아무렇지도 않게 다이아몬드를 껌과 바꾸지요. 그뿐입니까? 영혼을 분노에 가두고 수치심에 팔아넘깁니다. 그게 다 몰라서 그런 거예요. 나를 알고 하나님을 알면 절대 그럴 수가 없지요. 그래서 아는 게 영생이라는 말이 나오는 겁니다. 앞으로 우리는 그런 영생의 길, 멋진 삶을 열어주는 지식을 습득해 나갈 것입니다. 그런 지식이 쓰여 있는 책들을 읽을 것입니다. 그 첫걸음으로 귀한 책 세 권 소개했습니다. 오늘은 여기까지 합니다.

깨어남, 자신을 알고 증거하는 것

생각 없는 생각

깨어나십시오

요한복음

하루는 우리 살림마을의 후원회 고문님이 해줄 말이 있다면서 같이 공부하는 분들과 모임을 했대요. 나중에 얘기를 들어보니 이런 말씀을 하셨다고 합니다. 요약하면 이렇습니다.

"수련하기 전에는 몰랐습니다. 나 자신에게 돌아가는 길이 있다는 걸 말입니다. 나 자신을 만나는 길이 무엇인지도 몰랐죠. 그런데 수련에 참가한 것을 계기로 저는 내면으로 들어가 나 자신을 만날 수 있었습니다. 그리고 삶이 풍요로워지는 것을 경험했습니다.…… 오늘 제가 하고 싶은 말은 우리가 수련을 통해 배운 무한한 능력과 가능성을 왜 좀더 널리 전하지 못하는가, 그게 안타깝다는 것이죠. 저는 그 책임이 우리에게 있다고 봅니다. 한마디로 우리가 증거를 잘 못하고 있다는 얘기에요. 기업이나 조직이 크고 발전하려면 사원 모두, 특히 중간관리자가 회장과 사장의 증거자가 되어야 합니다. 증거자가 무엇입니까? 보고 듣고 그대로 말하는 사람입니다. 자기 말을 하는 게 아니라 사장이 한 말을 해야 하는 것입니다."

이런 말씀을 전해 들으면서 나는 꼭 사도행전을 듣는 것 같은 착각에 빠졌습니다. 사도행전에서도 강조하는 게 그거잖아요.

계속해서 증거해야 한다고. 영성경영 사원연수 수련할 때 제가 말합니다. 회사는 '들어가는' 거라고요. 내가 회사보다 작으니까 배우러 들어가는 겁니다. 그리고 일단 들어갔으면 그 회사 사장의 생각을 따라야 합니다. 증거자가 되어야 해요. 그래야 사장만큼 클 수 있습니다. 그런데 많은 사람들이 회사에 들어가서도 자기 생각만 얘기하고 나가서 딴소리 합니다. 그럼 그 직원은 계속 자기 생각 수준에 머물 수밖에 없어요. 조직은 조직대로 의사 전달과 소통이 안 되어 부실해지고요.

일본 기업 도요타는 일본에 있든 인도나 미국에 있든 일하는 방식이 똑같다고 하지 않습니까? 그래서 '도요타처럼 일하고 도요타처럼 문제를 해결하라'는 말이 나오는 겁니다. 어딜 가도 그렇게 하게 되어 있다는 것이지요. 예전에 수도원도 그렇게 운영되었어요. 예를 들어 한 수도자가 성 프란치스코 수도원에 들어갔다고 칩시다. 그가 거기 왜 들어갔겠습니까? 누구처럼 보고 듣고 행동하기 위해 들어간 것입니까? 맞습니다. 프란치스코처럼 하려고 간 거예요. 그 분처럼 말하고 행동하고 살기 위해서요. 그러니 수도원에서 하던 일을 지금 일반 기업에서 하고 있는 게 아닙니까? 지식경영이 보편적인 곳에서는 CEO만 말할 수 있고 나머지는 다 증거자가 되어야 한대요. 그게 참으로 수도원 규

칙과 비슷하지 않습니까?

이런 말을 하면 또 의식지수가 저 밑에 있는 사람들은 반박합니다. 아래에 있는 직원은 꼭두각시로 살라는 거냐면서 따져요. 왜 그런 질문이 나옵니까? 말을 그 수준으로 듣기 때문이에요. 자기보다 높은 사람을 따를 때 회사도 크고 나도 클 수 있다고는 생각을 못하는 거지요. 만약 지휘자가, 상관이 바뀌었다고 해봐요. 그러면 어떻게 해야 옳은 태도입니까? 옛날 사람이 더 멋있다고, 더 능력 있었다고 하면서 투덜대면 그 회사는 망하기 시작하는 겁니다. 위아래가 그렇게 안 맞는데 무엇인들 잘 되겠어요?

자, 그럼 이제 본격적으로 책 소개를 해보겠습니다.

도통의 세계가 펼쳐지다

오늘 첫 책은 김흥호 선생님의 『생각 없는 생각』입니다. 어느 날인가 서점에 갔는데 앞에 놓인 진열대에 '사랑보다 더 아름다운 것은……' 이라는 문구가 표지에 박혀 있는 책이 눈에 띄더라고요. 호기심에 책을 들췄더니 첫 문장이 아주 기가 막힙니다. '어머니가 낳은 나는 내가 아니다, 내가 낳은 내가 나다.' 거기에 내가 딱 꽂힌 겁니다. 어쩌면 내가 표현하고 싶은 걸 이렇게 잘 드러냈을까 싶더군요. 계속해서 읽어나가는데 점입가경입니다. '무한히 펼쳐진 세상, 여기가 아니다, 내가 선 땅이 예다.' 이쯤 되면 내 가슴이 막 쿵쾅쿵쾅하지 않았겠습니까?

얼른 책을 샀지요. 그걸 품에 안고 버스를 타고서 집에 가는데 정말 기쁜 거예요. 문득 저자가 궁금해졌죠. 봤더니 목사님인 겁니다. 더 호기심이 동해 책을 발행한 〈까치출판사〉에 전화를 했더니, 거기서 하는 말이 저자가 영국에 계신대요. 정년퇴직하고 교환교수로 가 계시다고요. 알고 보니 그 대학이 종교다원주의의 산실이더라고요. 노자, 장자는 물론 유영모 선생을 연구할 정도로 열린 곳이지요. 그 대학에서 김흥호 님을 초청한 것도 유영모 선생 제자니까 그런 게 아닐까 싶어요. 아무튼 전화 받는 이가 알려주길 김흥호 선생님 책이 곧 〈풍만〉이라는 출판사에서 나올 거라고 해서 기대를 갖고 있었는데, 정말로 얼마 후에 거기서 김흥호 님의 『사색』을 시리즈로 10권이나 발행했습니다. 그 첫 권이 바로 『생각 없는 생각』이고요. 바로 주문해서 교회 청년회 필독서로 만들었죠. (지금 김홍호 선생님의 책은 〈사색출판사〉에서 나옵니다.)

나는 그 분의 책을 통해 과학과 철학과 종교와 예술이 어떻게 한 데로 통합될 수 있는지, 어떻게 영성이라는 이름으로 오롯이 발전할 수 있는지를 배웠습니다. 그 전에 내 머릿속에선 무無와 공空, 십자가, 부활, 존재, 그리스도 이런 단어들이 다 따로 있었지요. 그런데 선생님의 책 안에선 그게 다 연결되어 있는 거예요. 그러니 그게 도통-道通이 아니고 뭐겠습니까?

김홍호 선생님은 일본에서 법학을 전공하신 분입니다. 대학을 졸업하고 한동안 공무원 노릇을 했는데 한 달 월급에서 하숙비 빼니까 살수가 없더래요. 그래도 공부는 하고 싶어서 정인보 선생을 찾아가 양명학을 배웠다죠. 그리고 나서 또 한문을 배우고 싶은 마음에 선생님을 찾던 중 유영모 선생을 만난 것이고요. 김홍호 님이 유영모 선생을 찾아가 강의를 들었는데 6년 동안 한 번도 빠지지 않았다고 합니다. 두 사람이 헤어진 이유도 재미있습니다. 유영모 선생은 제자에게 장가를 가지 말라고 했어요. 그런데 김홍호 님이 결혼을 한 거예요. 스승 말씀을 어겼으니 그 앞에 나설 수가 없잖아요. 그래서 혼자 집에서 주역을 공부했다 합니다. 그렇게 1년인가 지났을 때, 아마도 그 공부가 다 되어갈 무렵이었을 겁니다. 35세 되던 해니까요. 2월 15일 오전 9시 5분인가에 김홍호 선생님에게 깨달음이 옵니다. 그 때 이런 결심을 하지요. 이제부터 불교 3년, 기독교 3년, 유교 3년, 기타 종교 3년 해서 12년을 공부하리라. 깨달아서 새로운 빛을 봤으니 '뜨인 눈'으로 다시 공부를 해야겠다고 작심한 것이죠. 그리고는 그 12년 동안 하루 한 끼 먹으면서, 매일같이 오후 9시에 잠자리에 들어 오전 3시에 일어나면서 자신과의 약속을 지켰습니다. 그 후 선생님은 다시 결심을 해요. 이제부턴 글로, 공개강의로 자신이 얻은 것을 알리겠다고요. 깨달음의 토대 위에서 공부한 것을 남에게 주겠다는 얘기죠. 그리하여 54세 되던 해부터 24쪽짜리 잡지 한 권을 매달 펴내기 시작합니다. 이화여대에서 강의를 하시면서요. 그게 바로 《사색》이에요. 선생님은 창간호에 아예 공표했습니다. 12년 공부했으니 12년 동안 펴내겠다고, 144호로 끝내겠다고. 선생님은 그 또한 훌륭하게 지켰지요. 그래서 〈풍만〉출판사가 시리즈를 발행할 수 있었던 겁니다.

성경공부 같이 하던 동료 중에 이화여대 출판부에서 일했던 한 친구가 1호에서 144호까지를 네 권으로 묶은 영인본을 구해 주었습니다. 나는 그 영인본을 내 아들에게 주고 싶었습니다. 아버지가 줄 수 있는 인생 최대의 선물로 말예요. 한 질을 보자기에 싸서 장농 위에 얹어 놓고 아들이 대학 들어가기만 기다렸죠. 그런데 얘가 대학에 갔는데도 어째 철이 안 드는 겁니다. 그러니 장농 위만 쳐다보면 한숨이 나왔죠. 저걸 언제 주나, 싶어서요. 군대 제대하고 왔는데도 아직 때가 아닌 것 같아 조금 아쉽고 서운하고 그랬는데, 마침내 그 숙원을 풀었습니다. 올 초입니다. 얘가 드디어 책을 읽기 시작하더라고요. 날 밝는 줄도 모르고 말입니다. 하루는 재밌냐? 물었더니, 그렇대요. 그러면서 자기가 읽은 책 얘길 마구 풀어놓더라고요. 그래 생각했죠. 아, 이제야 네가 『사색』을 볼 때가 된 것이로구나. 그래서 내가 인도 여행을 떠나는 날,

새벽 3시에 『사색』 인수인계를 했지요. 상속을 한 겁니다. 아들이 그러더군요. 저 캐나다 다녀올 테니까 잘 싸두시라고요. 그래서 그 책들은 다시 장농 위로 올라가 있습니다.(웃음)

『사색』은 그야말로 제가 가장 아끼는 책, 증거하고 싶은 책이 아닐 수 없습니다. 그 중 오늘은 『생각 없는 생각』만 소개했습니다.

깨어나십시오 | 앤소니 드 멜로

영성은 나 알아감, 나 되어감

하루는 전화가 왔습니다. 수련을 경험하고 간 어느 목사님이십니다. 그 분이 대뜸 그래요. "선생님, 우리 수련회하고 똑같은 책이 나왔습니다. 제목이 『깨어나십시오』예요." 목사님이 부랴부랴 속달로 부쳐준 책을 받아보았죠. 한 장을 펼치니 거기에 이런 구절이 박혀 있습니다. "영성은 깨어남입니다." 평소에 내가 하던 말이 그대로 쓰여 있으니 얼마나 놀랍고 반가웠겠습니까? 그런데 다음 구절이 더 기가 막힙니다. "깨어나면 내가 그것들을 맘대로 하지만 깨어나지 못하면 그것들이 나를 마음대로 합니다."

저자인 앤소니 드 멜로는 인도 출신의 예수회 신부예요. 그 분이 쓴 책들을 거의 다 갖고 있는데 초창기에 쓴 걸 보면 완전 꼴통 보수입니다. 그런 생각과 관념 속에 살던 사람이 어떻게 깨어남의 영성 세계까

35

깨어남, 자신을 알고 증거하는 것

지 왔을까가 늘 궁금하고 신기했죠.

책이 나오게 된 경위는 이렇습니다. 드 멜로 신부가 〈사다나 영성연구소〉를 열어서 사람들에게 강의를 했어요. 그걸 들은 이들 사이에서 소문이 났겠죠. 아, 좋다. 이건 진짜 영성 강의다. 그렇게 유명해져서 미국에까지 가게 됩니다. 미국인 사제들을 앞에 놓고 강의를 하죠. 그런데 드 멜로 신부가 갑자기 고혈압으로 죽습니다. 그 후 뉴욕 브롱크스 포탐대학 〈드멜로 영성연구소〉에서 녹취된 강의를 풀어 글로 엮은 게 이 책이에요. 본문 내용 하나 볼까요?

어떤 사람이 산에 가서 알을 주웠어요. 잘 부화하라고 닭장에 넣었죠. 마침내 알이 깨지면서 뭔가 나옵니다. 독수리예요. 닭들이 볼 땐 자기들이랑 너무 다른 거예요. 날개 크죠, 부리도 있죠. 그래 왕따를 당하니까 이 독수리가 숨어서 제 날개를 잡아 뜯습니다. 부리는 자라지 못하게 막 갈고요. 자기가 누군지 모르고, 그저 남들이 이상하다 하니까 닭이 되려고 하는 거죠. 독수리는 그렇게 늙어갑니다. 그러던 어느 날 하늘을 보는데 뭔가가 커다란 날개를 펼치고 위풍당당하게 날아갑니다. 그걸 보는 독수리는 가슴이 뛰는 걸 느끼지요. 그런데 하늘을 날던 그 큰 새가 땅으로 내려와 닭을 채가자 무서워서 얼른 숨어버립니다.

이 얘기를 통해 드 멜로가 전달하고자 한 의도가 뭐겠습니까? 니가 임마 닭이 된 독수리야, 그 말 하고 싶은 게 아니었겠습니까? 예수도 마찬가지였죠. 그거 가르치려고 이 땅에 오신 거였습니다. 너희들은 하늘에서 온 독수리라는 것을요. 그런데 많은 이들이 닭 되려고 날개 찢고 부리 갈면서 그렇게 살아요. 왜죠? 안 깨어나서 그렇습니다. 자기가 누군지 모르는 거예요. 그러니 깨어나십시오. 깨어남은 본성을 회복하는 겁니다. 자기가 누군지 아는 겁니다.

나를 알게 해준 빛

깨달은 사람들 스스로는 자신이 뭘 깨달았는지 잘 모릅니다. 그래서 그것을 알려주는 사람이 필요해요. 그게 바로 선지식입니다. 말하자면 선지식을 통해 먼저 그 길을 간 사람의 공인을 받아야 한다는 얘기죠. 공인 받지 못하면 이상한 놈 되고 이상한 짓거리가 될 수도 있는 겁니다. 나 역시 공인 받지 못했을 때 다들 이상하다고 그랬습니다. 답답했죠. 나도 내가 본 게 뭔지 모르니까. 그 때 나를 인정해준 책, 나 자신을 비춰준 책이 바로 「요한복음」입니다.

어느 날 요한복음을 읽는데 뭔가 다른 거예요. 여태껏 배워온 게 아닌 겁니다. 그 때 나도 모르게 외친 말이 있어요. "내 책이야, 이건 내 책이야!" 그 후 4년 동안 교회에서 요한복음 강의를 했습니다. 40대 중반이었어요. 속으로 다짐했습니다. 50대 중반, 60대 중반에 또 강의를 하리라. 10년을 주기로 내가 요한복음을 어떻게 읽는지 확인하리라. 그런 마음으로 강의를 마치고 다시 4년 6개월에 걸쳐 요한복음을 〈하늘씨앗〉에 연재했습니다. 그걸 엮어 낸 책이 『소설 요한복음』이예요.

강의하고 원고 쓰는 기간 동안 하루에도 몇 번씩 요한이 되어 예수를 만났습니다. 요한의 표정, 어투, 그리고 두 분이 나누는 대화를 상상하면서요. 그러다 마침내 이스라엘로 성지순례를 다녀온 후 또 요한복음을 펼치니 다르더라고요.

요한의 핵심은 '안다'입니다. 교회라는 단어도 찾아볼 수가 없어요. 그래서 초대교회에서는 요한복음을 성경에 안 껴주려고 했던 게 아니겠습니까? 교권을 강화하는 데 방해가 되니까요. 그래도 결국엔 들어갔으니 얼마나 다행이에요. 여러분도 읽을 수 있는 그 행운을 누리시길 바랍니다.

공부를 잘 하는 요령이 뭔지 아십니까? 머리로 알아도 표현하지 못하는 사람이 있어요. 그건 공부를 잘 하지 못한 겁니다. 제대로 표현법까지 익히려면 외워야 합니다. 그래서 증거해야 합니다. 딴말 하지 않으려면 외우는 게 최선이에요. 내가 이런 말 하면 또 누가 따집니다. 그러는 선생님은 외웠어요? 그래요, 나는 외웠습니다. 하나의 수련에 참석하고 나면 그 수련에 관련한 책들은 모조리 구해서 읽고 또 읽었어요. 줄을 쳐가며 외우고 또 외웠지요. 앞에서 소개한 드 멜로의 책은 일곱 번쯤 읽었을 거예요. 다 아는 내용이지만 그것을 이렇게 표현할 수 있다는 게 놀라워서, 그 표현이 좋아서 여러 번 읽은 겁니다.

그런데 많은 사람들이 공부하는 요령을 몰라요. 자기 식대로 생각하고 말합니다. 그러니 어떻게 지식이 자기 것이 되고 자기만의 표현이 나오겠습니까?

여러분, 책을 읽는 데 그치지 말고 외워서 증거해야 합니다. 그래야 자기 것으로 만들 수 있습니다. 한 권을 읽더라도 자기 것으로 만드는 사람들이 되길 바라면서, 오늘은 이것으로 마칩니다.

예수,
나의 그분을 만나다

사람의 아들 예수

예언자

예수의 생애

미리암

너희에게 이르노니

나를 따르라

어느 날 잡지를 읽는데 제임스 터렐이라는 미국인 예술가를 소개하는 글이 마음에 와 닿았습니다. 그가 설계한 작품 하나를 보여주는데 집이에요. 집이 곧 작품입니다. 문을 열고 들어가면 캄캄해요. 아무것도 보이지 않습니다. 10분쯤 지나야 비로소 뭐가 보이기 시작한대요. 거기까지 읽었는데 상상만 해도 흥분이 되는 겁니다. 그 집이 미국에도 있고 일본에도 있는데, 일본에 있는 작품은 안도 다다오라는, 내가 좋아하는 건축가가 지었다고 되어 있더군요.

그 후 얼마 지나지 않아 누가 물어요. 일본 나오시마에 있는 〈지중미술관〉을 아십니까? 모른다고 했더니 그게 전 세계적으로 부상하는 미술관이라면서 같이 안 가겠냐고 하는 거예요. 그러면서 덧붙이는 말이 제임스 터렐의 작품도 거기 있다는 겁니다. 그 말에 가슴이 뛰기 시작했죠. 그래서 같이 갔습니다.

제임스의 설계에 따라 안도 다다오가 나무로 지은 집은 외면도 새까맣더라고요. 밖에서부터 줄을 서서 10명씩 들어가는데 마침내 내 순서가 되었지요. 책에서 본 대로 집 안이 캄캄해요. 정말로 아무것도 안 보이다가 몇 분 지나자 뿌옇게 조금씩 보이기 시작합니다. 그렇게 또 시간이 한참 지나니까 이젠 옆에 누가 있는지까지 다 보이더군요. 그 때 이런 생각이 퍼뜩 들었어요. '그래, 인생이 이렇지. 어둠 속에 있으면, 어둠에 길들면 자기가 어둠 속에 있는지조차 모르지……' 순간 전율이 흐르는 걸 느꼈습니다.

잡지에서 그 작품에 대한 기사를 읽으면서 나도 교회당을 그렇게 짓고 싶다는 소망을 갖게 되었지요. 그러면 설교 같은 건 안 해도 되거든요. 주일마다 다른 소리만 내보내면 되는 겁니다. 한 주는 물소리, 그 다음 주는 바람소리…… 그렇게 일주일에 한 시간만 보내도 얼마나 사람이 많은 걸 경험하고 느끼고 사색하게 되겠어요? 말로 설명하는 것보다 때론 침묵이 더 존재감을 느끼게 하고 명상을 경험하게 하잖아요. 지금도 그런 건물을 짓는 게 내 삶의 프로젝트 중 하나입니다. 보세요. 죽기 전엔 어떻게든(!) 지을 겁니다.(웃음)

동굴 안에서 바깥으로

어둠에 길들면, 무지에 길들면 자기가 그런 줄도 모릅니다. 뭘 모르는 줄 모르는 채 사는 거예요. 냄새에 둔감해요. 색깔도 볼 줄 몰라요. 새로운 걸 체험하지 못하니 자기가 아는 게 전부라고 생각하고 사는 겁니다.

나도 한때는 예수를 그렇게 믿고 있었지요. 그런데 어느 날 책이 옵니다. 『사람의 아들 예수』, 제목이 도전적이죠. 신의 아들로만 알고 있었는데, 예수가 사람의 아들이라는 거예요. 넘기는 장마다 놀랍니다. 어, 이렇게 예수를 볼 수도 있구나, 이렇게 예수를 만날 수도 있는 거구나, 하면서요. 그 중 한 대목을 소개해 볼까요?

"하루는 요한과 야고보의 아버지가 분노합니다. 동네에 이상한 청년이 나타나 두 자식을 꼬셔갔기 때문입니다. 그는 울부짖습니다. 내가 어떻게 키운 자식인데…… 걔들이 날 부양해야 하는데…… 예수 그놈 땜에 내 인생 다 망했다!"

이렇게 불경스럽게 읽어도 되는 건지 처음엔 당황했지요. 그러다 신성은 모독할 수 없다는 걸 알았어요. 이 책은 정말이지 내게 혁명이었습니다. 처음엔 예수를 나를 망하게 한 나쁜 놈으로 볼 수도 있다는 사실에 놀랐고, 그 다음은 그들의 예수가 사실 자기 상처가 투사된 상에 불과하다는 걸 알고 놀랐습니다. 그래요. 예수, 붓다, 마호메트에 대해 사람들이 가지고 있는 상은 거의 다 자기 자신을 투영한 이미지에 불과합니다. 인간이 만들어낸 것이라고요.

저자가 칼릴 지브란입니다. 아마도 여러분에겐 『예언자』를 쓴 사람으로 더 많이 알려져 있을 것입니다.

『예언자』는 성경 다음으로 가장 많이 읽혔다고 합니다. 칼릴 지브란이 15세 무렵에 쓰기 시작해서 20대 중반에 완성했다고 하는데, 그 이후로 더 좋은 책이 안 나오죠. 나도 그게 참 궁금했습니다. 어린 나이에 어떻게 이런 책을 쓸 수 있었을까. 지브란의 전기를 읽다가 그 실마리를 발견했죠. 그는 12살 즈음에 뉴욕으로 이민을 갑니다. 레바논 사람들이 모여 살던 곳에 정착했는데 거기서 시와 그림에 심취하지요. 그러다 14살 때 다시 레바논으로 돌아가 〈지혜의 학교〉에 다닙니다. 그때 만난 사람이 바로 니체예요. 그렇게 해서 저자는 니체와, 니체가 만난 짜라투스트라에 몰두해 있었죠. 그렇습니다. 사람은 듣고 보지 않은 것은 못하게 되어 있어요. 뭔가 봤으니까, 들었으니까 이게 나오는 겁니다. 짜라투스트라를 알면 칼릴 지브란의 세계를 이해하기가 수월해지지요.

칼릴 지브란은 43세의 젊은 나이로 죽었습니다. 하지만 책은 저자보다 더 오래 갑니다. 그럴 수밖에 없는 것이 진실로 아름다운 지혜들이 그 속에 가득하니까요. "아이들에게 지식과 생각을 주려 하지 마라. 사랑을 줘라. 그 아이들이 성장했을 때쯤엔 너희의 생각으로 살 수가 없을 것이다." 또 연인과 부부에겐 이렇게 말하죠. "붙어 있지 마라. 같이 있으면 크지 못한다. 성전의 두 기둥처럼 떨어져 그 사이로 하늘바람이 붉게 하라." 이렇게 아름다운 문장을 읽을 수 있으니 우리는 정말 행복한 사람들이 아닐까요?

인간적인, 너무나 위대하게 인간적인

『사람의 아들 예수』를 계기로 내가 전부로 알고 살던 신앙세계가 무너지기 시작하지요. 말하자면 동굴 안으로 밝은 빛이 들어오기 시작한 겁니다. 그런 경우 두 가지 대처 방법이 있어요. 하나는 문을 닫아 그 빛이 못 들어오게 막는 것이고, 다른 하나는 빛을 좇아 그 가운데로 나아가는 것입니다. 내가 그 갈림길에서 만난 게 이병렬 교수님이었지요. 그분의 강의를 듣는데 내가 아는 예수가 아닌 걸 얘기하는 겁니다. 또 강의를 하다가 울기도 해요. 그 때 생각했죠. 나도 예수님 따라서 저렇게 웃고 울고 싶다고.

하루는 교수님을 찾아가 물었습니다. 교수님처럼 성경을 보려면 어떻게 해야 합니까? 다음 주에 만나자고 하셔서 그 시간에 갔더니 종이 한 장을 주시더라고요. 보니까 책 22권의 제목이 쓰여 있어요. 그분 말씀이 예수 연구 좀 해보라고, 그 후 다시 얘길 해보자는 겁니다. 교수님과 헤어진 다음 목록을 찬찬히 들여다보았죠. 저자와 제목, 가격 그런 걸 친절하게 다 써주셨더군요. 정성이 느껴졌지요. 마침 겨울방학이어서 한 권 한 권 읽기 시작했어요. 그 중 첫 권으로 골라 읽은 게 바로 프랑스 사람 르낭이 쓴 『예수의 생애』입니다.

이 책은 예수에 관한 고전 중에 고전입니다. 저자는 신학과 철학을 공부한 사람입니다 1823년생인데 1860년대에 책이 나왔으니까 40대에 쓴 거죠. 누나가 수녀인데 어느 날 과제를 던져줘요. 예수를 알려면 예수가 살던 동네에 가라. 착한 동생이 그 말을 듣고 이스라엘에 갑니다. 그리고 거기서 만난 예수의 인간적인 모습을 써나가지요. 안고 자도 될 책입니다. 사실에 근거하면서도 문체가 그렇게 아름다울 수가 없어요. 번역도 이렇게 아름다운데 원본은 얼마나 더할까, 그런 생각이 듭니다.

르낭이 자기 비문에 써달라고 남긴 말도 그렇게 멋질 수가 없어요. '나는 인류와 더불어 미래의 교회와 더불어 한 몸이 되어 죽노라.' 바꾸어 말하면 인류와 교회와 한 몸이 되어 살았다는 것이지요?

미리암 | 루이제 린저

무기를 버리고 따라간 여자의 고백

예수에 관한 감동적인 또 한 권의 책을 소개합니다. 『미리암』입니다. 루이제 린저가 쓴 책이에요. 소설가가 쓴 거라 그런지 앞선 책보다 훨씬 쉽고 재미있어요. 이 책을 쓰기 위해 루이제도 그 동네 가서 살았습니다. 서구인인 독일 여자가 어떻게 이렇게 쓸 수 있을까 생각이 들 정도로 동양적입니다.

　요한과 마리아(미리암)가 대화하는 장면이 나옵니다. 마리아가 묻습니다. 선생님을 누가 제일 사랑할 것 같아? 요한이 고개를 갸웃하자 그녀가 대답합니다. 그건 유다야. 다만 자기 식대로 사랑해서 그렇지. 어때요? 밑줄 쫙 그을 만한 대목 아닙니까?

　이 책에서 마리아는, 말하자면 운동권 여성이에요. 화염병에 짱돌 들고 싸우는 여자라고요. 그런 이가 예수를 만나 그 눈빛에 반합니다. 그래서 손에 들었던 무기를 덤불 속에 던지고 예수를 따르죠. 참나로 돌아가는 것입니다. 표현이 너무 아름다워요. 지구별에 왔으면 이런 거 읽고 가야 합니다. 텔레비전 드라마에만 빠져 있지 마시고요.(웃음)

너희에게 이르노니·나를 따르라 | 오쇼 라즈니쉬
이보다 더 예수를 잘 알 순 없다

그렇게 예수의 전기들을 쭉 읽어 나갔습니다. 다섯 권쯤 읽었을 때 방학이 끝났는데 그 때부터 기도가 안 되는 겁니다. 친구들에게 고백했죠. 내가 알던 예수가 좀 이상해졌어. 기도가 안 돼. 그랬더니 친구들이 그럽디다. 너는 신앙에 뿌리가 없어서 그렇다고. 그래 그 말이 맞지, 하고 수긍을 하면서도 한편으로는 예수가 너무 가깝게 느껴지는 거예요.

갈릴리 호숫가에 앉아 있는 예수의 눈빛과 가슴이 느껴지고…… 그 때의 행복이란 말할 수가 없었습니다. 한 번도 만난 적 없는, 2천 년 전 사람 예수의 가슴과 함께 뛸 수 있다니 그게 엄청난 일이 아니고 뭡니까?

그러던 어느 날 이병렬 교수님이 전화를 했습니다. 대뜸 물으시는 말이 오쇼 라즈니쉬를 아느냐는 거예요. 안다 그랬죠. 『불꽃같은 말씀』 이란 원서를 하나 가지고 있었거든요. 그러자 교수님이 그러세요. 서점에 가봐. 그이가 예수에 대해 썼는데 우리보다 훨씬 더 잘 알아. 그게 바로 이 책 『너희에게 이르노니』입니다.

오쇼가 예수와 그 분의 말씀에 대해 쓴 책들을 읽으면서 열등감과 두려움을 느꼈지요. 이거 읽으면 이단 되는데, 싶어서요. 그런데 한편으로는 감동입니다. 그가 예수를 너무 잘 아니까요. 한 예로 그는 말합니다. "예수는 누구도 낳지 않았다. 다만 자기 자신을 낳았다." 몇 십 년 교회 다니면서 처음 듣는 얘기였습니다. 그러니 얼마나 내가 놀라고 가슴이 뛰었겠습니까.

수련회를 하다 보면 종교가 안 맞는다고, 관점이 다르다고 하면서 중간에 그만두시는 분들이 있어요. 미안하지만 그들은 자기 생각에 빠져서 그게 전부인 줄 알고 사는 사람입니다. 그런 오류에 빠지지 않으려면 경험을 통해, 앎을 통해 좁은 틀에서 벗어나야 합니다. 그러니 부디 나가서 보십시오. 생각도 그래야 바뀝니다.

책을 읽을 때도 아는 분야만 자꾸 파지 말고 모르는 것 좀 읽으세요. 책 읽는 건 습관이에요. 습관은 고칠 수 있습니다. 하면 됩니다. 하루 한 쪽이라도 놓치지 마세요. 가능하면 목표를 정해서 하십시오. 오늘은

몇 쪽, 내일은 몇 쪽. 내용 몰라도 그냥 넘겨가세요. 어느 날 때가 되면
쉬워집니다. 덧붙여 라즈니쉬가 강의한 또 하나의 예수전 제목만 소개
합니다. 『나를 따르라』예요. 역시 류시화씨가 번역했습니다. 오늘은 여
기까지 합니다.

명상을 통한 거듭남

아는 것으로부터의 자유

삶의 수업

자기로부터의 혁명

자유인이 되기 위하여

생활의 기술

아이 앰 댓

나는 누구인가?

있는 그대로

초월의 길, 완성의 길

명상, 처음이자 마지막 자유

———

사람들은 말합니다. 죽음은 저 멀리 있는 거라고. 30년 후에나 겪게 될 일이라고. 칠팔십은 되어야 죽을 거라고. 명백한 착각입니다. 죽음은 바로 '지금' 있습니다. 이 사실을 묵상하지 않는 한, 우리는 지금 존재하는 삶을 만날 수 없습니다. 이 세상에 변함없는 진실 하나가 있다면 뭘까요? 그건 누구나 죽는다는 겁니다. 자연의 변화를 보십시오. 겨울이 끝나고 봄이 오죠. 겨울 한가운데에 서 있을 때는 봄이나 여름이 너무 멀리 느껴집니다. 그러나 가만히 보세요. 겨울 안에 봄이 있고 여름 속에 가을, 겨울이 있습니다. 생과 사가 분리되지 않듯이 사계가 따로 있지 않은 겁니다. 죽음이 멀리 있다고 여기는 사람에게는 삶도 멀리 있습니다. 그들은 이렇게 말해요. 좀 있다가 해야지, 사랑은 나중에 해야지, 지금은 바쁘니까 꿈은 나중에 실현해야지. 언제 죽을지 모르고,

아니 지금 죽어가고 있는 것을 모르고 이렇게 미루다 보면 '지금의 삶'을 못 만나는 건 당연하지 않겠어요?

진정한 삶이란 지금과 관계하는 것입니다. 그 방법을 알려주는 책들을 오늘 소개합니다.

아름다운 사람, 혁명적인 삶

서른이 넘어서도 나는 갈팡질팡하고 있었습니다. 십자가와 부활을 앵무새처럼 떠벌일 순 있어도, 교리에 맞게 배운 대로 설명할 수는 있어도, 나 자신의 영혼조차 울리지 못했습니다. 예수가 나를 위해 죽으셨습니다, 라고 그저 입력된 대로 나오는 이런 구절이 사실인지조차 묻지 않고 그냥 살아왔던 겁니다. 왜요? 물으면 믿음이 깨지고 무너지니까요. 묻는 사람이 오히려 비난받으니까요. 하지만 내 안엔 궁금증과 그걸 풀고자 하는 갈망이 있었습니다. 십자가와 부활이란 게 정말 뭘까? 마음이 깨끗한 자, 심령이 가난한 자는 복이 있다고 하셨는데 마음이 깨끗하다는 게, 심령이 가난하다는 게 무슨 의미일까? 천국을 차지한다는데 그게 뭐지? 들의 꽃을 보고 우주의 나는 새를 보라는데 그게 무슨 말이지? 예수가 부활이요 생명이라는데 그건 또 뭔 소리지? 이렇게 목구멍까지 차오르는 질문들을 끝내 외면할 수 없었습니다. 그래서 일단 묻기 시작했죠. 물으면 길이 보인다더니 그럴 즈음 친구 하나가 책을 소개합니다. 그게 지두 크리슈나무르티가 쓴 『아는 것으로부터의 자유』입니다.

제목부터가 멋집니다. 그런데 문제는 책을 못 읽겠는 겁니다. 무슨 말을 하는지 모르겠는 거예요. 창피했죠. 내가 명색이 신학을 한 사람인데 이런 책 하나 못 읽다니 하는 자괴감에 빠져서 그냥 덮었어요. 지금도 그 때만 생각하면 창피하기는 마찬가지입니다. 그렇게 크리슈나무르티를 책꽂이에 처박아두고 있다가 어느 날 다시 그의 책을 만났지요. 『폭력으로부터의 자유』라는 제목의 소책자를 발견한 거예요. 앞의 책과 달리 무척 쉽기에 나 스스로를 위안했죠. 앞 책은 번역을 잘못한 모양이로구나.(웃음) 어쨌거나 그 책을 세 번 읽고 나서 주말학교를 운영하기 시작했지요. 그 책 보면 이런 구절이 나오거든요. '나무 한 그루는 열 명의 선생보다 더 많은 것을 가르쳐줍니다.' 그걸 보며 생각했죠. 그래, 아이들을 행복하게 해주는 길은 시골을 경험하고 자연과 가깝게 만들어주는 것이야. 그래서 아이들을 봉고차에 실어서 주말마다 여기 금산 살림마을로 들어왔어요. 그 때만 해도 비포장도로에, 앞에서 차가 오면 옴짝달싹 못할 정도로 좁았어요. 그런 길을 달려서 토요일 밤에 들어와 일요일 예배 드리고 다시 나가길 반복했습니다.

그러던 중에 만난 또 한 권의 책이 『삶의 수업』입니다. 이 또한 내용이 쉽고 좋아서 세 번 읽었어요. 발행한 출판사를 보니 이름이 〈기지개〉예요. 전화를 걸었더니 마침 그 책을 번역한 유종렬이라는 분이 받는 겁니다. 당신이 번역한 책에 감동했다고 그랬죠. 나를 만나고 싶다더군요. 빈말이 아니었는지 진짜로 옵디다. 제자들하고 양손에 애들 학용품을 한가득 들고서요. 그렇게 여길 두 번이나 다녀갔는데, 그 사람 말이 자기는 회사 운영하다가 크리슈나무르티를 만나 삶이 바뀌었대요. 원래 사업가였는데 이렇게 돈만 벌다 갈 순 없다는 생각이 들더라는 겁니다. 그래서 회사를 직원들에게 넘기고 2백만 원씩 월급을 받았는데 회사가 더 잘 되더래요. 명상가를 만나 자기 삶을 바꾸고 회사원들의 삶도 바꾼 것이죠.

나 역시 크리슈나무르티를 통해 삶이 얼마나 가슴 뛰는 말인지를 알았습니다. 당연히 그에 대한 관심이 높아졌고, 그러다보니 〈신지학회〉라는 것도 알게 되었죠. 〈신지학회〉는 블라바츠키라는 러시아 여성이 신성에 대한 깊은 체험과 이론적인 지식을 바탕으로 세운 조직입니다. 그녀는 미국의 돈 많은 사람과 결혼을 한 덕에 전 세계의 비서秘書들, 지금말로 하면 인간을 깨어나게 하는 '의식개발서'들을 다 모을 수 있었다고 해요. 그 내용들을 정리해서 신지학을 태동시킨 것이죠. 미국에 있던 본부가 인도 첸나이로 옮겨진 후 블라바츠키 뒤를 이어 베산트라는 영국 귀족 출신의 여자가 2대 회장에 오릅니다. 영국인으로 인도 독립운동을 도운 대단한 여자예요. 그 베산트 옆에 예언자 하나가 있었습니다. 그는 메시아의 도래를 예언했어요. 신이 보낸 삶의 스승을 말입니다. 어느 날 그들이 〈신지학회〉 직원의 아들 하나가 바닷가에서 노는 걸 보게 되지요. 14세쯤 된 아이인데 머리에 후광이 보이는 거예요. 그들은 저 아이야말로 자신들이 기다린 메시아라고 생각했죠. 그래서 베산트 여사가 양자로 들여서 세계의 스승으로 키우기 시작합니다. 그 아이가 바로 지두 크리슈나무르티예요. 혼자는 외로울까봐 동생까지 같이 양자로 맞아 교육을 시킵니다. 영국 런던대학과 프랑스 소르본대학을 졸업하지요. 그러데 동생이 일찍 죽습니다. 그것이 아마도 크리슈나무르티에게는 굉장한 상처고 아픔이었던 것 같아요.

미국에 가게 된 그는 27세가 된 해 어느 날 깨달음을 얻습니다. 그 후

전 세계를 돌아다니며 강연을 하고 가르침을 펼치죠. 그러다 35세 되던 해에 '별의 교단 해체 선언문'을 발표하면서 조직을 해산합니다. "진리는 길이 없는 대지이다, 이 길만이 진리에 이를 수 있다고 하는 건 거짓이다, 나는 당신들의 선생이 아니다." 라고 쓰인 당시의 선언문은 아주 유명하죠.

그 이후 크리슈나무르티는 학교를 세웠습니다. 스위스, 인도, 미국, 런던 등지에서 학생들을 만나 대화를 나누며 살았죠. 넘나들지 않은 주제가 없습니다. 정치, 교육, 폭력, 도덕, 화, 섹스 등 삶에서 경험하는 모든 문제를 다룹니다. 훗날 누군가 묻습니다. 별의 교단을 해체할 당시 심정이 어땠습니까? 두렵지는 않았습니까? 그러자 그가 두려웠다고 고백합니다. 돈 버는 일을 해본 적이 없어서 앞으로 밥벌이를 해야 한다는 생각에 두려웠다고. 그렇습니다. 세계의 스승으로 추앙된 사람에게도 두려움은 있었습니다. 의심도 있었습니다. 그러나 그는 이어 말합니다. 의심하는 자, 두려워하는 자가 누군지 관찰하라고, 그러면 없어지는 것을 발견할 수 있을 것이라고요.

법정 스님 인도 여행기를 보면 크리슈나무르티를 보기 위해 뭄바이에서 첸나이까지 20시간이 넘게 기차 타고 가는 장면이 나와요. 사실 볼 거 없어요. 초상화 하나 걸려 있지요. 그런데도 그게 그렇게 아름다울 수가 없습니다. 살아 있을 때 그의 자태와 모습이 어떠했을지 상상이 됩니다. 여운이 아주 깊게 남지요.

그의 또 다른 책『자기로부터의 혁명』과『자유인이 되기 위하여』, 그리고『생활의 기술』모두가 필독서가 되었으면 합니다. 한 권으로 집약

해서 읽고 싶은 분들은 『생활의 기술』부터 시작하세요. 한 주제를 한 장에 담아 모두 365장으로 구성한 책인데 번역이 아주 잘 되어 있습니다. 명상세계를 아는 사람이 했지 싶습니다.

내가 누구인지 알려거든

크리슈나무르티를 만나고 오쇼를 경험하면서 나의 의식세계는 서서히 명상으로 들어갑니다. 물음이 올라오기 시작합니다. '그러면 내가 누구지?' 못 풀고 있었습니다. 시원하지가 않았어요. 말이나 글로는 설명하겠는데 나 자신은 압니다. 뭔가 부족하다는 걸. 『아이 앰 댓』은 그 때 만난 책입니다. 전에는 두 권으로 나뉘어 있었는데 요즘은 한 권으로 묶여 나와요.

홍신자씨가 라즈니쉬 만나고도 내가 누구인지 못 풀고 있었답니다. 그럴 때 누군가 알려줘요. 니사르가다타를 만나라. 그가 누군데? 담배 가게 하는 성자야. 담배 가게를 한다고? 홍신자씨는 수소문을 해서 찾아갑니다. 정말로 할아버지가 있습니다. 침침한 방에서 사람들과 문답을 해요. 인도 중부 마하라스트라 주에서 통용되는 마라티어로 녹음된 것을 풀어 다시 모리스 프리드만이라는 사람이 영어로 번역합니다. 인도인 구루들은 늘 그렇게 떠요. 서양인이 번역해서 그게 서구에 알려지면 성공하는 겁니다.

본문 중에 감동되는 대목이 있어요. 어느 날 18세 된 미국인 청년이 마하라지를 찾아옵니다. 오자마자 내가 누구냐고 묻습니다. 마하라지가 답합니다. 내가 그걸 어떻게 알아, 자네가 알지. 청년이 다시 묻습니다. 내가 어디 있습니까. 스승이 대답합니다. 그거야 자네가 알지. 지금 어디 있나? 여기 있습니다. 그럼 여기 있는 거지. 선생님도 여기 있습니까? 그럼 나 여기 있지. 어제는요? 어제도 여기 있었지. 청년이 흥분합니다. '여기'에 접촉이 된 겁니다. 다시 선생에게 묻습니다. 그러면 저는 아브라함 있기 전부터 여기 있었습니까? 성경에 보면 예수가 아브라함이 있기 전부터 나는 여기 있었다고 그러잖아요. 마하라지가 답합니다. 그렇지. 그 말이 그 말이야. 마침내 물음에 대한 해답을 발견한 청년이 절을 하고 나가자 마하라지가 자신의 제자들을 돌아보며 말합니다. "내가 만난 청년 중에 가장 아름다운 청년입니다. 저런 청년을 만날 수 있으니 나는 복 있는 사람입니다."

한 대목 더 하겠습니다. 또 다른 사람이 찾아와 선생님은 어떻게 깨달았습니까? 하고 묻자 그가 대답합니다. "나는 깨달았다고 생각하지 않습니다. 그냥 아는 걸 얘기합니다. 굳이 말하자면 내가 누구인가를 알았다는 것입니다. 나는 그것입니다."

다만 바라보라, 나는 없음을

나는 누구인가를 처절하게 탐구해 들어간 또 한 명의 사람이 있습니다. 바로 라마나 마하리쉬입니다. 책 제목도 『나는 누구인가』입니다.

마하리쉬는 열여덟 나이에 가출합니다. 온 세상을 떠돌며 나는 누구인가를 묻고 또 묻습니다. 그러다 아루나찰라의 동굴에 거하며 맨발로 산을 돌다가 깨달아요. 이번에 인도 여행할 때 그의 아쉬람에 갔었습니다. 아루나찰라도 보았지요. 우리가 볼 땐 산도 아닙니다. 백두산, 계룡산에 비하면 동네 뒷산만큼도 안 돼요. 나무도 없습니다. 온통 바위와 돌로 뒤덮여 있어요. 그런데 그 사람들이 볼 때는 명산 중에 명산이고 성산聖山입니다. 성자가 나왔으니까요.

그 분이 쓴 또 한 권의 책이 『있는 그대로』입니다. 문답책이에요. 인도의 오래된 성자들은 논리적으로 책을 쓸 수가 없었어요. 정규교육을 받지 못한 분들도 많습니다. 그러니 질문을 잘 해야 제대로 된 답을 건질 수 있는 겁니다. 웬만큼 보고 듣고 깨달은 이들이 가야 진짜 대답이 나오는 거예요.

라마나 마하리쉬는 일찍이 서양에 알려졌습니다. 책도 많은 나라에 번역되었지요. 눈빛이 참 선하고 맑아서 눈빛만으로도 사람들을 깨달음에 이르게 했다고 합니다.

존재의 과학과 생활의 기술

초월명상, 즉 Transcendental Meditation이 미국에서 선풍적인 인기를 끌던 당시에 우리나라에도 소개가 되었죠. 어느 날 서점에 가니 초월명상 책이 있더라고요. 그런데 내겐 부제가 더 와 닿았어요. '존재의 과학과 생활의 기술', 내가 지금 추구하는 길도 실은 이와 다르지 않습니다.

이 책의 저자인 마헤시는 인도 선생 중에는 흔치 않은, 제도권 학교에서 공부한 사람이에요. 대학에서 철학을 공부했지요. 미국에서는 가장 조직적, 체계적으로 명상을 안내한 이로 유명합니다.

발산하라, 그리고 침묵하라

오늘의 마지막은 역시 오쇼 라즈니쉬가 차지합니다. 내게 명상의 세계를 가장 분명하게 전해준 분이니까요. 여러 방면에서 뛰어나지만 이 분은 특히 기존 것이 아닌 새로운 명상법을 개발한 것으로 유명합니다.

오쇼가 대학교 교수를 할 때 얘기입니다. 작은 집에 홀을 만들어서 명상 캠프를 열었나 봐요. 거기 참여한 한 친구가 갑자기 일어나서 막 뛰어나가더랍니다. 그래, 자기도 모르게 덩달아 뛰기 시작했대요. 마침내 친구를 잡은 오쇼가 왜 그러느냐고 물었더니 그러더랍니다. "내가 없어지는 것 같아 두렵다. 나는 끊임없이 말을 해온 사람인데 침묵하고 있으려니 내가 사라지는 것을 느낀다." 그 때 라즈니쉬가 깨닫습니다. 지껄이게 한 다음 정지시키면 그 사람 안에 어떤 큰 변화가 일어나리라는 것을요. 이건 사실 러시아 구루인 구제프가 썼던 방법이에요. 그는 말했죠. 변화는 '일단정지'에서 시작된다고.

오쇼 명상법의 핵심은 '침묵'이었습니다. 어떻게 하면 침묵이 일어나게 할까, 그걸 연구해서 방법을 만든 거예요. 강의를 하다가도 그냥 멈춥니다. 침묵을 깊이 경험시키기 위해서 그 이전에 발산을 하게 하지요. 그래서 아무 말이나 지껄이게 하는 지버리쉬가 나오고 다이나믹, 쿤달리니 명상이 나온 겁니다.

사람들을 가만히 보면 에너지가 다 뭉쳐 있고 굳어 있어요. 그게 풀려야 성 에너지가 되고 사랑 에너지가 됩니다. 성을 억압하면 사랑이 꽃피지 못한다는 걸 그는 알았어요. 그래서 4백 권의 책을 쓰면서 성에 관한 책도 한 권 썼죠. 그런데 재미있는 건 그 한 권의 책을 근거로 그에게 섹스 구루라는 호칭을 붙인다는 겁니다. 더 재미난 사실 한 가지 말할까요? 오쇼 책들 중에 성에 관한 그 책이 가장 많이 팔렸는데, 심지어는 금욕주의로 가장 정평이 나 있는 자이나 교도들이 제일 많이 사갔답니다.

오쇼가 쓴 『명상, 처음이자 마지막 자유』는 대를 이어 물려줘야 할 귀한 책이에요. 이렇게 쉽게 명상을 안내해주는 스승이 없습니다. 그러니 이런 책을 만나는 것은 행운 중에 행운이에요. 나는 지금도 읽습니다. 한 번 읽고 그만둘 책이 아닌 거예요. 언제든, 어느 챕터를 펼쳐 봐도 좋습니다. 볼 때마다 새로워요.

마지막으로 침묵에 관한 얘기 하나 할까 합니다. 인도의 어느 명문가 집에 아들이 태어났어요. 그런데 아버지가 볼 때 아들이 타고나길 명상가인 겁니다. 그래서 그 방면의 선생으로 키우려고 아들에게 최고의 스승을 붙여줍니다. 10년의 세월이 흐릅니다. 아들이 어느새 인도 전역에 깨달은 자로 알려집니다. 그러던 어느 날 아버지는 아들이 고향에 돌아온다는 소식을 듣습니다. 2층 난간에 서서 아들이 오는 걸 바라보지요. 동네 사람들이 다 환영을 나갑니다. 우리 동네에서 세계적인 스승이 태어나 돌아오는구나 하며 그들은 환호성을 지릅니다. 그러나 아버지의 눈에 아들은 아직 못 깨달았습니다. '배울 수 없는 것을 못 배웠다'고 아버지는 생각합니다. 마침내 아들이 당도해 아버지한테 절을 하자 아버지가 묻습니다. 다 배웠니? 선생님이 더 이상 가르칠 것이 없다고 했습니다. 그러면 너는 가르칠 수 없는 것은 배우지 못했구나. 내 눈에 너의 걸음은 너무 의기양양하다. 턱이 올라가 있고 할 말이 너무 많다. 너는 주장하고 싶어해. 아버지는 아들을 돌려보내며 말합니다. 다시 스승에게 돌아가 가르칠 수 없는 것을 배워 와라. 아들이 예, 하고 떠납니다. 스승이 왜 돌아왔느냐고 묻자 아버지와 나눈 대화를 전합니다. 그랬더니 선생이 소한테 가보라고 하십니다. 아들은 그 때부터 소를 키웁니다. 그 소가 송아지를 낳아 그가 키우는 소가 계속 늘어났지요. 이제 아들은 소를 키우느라 명상할 시간이 없어요. 그렇게 3년이 지나고 7년이 지났습니다. 자기가 누구라는 생각도 없고 물음도 없이, 하고 싶은 것도 없이 그렇게 시간이 흘러갔습니다. 그러던 어느 날 소가 그 아들에게 절을 합니다. 그러자 아들도 소한테 절을 합니다. 그걸 보고 스승이 말합니다. 이제 다 가르쳤다고. 아들은 그 옛날 걸어간 길을 되짚어 다시 아버지에게로 옵니다. 아버지가 2층에서 아들을 기다리는데 아무리 봐도 안 보입니다. 온다고 했는데, 분명히 소 끌고 온다고 했는데 보이지가 않습니다. 당당하던 걸음도, 올라간 턱도 보이지 않습니다. 다만 소 3백 마리가 먼지를 끌고 오고 있습니다. 오늘은 여기까지 합니다.

신화, 우리가 온 곳에 관한 이야기

신화의 힘

신화와 함께하는 삶

네가 바로 그것이다

나는 왜 너가 아니고 나인가

인디언 복음

삼국유사

———

폴란드에 유대인들이 모여 사는 거리가 있었답니다. 거기에 잭켈이라는 랍비가 살았어요. 아들 이름은 아이시크인데 그 역시 랍비였지요. 어느 날 아이시크가 꿈을 꿉니다. 어떤 이가 나타나 말합니다. 프라하의 왕궁 어느 방 의자 밑에 보석이 감춰져 있다고. 먼지로 덮여 있는 그것을 네가 차지하면 부자가 될 것이라고. 잠에서 깨어난 아이시크는 그냥 꿈인가보다 하고 잊어버렸죠. 그런데 같은 꿈이 두세 번 계속 반복되는 거예요. 그래서 그는 먼 길을 걸어 마침내 프라하 왕궁 앞에 도착합니다. 경비원이 지키고 있어 들어갈 수가 없자 아이시크는 며칠을 왕궁 앞에서 서성거립니다. 이제 경비원이 궁금하여 다가와 묻습니다. 자네 왜 그러나? 여기에 떨군 물건이라도 있는 건가? 아이시크는 솔직하게 꿈 얘기를 합니다. 그러자 경비원이 웃으면서 자기의 꿈 얘기를

신화, 우리가 온 곳에 관한 이야기

들려주기 시작하더랍니다. "어떤 사람이 나타나 그러더군. 폴란드 수도 어느 거리에 잭켈과 아이시크라는 이름의 부자가 사는데 그들 집 의자 밑에 보석이 숨겨져 있다고. 그런데 내가 알아봤더니 그 거리에 사는 인구의 절반이 잭켈이라는 이름을 가진 사람이고 나머지 반은 아이시크로 불린다는 거야."

아이시크와 경비원의 차이가 뭐겠습니까? 하나는 길을 떠났고 다른 하나는 그냥 머문 겁니다. 그런데 무엇이든 자기가 노력해서 발견하지 않으면 찾을 수 없는 게 아니겠습니까?

미궁이라는 말이 있지요. 미로와 미궁은 같은 게 아닙니다. 미로는 들어가는 곳과 나오는 곳이 다르지만 미궁은 들고 나는 구멍이 같아요. 그러면 우리의 삶은 미로일까요, 미궁일까요? 우리는 과연 어디로 들어온 것일까요? 그곳을 찾아 나가야 하지 않을까요? 수천 년, 수만 년 전에도 이런 질문을 던진 사람들이 있었습니다. 그 길을 암시해주는 꿈을 꿨고 그를 좇아 길을 떠났습니다. 때로는 여러 사람이 동시에 같은 꿈을 꾸기도 했습니다. 한 부족이, 민족 전체가 같은 꿈을 꾸었다 그 말입니다. 그걸 신화라고 부릅니다. 신화는 그러므로 결국 사람의 이야기고 내 이야기입니다. 내가, 우리가 어디서 왔고 어디로 나가야 하는지, 어떤 길로 가야 아름다워지는지, 지혜로울 수 있고 용감해질 수 있는지 상징적으로 보여주는 이야기라고요.

상징 속에 담긴 우리의 삶

내가 나온 침례신학대학에서는 성서를 신화라 그러면 거의 적敵 그리스도 되는 분위기였어요. 성경은 오로지 하나님 말씀이어야 했지요. 언젠가는 조직신학 가르치는 교수가 에덴동산 이야기가 메소포타미아 지방의 흔하디흔한 창조설화라고 했다가 학교가 뒤집어졌잖아요. 다른 교수들에게 배척당하고. 나 또한 처음엔 설화라는 말에 거부감이 있었지요. 그러던 중 『신화의 힘』이라는 책을 추천받아 읽는데 재미가 없어요. 책꽂이에 그냥 꽂아놨죠. 어느 날 비가 내리기에 서재에 누워 이렇게 책꽂이를 훑어보고 있는데 갑자기 그 책이 눈에 딱 띄는 거예요. 펴서 읽었죠. 가슴이 뛰는 겁니다. 인연이 맺어진 거지요. 저자가 궁금해져요. 조셉 캠벨이 대체 누구야? 그렇게 그가 쓴 책을 하나씩 찾아 읽기 시작하면서 조셉 캠벨을 만나게 된 겁니다. 가장 먼저 읽은 『신화의 힘』은 방송에서 대담한 내용을 엮은 거예요. 텔레비전 방송용 대담이라 매우 쉽고 재밌어요. 신화에 대한 초보적인 해설서라고 보면 됩니다.

조셉 캠벨이 쓴 책들을 보면 신화가 단지 과거의 이야기가 아니라 지금의 이야기라는 것을 알게 됩니다. 과거로부터 현재까지 관통하는 상징임을 알게 되지요.

에덴동산 이야기는 창조 설화입니다. 둘이 결혼해서 진짜로 아담과

가인을 낳았다는 사실의 이야기가 아니에요. 그건 신의 이야기고 우리 인간의 이야기입니다. 인간이 어디로부터 왔는지, 어디로 돌아가야 하는지, 어떻게 진화를 했고 왜 고통을 당하는지 그 근원을 보여주는 상징이라는 거지요. 에덴은 온전한 곳이고 기쁨이 충만한 곳이죠. 아담과 하와의 결합은 음양의 합쳐짐이고 그건 엄청난 진화이자 성장입니다. 물론 고통이 뒤따르죠. 그러나 고통이 수반되지 않는 진화는 없습니다. 그러니 에덴동산 밖을 알지도 경험하지도 못하고 안에만 머무는 것과 거길 나갔다가 다시 들어오는 것과는 다르지요.

조셉은 또 말합니다. 성경을 잘못 읽어서 무슬림과 유대인이 싸우는 거라고요. 이 말은 성경에 나오는 홍해와 여리고성과 모세 같은 것을 역사가 아닌 신화로 읽어야 한다는 것을 의미합니다. 가나안 땅이 뭐겠어요? 우리가 마침내 도착해야 할 곳입니다. 그러나 그건 우리 밖이 아닌 안에 있습니다. 그러니 홍해와 여리고성과 같은 장애물, 즉 두려움과 의심과 미움 등을 넘어서야 하는 거예요. 홍해 앞에 선 모세가 어떻게 하자 바다가 갈라졌습니까? 카발라에서는 모세가 지팡이를 내리친 게 아니라 직접 바다로 걸어 들어갔을 때, 무릎과 가슴을 지나 코에까지 물이 차올랐을 때 바다가 갈라졌다고 해석합니다. 이게 바로 백척간두 진일보라는 거예요. 이 얼마나 삶의 원리가 고스란히 담겨 있는 이야기입니까. 그런데 그 성경을 잘못 보니까 계속 싸운다는 겁니다. "얼마나 기다려야 인류가 이걸 신화로 읽을 수 있을까. 그리하여 성경을 길잡이로 내면 탐구를 하게 될까. 그 때 인류는 평화로우리라." 조셉 캠벨이 이렇게 말했어요. 박수 한번 보내줍시다.

〈조셉캠벨재단〉이 있는데 조셉 사후에 거기서 주로 책을 펴냅니다. 『네가 바로 그것이다』, 이 책도 거기서 펴낸 것이죠. 이 말은 내가 너무 좋아하는 구절입니다. 날 때부터 소경인 사람이 있어요. 예수를 찾아옵니다. 예수가 눈에 진흙을 바르라고 하더니 실로암 못에 가서 씻어라, 그래요. 시키는 대로 해서 눈을 떴지요. 마을로 돌아가니 사람들이 의심을 합니다. 당신, 옛날 그 장님 아니지? 그러자 눈 뜬 자가 대답합니다. 제가 바로 그 사람인데요! 그렇습니다. '네가 바로 그것이다! 분리될 게 없다!'는 겁니다. 이 책은 기독교와 유대교에 관한 상징들만 모아서 해석한 것이에요. 왜 12월 25일이 크리스마스가 되었는지, 왜 예수가 동정녀 마리아에게서 났다고 하는지, 왜 십자가고 부활인지, 그런 것들이 언제부터 유행했는지 아주 쉽게 설명해줍니다.

이렇게 조셉의 책을 읽다 보니 궁금한 게 생깁니다. 이 인간이 어떻게 이 세계에 갔을까. 어떤 계기로 간 것일까. 알고 보니 그는 아메리카 원주민을 만나면서, 그들의 물건과 이야기에 관심을 가지면서 신화에 빠져들게 되었다네요. 그러니까 조셉을 꽃피운 것은 아메리카 원주민인 셈이죠. 아, 이건 나의 해석입니다.(웃음)

신화, 우리가 온 곳에 관한 이야기

그들의 라이프스타일은 오래된 미래다

내가 처음 아메리카 원주민의 세계를 만난 건 『인디언 옥수수』라는 책을 통해서입니다. 지금은 절판이 됐는지 안 나와요. 그 다음 책이 『인디언 복음』이었죠. 『동물기』 저자인 시이튼이 쓴 책입니다. 그는 자료를 찾아 탐구했을 뿐만 아니라 직접 인디언들하고 살았습니다. 그에 근거해서 인디언들의 의식주를 분야별로 정리했어요. 그 책을 본 유대인 랍비는 그래요. 어, 우리가 말하는 것과 같네? 천주교 신부와 장로교 목사도 그럽니다. 우리가 추구하는 게 바로 이거야.

류시화씨가 엮은 『왜 나는 너가 아니고 나인가』는 바로 그 인디언들의 이야기를 소개하고 있습니다. 그이가 직접 자료를 수집해서 엮은 거예요. 류시화씨가 그 분야에 대해 계속 공부한 것은 알아줘야 합니다. 결국 세계 최고의 인디언 문서 수집가가 되었잖아요. 본문 중에 어느 인디언 추장의 연설문이 실려 있어요. 1900년대의 사람이에요. 미타쿠야오야신, 이 말이 바로 거기서 나오는 겁니다. 이 세계는 모두 하나로 연결돼 있습니다, 라는 의미입니다. 인디언들의 인사말인데 얼마나 멋있고 아름답습니까?

"오랜 옛날, 사람들이 말하는 대로 콜럼버스가 우리를 발견하기 이전에 우리는 동물들과 훨씬 가까웠다.…… 우리 인디언들은 이 세상과 우주 전체를 시작도 끝도 없는 하나의 영원한 순환으로 이해하고 있었다. 그 순환 속에서 인간 역시 하나의 동물에 지나지 않는다. 물소와 코요테는 우리 형제들이고 새들은 사촌이다. 작은 개미와 벼룩조차, 그리고 당신이 발견할 수 있는 가장 작은 들꽃조차 우리의 친척들이다. 우리는 기도를 드릴 때마다 '미타쿠야오야신'이란 말로 끝을 맺는다. 그것은 우리 모두는 친척들이다, 하나로 연결돼 있다는 뜻이다. 그 속에는 대지 위를 날고 기고 뛰어가는 모든 것이 포함된다. 백인들은 인간을 자연의 정복자, 주인으로 생각하지만 우리 자연과 가까운 인간들은 백인보다 더 많은 것을 알고 있다."

백인들이 원주민이 사는 땅에 들어와서 한 말이 "신을 믿으라"는 거였죠. 하지만 그들에겐 또 하나의 신은 필요가 없는 겁니다. 이미 너무 많은데 왜 또 갖고 들어왔느냐는 거죠. 백인들이 땅을 구획하여 철조망 치는 것도 그들에게는 또한 이해가 되지 않는 일입니다. 그 사건에 대해 인디언 추장이 이렇게 편지를 써요. "어떻게 우리 어머니를 나눌 수 있다고 하느냐. 땅은 우리 어머니인데 어떻게 쪼개라는 것이냐. 너희는 땅을 팔라고 한다. 그러나 그 땅 위의 나비와 꽃향기는 어떻게 계산할 것이냐?"

충격 아닙니까? 도대체 누가 하나님 가까이 사는 겁니까? 매일 신을 떠드는 우립니까, 아니면 이들입니까?

신화, 우리가 온 곳에 관한 이야기

해와 물이 만나 깨어난 민족

그러면 우리에게도 신화가 있을까요? 당연히 있습니다. 『삼국유사』에 그 이야기가 보존되어 있어요. 일연이라는 도인이 우리 민족이 가장 어려울 때, 민족의 정기가 회복되어야 할 필요를 느껴 쓴 책입니다.

　삼국유사는 탄생 설화를 담고 있습니다. 우리나라 건국 이야기를 들려주지요. 환인과 환웅, 단군 왕검이 나옵니다. 삼위일체예요. 환웅이 곰과 결혼을 하여 단군을 낳았다고 돼 있죠. 신화적으로 해석할 때 곰은 곰을 숭상하는 부족을 상징합니다. 말하자면 곰을 숭상하는 부족의 갑순이와 맺어졌다는 거지요. 쑥과 마늘도 그래요. 환웅 정도 되는 이와 혼인 맺을 사람을 구하는데 뭔가 자격을 심사하고 정화하는 작업이 있지 않았겠습니까? 호랑이 부족의 여자는 중간에 포기하고 돌아간 반면 곰 부족 여자는 그걸 통과하여 거듭났다는 것이지요. 내가 수련회 하면서 종종 그럽니다. 중간에 나가는 놈은 호랑이로 남고 다 마치면 사람 되어서 나갈 수 있다고.(웃음)

　이 설화는 어떻게 사람 되는가를 보여주는 이야기예요. 특이하게도 우리나라 건국 신화들의 모티브는 죄다 알에서 깨어나는 거지요. 우리 민족이 깬 민족이고 깬 백성이라는 의미겠죠.

　재미난 얘기 하나 더 할까요? 주몽 아버지가 해모수고 어머니가 유화부인입니다. 해모수는 태양을 상징하고 유화부인은 물을 상징하지요. 그런데 광개토대왕의 깃발에 우물정자가 찍혀 있다는 걸 작가 최인호씨가 발견해요. 그래서 그걸 확인할 수 있는 자료를 찾기 위해 중국 연변 일대를 돌아다니다가 중국에 있는 고구려인들의 묘 머리가 하나같이 같은 방향을 향해 있는 것을 알아내지요. 신기해서 지도를 꺼내 봤더니 그 방향에 백두산 천지가 있습니다. 마침 방송국에서 특집 프로그램을 만들자고 하여 최인호씨가 스태프들과 함께 백두산에 갑니다. 아침이에요. 해가 떠오르는데 보니까 천지 안에 해가 들어가 있습니다. 해와 물이 만나 우물 정#자가 된 거예요. 바로 광개토대왕의 깃발입니다.

이어령씨가 처음 삼국유사에 관한 글을 쓰기 시작한 게 66년이랍니다. 가장 많이 연구하고 글로 남긴 사람이에요. 88올림픽 열릴 때 그 행사의 맥을 잡기 위해 다시 읽었답니다. 뭐든 건국신화의 정신에서 출발하자는 것이 그 선생의 주장입니다. 옷을 사 입든, 구멍가게를 열든, 아니면 집터를 잡든 결국은 내가 들어온 구멍을 알고 나가야 할 구멍을 알아야 한다는 것이죠. 우리나라 건국신화라면 바로 우리가 들어온 이야기입니다. 그 안에서 우리는 우리의 혼과 정신, 삶의 원리를 만날 수 있습니다.

자, 오늘은 이만합니다.

문화의 자취를 찾아서

우리 문화의 수수께끼 1·2

나의 문화유산 답사기

한국의 미 특강

우리가 알아야 할 우리 한옥

하늘 아래 기와집을 거닐다

노을 진 메아리

흙 속에 저 바람 속에

얼마전 20대 후반에서 30대 초반에 이르는 청년들과 3박 4일동안 사원 연수 프로그램을 진행했어요.

그런데 맨 처음 올라오는 생각이 이겁니다. 젊은이들이 왜 이리 무미건조할까. 왜 분노할 줄도, 부끄러워할 줄도 모르고 도전할 줄도 모르는 것일까. 온몸이 눈치 보기와 미루기와 핑계대기로 굳어 있는 저 인간들을 어떻게 72시간만에 변화시킬 수 있을까. 끔찍한 거예요. 하루는 내가 어떤 사람에게 질문했어요. 경쟁업체가 호남을 점령하고 있습니다. 당신은 어떻게 당신 회사 물건을 그 지역에 넣을 수 있습니까? 노력하면 됩니다. 그래요. 다시 질문했죠. 어떻게? 어떻게? 어떻게? 계속 물으니 그 청년이 폭발합니다. "어떻게든 합니다!" 그제야 이 대답이 나옵니다. 다른 사람에게 묻습니다. 결혼할 수 있습니까? 네, 어떻게든

할 수 있습니다. 비로소 청년들이 자기 안에 있는 무한 능력을 발견하는 거예요. 생각이 끝나는 자리에서 변화가 일어나는 겁니다.

흐르던 물이 어느 날 사막을 만납니다. 건너고 싶어요. 그러나 불가능해 보입니다. 닿는 족족 사막에 스며드니까요. 그 때 묻습니다. 물아, 너 사막을 건널 수 있니? 못 건너요, 어느 물이 대답합니다. 그러자 다른 물 하나가 말합니다. 난 어떻게든 건널 거야, 건널 수 있어. 그 물은 방법을 찾습니다. 그러다 바람을 만납니다. 다른 물들에게 바람은 그냥 부는 것입니다. 그러나 그 물에게는 뭔가 속삭임이 들립니다. 바람이 말을 건네는 것입니다. 내 등에 올라타. 나를 타고 사막을 건너렴 …… 그렇게 물이 바람을 타고 사막을 건너면서 남긴 이야기들이 신화가 되고 우화가 되고, 또 소설이 되고 그림이 되고 건축물이 됩니다. 갖가지 색깔과 모양과 형태로 나타납니다. 후대 사람들이 그것을 문화라고 부릅니다. 우리는 바로 그 문화 안에서 태어나고 살다가 사라집니다. 따라서 문화를 읽고 해석하지 못하면, 그를 토대로 창조하지 못하면 나의 삶은 사막 한가운데서 그냥 스며들고 맙니다. 건너서 이야기를 남길 수 없는 것입니다. 그렇습니다. 오늘의 주제는 문화입니다. 그것도 우리가 그 안에서 나고 자라고 사라질 우리 문화 말입니다.

삶의 비밀들이 풀리다

문화 하면 먼저 드는 느낌이 부끄러움입니다. 가장 부끄러운 사실 하나는 내가 풍물을 후배들에게 가르쳐주지 못하고 거꾸로 후배들한테 배웠다는 겁니다. 비참한 일이죠. 나는 우리 가락을 몰랐습니다. 우리 악기를 연주하는 방법도 몰랐습니다. 그건 무당들이나 하는 것이라고, 비올 때 술 먹고 사물하면 망하는 지름길이라고 배웠습니다. 교회 안에서 기타나 피아노 치면 괜찮지만 장구 치면 안 된다고 세뇌되었습니다. 하지만 보십시오. 자기 나라 악기로, 가락으로 찬송 안 하는 나라가 어디 있는 줄 아십니까? 유일하게 일본과 한국 두 군데 뿐이라는 사실을 알았을 때 얼마나 부끄럽던지요.

80년대 초에 우리나라에 선풍적으로 불던 운동이 있습니다. 민중, 민족이라는 단어가 유행하던 시기였지요. 여러 분야에서 운동이 벌어지죠. 민족문화운동도 그 중 하나입니다. 그 한복판에 주강헌이란 사람이 있습니다. 고려대와 경희대를 다니면서 우리 문화를 연구합니다. 민중들의 일상적인 삶이 배어 있는 문화를 말입니다. 그걸 책으로 엮어낸 게 『우리 문화의 수수께끼 1·2』입니다. 이 책을 보면 애를 낳고 왜 대문에 금줄을 두르는지, 이사할 때 왜 팥죽을 끓이는지, 우리 민족이 왜 흰옷을 입는지, 왜 만세삼창이고 초가삼간이고 오방진인지에 대한 설명이 되어 있어요. 그는 말합니다. 왕실에서 일어난 일을 아는 게 무슨 소용이냐고. 우리가 알아야 할 것들은 바로 백성들의 삶이 아니겠냐고요. 읽어 보니 그 말이 맞습니다. 그걸 알 때 나를 알게 되니까요.

이런 중요한 내용을 학교에서 안 가르쳐주니까 재야운동권에서 찾아내서 보급한 거예요. 사물놀이를 실내로 끌어들여 공연으로 만든 사람이 누군지 아십니까? 정부가 안 하니까 김수근이라는 개인이 나서서 그걸 했어요. 5세 때부터 풍물 친 이들, 김덕수, 김용배씨 같은 사람을 모아서 자기 빌딩에 있는 강당에서 공연을 하게 한 거예요. 그것이 사물놀이의 효시가 되었죠. 당시 그가 한 말이 너희들은 세계적으로 성장할 수 있다, 성공할 수 있다는 말이었답니다. 그런데 보십시오. 그 예언이 적중하지 않았습니까?

나의 문화유산 답사기 | 유홍준

사랑하고 알면 예전 같지 않으리

60년대까지만 해도 우리나라는 농경사회였어요. 그 후 70년대를 거치면서 산업사회로 접어들고 산업사회의 끝에 88올림픽이 있습니다. 그때부터는 정보화사회가 됩니다. 그와 동시에 정보를 보고 듣고 내 발로 가서 직접 체험하는 것이 하나의 문화 아이콘으로 떠오르지요. '체험'이 마케팅을 위한 상품으로 등장하는 겁니다. 노래(체험)방, 찜질(체험)방, 오지체험, 현장학습체험, 이런 말들이 죄 그 시기에 나오지 않았습니까. 여행도 그냥 여행이 아니라 답사여행의 바람이 붑니다. 뭐가 뭔지 모르는 채 그냥 보고 돌아오는 데서 벗어나, 이제는 전문 가이드와 함께, 최소한 사전 지식을 쌓고 가서 뭔가를 얻어가지고 돌아오는 여행의 시대가 된 겁니다.

그 즈음 우리 문화에 조예가 깊은 양반이 답사팀을 꾸려서 여행을 다닙니다. 그 내용을 써서 잡지에 실었는데 반응이 좋으니까 책으로 엮어내요. 그게 유홍준씨의 『나의 문화유산 답사기』입니다. 백만 부 이상이 팔렸고 지금도 꾸준히 팔린대요. 저도 기억납니다. 그 책 들고 아이들 데리고 3박 4일간 남도여행 갔던 게 말입니다. 소쇄원과 다산초당, 그리고 서산 마애석불까지 두루 돌아보면서 이 책은 대대손손 물려주어야 할 보물이라고 생각했죠. 그 때는 정말 어느 현장에 가도 이 책을 든 사람들을 종종 만날 수 있었습니다.

저자인 유홍준씨는 소위 운동의식이 있던 사람이에요. 서울대 미대를 나와 홍대에서 미술사를 공부했습니다. 이 책을 통해 그가 유행시킨 구절이 있죠? "사랑하면 알게 되고 알면 보이나니 그 땐 예전 같지 않으리라." 얼마나 명구절입니까. 조선시대 문인인 유한준이 남긴 구절이랍니다. 이런 건 외워야 돼요.(웃음)

3권을 열면 이런 글귀가 나옵니다. 누워 읽지 마십시오. 줄 치라고는 안 하겠습니다. 다만 앉아서, 행간의 느낌까지 다 느꼈으면 좋겠습니다. 정말 그렇게 읽어야 할 책입니다. 그냥 설렁설렁 읽어서는 왜 저자가 '우리나라 전체가 박물관'이라고 했는지 알 길이 없어요. 이 또한 얼마나 가슴 뛰는 말입니까. 처음엔 부끄러웠어요. 우리나라 전체가 박물관이라는데 왜 난 그걸 몰랐지? 왜 못 느꼈지? 몰라서 그랬던 겁니다. 우리 삶의 흔적을 우리 자신이 못 보고 있던 겁니다. 그러니 우리가 얼마나 무식한 겁니까? 일본인이 수집해 가고 미국인이 가져가도 눈 뜨고 당하고만 있던 게 그래서예요. 꼭 읽으십시오. 뭘 모르는지 알기 위해서라도 읽어야 합니다.

한국의 미 특강 | 오주석
우리 그림에 담긴 정신과 미학

김홍도가 어떤 사람이었는지 아시는 분이 이 자리에 몇이나 될까요? 나는 이 책 보고 처음 알았어요. 또 민화가 무엇인지, 어떻게 봐야 하는지, 왜 호랑이가 그려져 있는 것인지……, 그런 것들도요. 오주석이라는 분이 쓴 『한국의 미 특강』입니다. 저자는 호암미술관 학예 연구원으로 현장에서 일하던 분이에요. 당시 그가 강의를 하러 다녔는데 그걸 들은 사람들이 흥분했죠. 그래, 녹음을 해서 그걸 잡지에 실었는데 출판사에서 연락이 온 겁니다. 책으로 내자고. 정말 재미있는 책입니다. 밥 먹는 것도 잊어버릴 정도예요. 재미만 있는 게 아니라 우리 문화가 얼마나 우월하고 아름다운지 느끼게 해줍니다. 서양 초상화와는 비교할 수 없는 우리 초상화의 미를 알게 된다고요.

우리는 정작 우리의 것을 너무 모르고 무시하는 경향이 있습니다.

여러분, 세종대왕 정도는 다 아시죠? 그러면 세계 언어학자들이 세종대왕 생일에 참배하러 우리나라에 온다는 사실도 알고 있습니까? 언어학자들이 문맹퇴치상을 제정했는데 그 공식 명칭이 세종어워드Sejong Award라는 걸 아십니까? 그들이 볼 때 세종대왕은 그만한 가치가 있는 훌륭한 분입니다. 인류역사상 백성을 어여삐 여겨 글자를 만든 왕은 유일하게 세종 한 분뿐이라는 거예요. 이런 얘기들이 이 안에 가득합니다. 그런데 애석하게도 저자가 벌써 저세상 사람이 되었습니다. 살아서 더 좋은 책 많이 냈어야 하는데, 그런 아쉬움이 있지요.

우리가 알아야 할 우리 한옥 | 신영훈
하늘 아래 기와집을 거닐다 | 박선주

땅, 하늘, 삶이 다 들어 있는 집

일 년에 한두 번쯤 한국의 아름다움이 사무치게 느껴질 때, 그 때마다 가고 싶은 집이 있습니다. 바로 한옥입니다. 예전에 아내가 운영하는 유치원 아이들을 끌고 안동 하회마을에 갔던 기억이 납니다. 트럭 한 가득 짐을 싣고 아이들을 데리고 가서 골목길에 풀어놨어요. 맨발로 걷게 했죠. 지금도 한옥 한 채 구해서 아이들에게 서까래 보게 하고 마루에 앉아서 빗소리 듣게 하는 게 내 꿈입니다. 겨울에 문고리 잡으면 손이 어떻게 들러붙나 그런 것도 시험해 보게 하고 싶고. 그런데 요즘

엔 잘 안 들러붙는다면서요?(웃음)

한옥의 아름다움을 일러주는 책, 『우리가 정말 알아야 할 우리 한옥』입니다. 실제 목수인 신영훈 선생이 썼어요. 책상에서 건축학을 공부한 사람이 아니라 어려서부터 나무를 만지고 다루어온 사람이 쓴 것입니다. 한옥이란 무엇인가에서부터 시작해서 한옥을 구성하는 각 요소, 즉 기둥, 서까래, 처마, 이런 것을 사진과 더불어 아주 상세하게 설명하고 있어요.

김수근 선생 얘기 하나 할까요? 어느 날 일본인 스승이 한국에 옵니다. 그 분을 모시고 여기저기 다니다가 수덕사 부근을 지나게 되었나 봐요. 초가집 하나를 그 스승이 발견합니다. 안에 들어가 한참을 안 나와요. 그러더니 "이런 집을 두고 뭣하러 일본까지 공부를 하러 왔느냐"고 하더랍니다. 스승이 보기엔 그 허름하고 낡은 초가집이 세계 최고의 집이라는 거예요. 무슨 말인지 이해가 되십니까? 실제로 요즘은 살고 싶은 집으로 한옥을 꼽는 사람이 많다고 합니다. 서서히 우리 것에 눈을 떠가는 것이지요.

한옥에 관한 책을 하나 더 소개하라 하면 박선주의 『하늘 아래 기와집을 거닐다』를 추천하고 싶습니다. 저자가 한옥을 방문해서 쓴 에세이에요. 소쇄원, 추사고택, 윤중고택 등 대표적인 한국의 한옥 15개 정도가 소개되어 있습니다.

한옥을 말할 때 빼놓을 수 없는 것 중 하나가 선교장이지요. 14대째 한 집에 살고 있습니다. 후손 가운데 한 명이 〈열화당〉이라는 출판사를 만들었죠. 선교장 정자 이름을 딴 것입니다. 그 사람이 대한민국에 아

주 큰 사건을 하나 벌입니다. 세계 최초로 파주에 출판문화단지를 만
든 겁니다. 며칠 전에 보니까 도올 김용옥 선생이 정부에 이런 제안을
해요. 출판문화단지에 세계 최고의 도서관을 만들라고요. "출판계, 그
영세한 업종의 사람들이 파주라는 허허벌판을 개발해 전 세계인이 한
번쯤 와보고 싶어하는 문화단지를 만들었으니, 이제 정부는 도서관을
지어서 그 부끄러움을 씻어야 한다"고요. 과연 도올 선생다운 시원한
일갈이지 않습니까?

노을 진 메아리 | 김열규

따뜻하고 아린 고향 풍경

김열규 교수가 서강대에 재직할 때 쓴 책이에요. 뒷동산, 포구, 산, 풀,
성황당, 샘터, 고갯길, 장터, 앞마당…… 이렇게 챕터를 정해서 아주 서
정적으로 묘사해 놓았어요. 앞마당의 한 대목 읽어볼까요?

"마당은 뜰과는 다르다. 뜰은 구태여 울타리 안이라야 하지만 마당
은 집 바깥일 수도 있다. 집 앞뒤는 말할 것도 없고 동리 곁 넓은 터면
아무데나 마당이다. 울타리에 싸인 마당은 안마당이고 집 밖의 마당은
바깥마당이다. 안마당은 아무래도 은근하고 아늑한 기운이 더하기 마
련이다. 남향 바른 집채에 동향 한 대문을 세우자면 삼대가 두루 적선
을 하고 인심을 얻어야 한다고 했다. 햇살이 오래 머물고 훈기가 남보

다 더한 터전에서 대에 대를 불려서 바르고 맑게 후덕하게 살자던 마음. 그 마음이 터를 닦아 앞마당이 되었다. 그것은 길지요 길터라서 상서로운 조짐이 늘 자욱한 터전이다. 대체로 사람 사는 집은 무엇보다도 바탕이 편편하고 둘레가 촉박하지 말아야 한다. 명당으로서 너그러우며 막힘이 없어야 하고 땅은 기름지고 샘물은 달아야 한다. 또한 햇빛에 넘치고 밝은 기운에 차 있어야 대나무가 숲을 이루면 그 기운이 성함을 보아서 알 것이니 여기가 바로 길한 집터다. 정다산이 보여준 길한 집터의 조건이다."

어떠세요? 고향 냄새, 앞마당 냄새가 좀 나는 것 같죠? 이런 것도 우리를 성장시킨 문화입니다. 삶과 아주 밀착되어 있는 문화지요.

'우리 것'에 눈 뜨다

우리에겐 육신의 고향뿐 아니라 마음의 고향도 있습니다. 『흙 속에 저 바람 속에』, 마음의 고향을 상기시키는 책이에요. 이어령 선생님이 쓰셨죠. 우리 때는 이 책 안 읽으면 조선 사람이 아니었어요. 이것만 읽으면 애국자가 되었죠. 우리 게 정말 좋아지니까. 우리 문화, 생각, 색깔, 기호 등 '우리 것'이 좋다는 걸 알려준 첫 책이라 할 만합니다. 정말 감동이에요. 우리가 이런 걸 모르고 살았구나 하는 감탄과 함께 눈물이 절로 납니다.

　우리 민족은 일제 식민 지배의 영향으로 우리 것을 제대로 통찰할 기회를 상실했어요. 우리 문화, 기호를 해석하지 못했죠. 그러니 자신감을 가질 수 없었고요. 그런데 단군신화를 연구하던 기호학자 이어령 님이 이 수필집을 쓴 겁니다. 그 시기엔 교양인이면 반드시 들고 다녀야 할 책 중 하나였어요. 지금도 마찬가지라고 나는 생각해요. 교양인이 되고 싶은 분들이라면 꼭 읽어야 할 필독서입니다.

21세기 영성시대를 관통하는 최고의 화두는 영성, 환경, 문화, 여성, 평화, 이 다섯 가지입니다. 이걸 모르면 21세기를 빈약하게 살 수밖에 없습니다. 오늘은 그 중 하나인 문화에 대해 이야기했습니다. 특히 우리 선대와 우리 자신, 나아가 후대가 나고 자랄 우리 문화에 대한 보석 같은 책들을 소개했습니다.

우리 문화를 모르면 나를 알 수 없습니다. 서양인들이 너희는 왜 개고기를 먹느냐고 비웃고 모욕해도 따질 수가 없어요. 하지만 그들이 개고기를 먹던 우리 문화에 대해 뭘 압니까? 그들이 소 잡아먹을 때 우리는 개 먹었지요. 농경문화에서 재산 1호로 치는 소를 먹을 수는 없었으니까요. 달리 단백질을 섭취할 길이 없어서 먹은 겁니다. 더위 먹지 않고 여름 나려고 먹은 거예요. 그것도 없어서 못 먹은 나 같은 아이들

은 닭 잡아먹고 컸습니다. 그게 바로 삼계탕인 거지요. 그렇다고 개고기 먹으라는 얘긴 아니고요.(웃음)

　문화, 알고 살자! 오늘의 핵심은 이거였습니다. 대중가요는 훈련 안 해도 들리죠. 그러나 클래식은 훈련해야 들립니다. 세상 말은 그냥 들려요. 하지만 예수와 붓다 같은 분들이 남긴 참말은 귀가 뚫리지 않으면, 눈이 열리지 않으면 안 들리고 안 보입니다. 문화도 그렇습니다. 그게 빛인데 내 눈이, 귀가 어두워서 못 보고 못 들어요. 그러니 내 눈을 뜨고 귀를 열어야 해요. 그러면 삶이 바뀌지요. 더 행복하고 풍성해집니다. 모르는 사람한테는 팔만대장경도 빨래판이고 고려청자도 개밥그릇이나 다름없어요. 껌하고 다이아몬드하고 바꿔치기합니다. 이제 그렇게는 살지 말아야 할 것 아닙니까? 사랑하면 알게 되고 알면 보이나니 이젠 예전과는 다르리라. 오늘은 여기까지 하겠습니다.

생각 밖의 열린 세계

서양철학 우리 심성으로 읽기 1~3권

거기 계시며 말씀하시는 하나님

현대물리학과 동양사상

신과학과 영성의 시대

참을 수 없이 무거운 철학 가볍게 하기 1·2

과학과 기술로 본 세계사 강의

다석강의

세계종교사상사 1~3권

반문의 예술사 이야기 1~3권

요즘 살림마을에서는 새 프로그램을 연습 중입니다. 〈영성경영 CEO 과정〉과 〈사원연수 CEO Avatar 과정〉이 그것입니다. 아봐타 과정에 참여하는 이들의 평균연령이 30대 초반이에요. 최고경영자 과정에 오는 사람들은 40대가 많습니다. 얼마 전에 처음으로 해본 〈실버 깨어나기〉의 평균연령은 70세였고요. 이런 프로그램들을 진행하면서 제가 발견한 게 하나 있어요. 정신연령이나 영적인 연령, 그리고 수련에 임하는 자세는 나이와는 전혀 상관이 없다는 겁니다. 이제 겨우 30대 초반인데도 파삭 늙어버린 사람이 있습니다. 70세인데도 젊은이보다 더 열정적으로 사는 사람이 있고요.

　어르신들 모시고 하는 실버 깨어나기 수련생 중에 가장 젊은 분이 대학교수였어요. 학력도 가장 높았죠. 40대 중반에 결혼을 했는데 거기서 막힌 겁니다. 남편하고 뭔가 소통이 안 된 거예요. 그로 인해 가장 늙어 있습니다. 그 분을 늙게 만든 건 남편이 아니에요. 그가 가진 남성에 대한, 남편에 대한 관념이 인생을 꼬이게 만든 겁니다. 그 중 가장 강한 게 술 먹으면 안 된다는 거였어요. 남편은 술 먹으면 안 된다, 그 생각에 꽉 막혀서 수련회도 참 어렵게 했죠. 그런데 얼마 전 편지를 한 장 보냈어요. "선생님이 그토록 나를 흔들지 않았다면 나는 깨지지 않았을 것입니다. 나는 내가 100% 정당하고 옳은 줄로만 알고 살았어요. 제 남편이 다 틀린 줄로 믿고 있었지요."

수련회 중에 그 분이 뭐라고 한 줄 아십니까? 내가 하는 말이 남편이 평상시 하는 말과 똑같대요. 너 악질이다, 근무태만이다, 그러려면 왜 결혼했냐…… '맑은물붓기' 시간에 내가 그랬습니다. 남편의 좋은 점을 찾아오라고. 그랬더니 죽 나와요. 자상하다, 밥 잘 하고 청소 잘 한다, 아이를 끔찍이 사랑하고 잘 놀아준다. 마침 그 옆에 앉아 계신 분은 남편이 자기한테는 못하고 바깥에서만 잘 한다고 생각해서 그거 때문에 속 끓이는 사람이었죠. 그래, 내가 그 분에게 물었습니다. 이런 남편 어때요? 그러자 그 분 대답이 그런 남자와 하루만 살아봤으면 여한이 없겠다는 겁니다.

그렇습니다. 우리는 이처럼 자기 매트릭스, 생각의 알 속에서 살고 있습니다. 저도 그렇습니다. 단지 알의 크기와 유연성이 다를 뿐이에요. 크기가 크면 그만큼 많은 걸 수용하겠죠. 유연하면 열고 닫는 것이 좀더 자유로울 것이고요. 그 차이입니다.

핵심을 뚫으면 길이 보인다

여행에 대한 동경이 싹틀 때 가장 먼저 가봐야겠다고 작정한 게 유럽입니다. 사람들은 내가 인도에 가장 가보고 싶어한다고 생각해요. 하지만 일순위는 늘 유럽이었습니다. 왜 동양이 유럽한테 졌을까, 그들의 철학과 사상과 문화가 어떠했기에 자기들보다 앞서 있던 인도와 중국을 지배할 수 있었을까, 그게 늘 궁금했거든요. 여행의 꿈은 잠시 접어두고 서양철학부터 공부해보자 작정했죠. 그런데 너무 어려운 겁니다. 단어 하나 이해하는 데만 한참 걸려요. 그러던 것을 김흥호 선생님을 만나면서 아, 그게 그런 거구나 하고 고개를 끄덕이게 됩니다. 나 혼자서는 딱딱해서 씹지 못하는 것을 잘 씹어서 넣어주는 분이 바로 김흥호 선생님이셨던 거지요.

　김흥호 선생님 소개는 앞에서 했었죠? 북한에서 목사님 아들로 태어난 분이에요. 시쳇말로 부르조아 집안의 아들이었죠. 천재 소리 듣고 자랍니다. 평양고보 출신이에요. 23세에 와세다 대학 법학부로 유학을 갑니다. 거기서 만난 게 우찌무라 간조의 무교회고요. 그걸 계기로 성서 연구에 대한 열정을 불태우죠. 26세에 귀국해서 용강중학교를 설립하여 교장 노릇을 합니다. 그런데 6.25 전에 김일성이 그 지역을 점령하면서 토지를 몰수당합니다. 땅이고 집이고 다 빼앗겨요. 어머니하고 둘이만 간신히 살아 내려오죠. 남쪽에서 자리 잡고 다시 공무원 시험 봐서 공무원이 됩니다. 근데 속된말로 와이로를 안 받고는 살기가 너무 힘든 거예요. 그렇다고 양심상 받을 수도 없고. 그러던 중 정인보 선생을 알게 되어 국학대학(현재의 국민대)에서 철학을 배웁니다. 한문에 관심이 있다는 걸 알고 누군가 유영모 선생을 추천해요. 29세 때 일입니다.

스승과 헤어진 후 집에서 주역 공부를 시작하지요. 64괘까지 공부를 마치는 날 득도를 하고요. 그 후 12년 동안 깨달은 눈으로 다시 공부를 합니다. 그 때 선생님이 지킨 생활규칙이 유명하죠. 차 안 타고 걸어다니셨습니다. 하루에 한 끼 드셨어요. 필요 없는 말은 안 하시고 일찍 자고 일찍 일어나셨습니다. 그렇게 공부를 마친 뒤에 그 내용을 대중 앞에서 강의하기 시작합니다. 그걸 들은 사람들이 우리만 듣기 아깝다면서 학생들한테 들려줘야 한다고 건의합니다. 당시 이화여대 총장인 김옥길 여사가 선생님에게 제안을 하죠. 미국 가서 목사 안수만 받아와서 우리 대학 교회를 맡아 달라고요. 그렇게 해서 미국에 가게 됩니다. 그런데 뭐 말이 들려야 공부를 하죠. 그렇다고 돌아갈 수도 없어요. 목사 안수 못 받아오면 강당에 안 세워주겠다고 하니까. 그러면 먹고 살 길이 없잖아요. 다행히 어느 날 영어에 귀와 입이 열리는 체험을 하고 귀국해서 이대 교회로 갑니다. 얼마 후 《사색》이라는, 선생님 개인이 만드는 24쪽의 얄팍한 잡지가 나오기 시작하죠. 1호 발간할 때 아예 선언을 합니다. 12년을 공부했으니 12년을 쓰겠다고. 역시 도인은 다르지요? 목표가 아주 분명합니다. 그런데 선생님 말씀이 3호 내고 나니까 쓸 게 없대요. 그렇다고 막 내릴 수도 없죠. 이미 공표해 버렸으니까.

그렇게 해서 예정대로 144호까지 나옵니다. 그걸 〈풍만〉출판사에서 사색 시리즈로 10권을 내죠. 절판이 되었는데 제자 중 하나가 다시 찍었어요. 출판사 이름부터 〈사색〉입니다. 부제가 '서양철학 우리 심성으로 읽기'입니다. 이 부제는 선생님이 이대에서 퇴임하고 미국에 교환교수로 있다가 돌아올 때 바로 픽업해서 자기 학교로 데려간 감신대 총장 변선환씨가 했던 말입니다. 그 분이 종종 그러셨죠. 김흥호야말로 우리 심성으로 서양철학과 기독교를 소화해낸 유일한 사람이라고. 그 분 덕에 그 제자들이 호강을 하죠. 김흥호 선생님 밑에서 공부를 할 수 있었으니까요.

플라톤, 스피노자, 소크라테스, 칸트 이런 사람들이 한 말이 얼마나 어렵습니까. 나도 원전은 못 읽었습니다. 너무 어려워요. 그런데 이 책은 다릅니다. 쉬워서 겁먹을 필요가 없어요.

선생님과 관련한 재미있는 얘기 하나 할까요? 어느 날 일본 불교계 사람들이 찾아옵니다. 김흥호가 도인이라는 소문이 나서 그걸 확인하러 온 거예요. 선생님을 만난 그 일본인들이 말합니다. 이 분은 진짜 깨달은 분이다. 그 얘기가 일본에 퍼지면서 다시 한국에까지 들어오죠. 이번엔 한국 스님들이 찾아옵니다. 면담을 하고 나더니 결론을 내려요. 김흥호는 깨닫지 못했다고요. 자기들이 못 깨달아서 못 알아본 것을 선생님이 깨닫지 못했다고 착각한 것입니다.

신학과 신학 아닌 것의 만남

신학교 2학년 때입니다. 종교철학 과목을 들었는데 교수님이 미국에서 유학하고 막 들어온 분이었어요. 입만 열면 '지금여기 Here and Now'를 외쳤지요. 그 교수님 소개로 『거기 계시며 말씀하시는 하나님』이라는 책을 만나게 됩니다. 지금 나보고 제목을 붙이라면 '여기 없이 계시며 말하지 않고 말씀하시는 그분'이라고 하겠어요. 하지만 그 때는 그 제목만으로도 너무 좋았죠.

'프란시스 쉐퍼'라는 사람이 썼습니다. 보수주의 신학자였어요. 그런데 미술을 전공한 자기 아들과 그림 이야기를 하면서 깨어납니다. 복음을 이렇게 전해야겠다는 생각에 미국을 떠나 스위스의 한 작은 동네로 가요. 거기에 집 하나를 마련하여 이름을 '라브리'라 짓습니다. 그리고는 오고가는 청년들에게 복음을 전하지요. 예수 믿으면 천당 간다는 식이 아니라, 삶과 문화와 종교와 믿음이 어떻게 밀접한 관계 안에 있는지를 증거해요.

책 속에 그림에 관한 이야기가 많이 나옵니다. 그런데 내가 그림에 대해 뭘 알아야 말이죠. 그래서 홍대 미대 졸업하고 신학을 하겠다고 온 화가 후배에게 부탁을 합니다. 그림에 대해서 좀 알려달라고요. 그랬더니 다음날 책을 이만큼 들고 와서 잔디밭에 앉아 미술사 흐름에 대해 강의를 하는 거예요. 그걸 들으며 내가 정말 무식하다는 걸 알았죠. 한편으로는 감동이 됩니다. 설명을 들으면서 보니까 뭐가 뭔지 알겠는 거예요. 그러다 고갱 편으로 막 넘어갔는데 후배가 말합니다. 장형, 이거 봐요. 책장을 넘기면서 이 그림, 저 그림을 동시에 보여줍니다. 그러면서 물어요. 뭐가 달라? 색깔이 다르네. 또 묻습니다. 왜 그런 것 같아? 글쎄? 생각이 달라진 거야. 왜? 만나는 사람이 달라지니까. 그 순간 내 안에서 뭔가 일어납니다. 거기 계시며 말씀하시는 하나님이라는 책과 화가 후배인 박영의 말이 딱 만나더라 이겁니다. 그 때 알았죠. 신학은 신학만 한다고 해서 되는 게 아니라는 것을.

동유럽 여행 때 스위스의 라브리를 어렵게 물어 찾아갔습니다. 그런데 동네 사람들이 라브리를 모르더군요. 아무튼 그 때의 감동은 지금도 내 안에 남아 있습니다.

과학과 영성의 통합 선언

나는 책을 안 읽던 사람입니다. 굳이 변명을 하자면 어려서부터 그런 걸 누릴 혜택과 기회를 별로 갖지 못했어요. 그런데 이 영성세계의 길을 가면서 알아차린 게 있습니다. 과학적 지식이 없으면 이해하고 표현하는 데 한계가 있다는 사실이에요. 그래서 카프라의 책에 도전하게 되었죠. 그 어렵다는 과학도서에 말입니다. 먼저 읽은 책이 『현대물리학과 동양사상』입니다. 너무 멋지지 않습니까? 가슴이 막 뛰더라고요. 우리는 예전에 동양은 후지다고 배웠어요. 그런데 그 후진 동양과 물리도 그냥 물리가 아닌 현대물리학이 만난 겁니다.

카프라는 현대 물리학자예요. 일반 물리학자와 다른 게 있다면 낮에는 순수물리학을 하고 밤에는 히피 생활을 했다는 점이지요. 이 사람이 어느 날 자기가 배운 물리학이 노자의 내용과 같다는 걸 발견합니다. 그 후 동양사상에 심취해서 스승들을 찾아다니게 되지요. 거기서 배우고 익히고 사색한 것들을, 주제가 불교든 노자사상이든 뭐든 다 정리해서 발표합니다.

덤으로 카프라 책 하나 더 소개해 봅니다. 미국 캘리포니아 주에 있는 〈에살렌 연구소〉에서 인간의 의식 진화에 도움이 되는 새로운 이론들을 소개하고 강연을 열고 대담을 개최했지요. 헉슬리, 앨런 와츠, 조셉 캠벨 같은 사람들도 거기서 한 번씩은 다 강의를 하고 프로그램을 진행했어요. 어느 날인가는 프리초프 카프라라는 물리학자와 베네딕트 수도사와 신부, 이렇게 셋의 대담을 성사시켰죠. 그걸 글로 풀은 책이 바로 『신과학과 영성의 시대』입니다. 이 책을 읽으면 지금이 어떤 시대인지, 과학자와 영성가가 어떻게 통하는지를 알 수 있어요. 그들의 대화가 아주 척척 맞습니다. 과학도 신학도 패러다임 자체가 변한 거예요. 무엇이 어떻게 변했는지 그 다섯 가지 특징이 이 안에 들어 있습니다.

여러분, 과학 서적을 꼭 읽으셔야 해요. 과학에 토대를 두지 않은 종교는 미신이 됩니다. 철학의 문을 통과하지 않으면, 문화의 빛을 쏘이지 않으면 발전이 안 돼요. 그래서 과학, 철학, 종교, 예술이 다 열려 통해야 한다는 겁니다. 그게 사람 되는 길입니다.

참을 수 없이 무거운 철학 가볍게 하기 1·2 | 도널드 팔머
과학과 기술로 본 세계사 강의 | 제임스 E. 맥클렐란 3세

일상 속 철학과 과학과 역사

며칠 전 수련 프로그램에서 '살림마을에 남을 수 있습니까?' 라고 이름 붙인 테마를 진행했습니다. 이 질문을 나무한테 물어보라고 시켰어요. 나무야, 너 살림마을에 남을 수 있니? 그리곤 대답을 들어보라고 그랬죠. 잠시 후 어떤 사람에게 물었습니다. 나무가 남을 수 있다고 합니까? 남을 수 있답니다. 남아서 뭐 할 수 있다고 합니까? 그랬더니 나무가 이렇게 대답했대요. 뭐든지 될 수 있다고. 이쑤시개도 되고 지게도 되고 지렛대도 되고, 조각품도 되고, 또 땔감도 될 수 있다고. 감동 아닙니까? 그렇게 대답한 사람이 고졸 중퇴자였습니다. 왜 중퇴했냐고 하니 방황했대요. 고등학교 때 서울로, 부산으로 놀러 다녔다는 겁니다. 안에 열등감이 많기에 내가 그랬죠. 넌 중퇴한 거 아냐. 남들 대학 갈 때 넌 세상 공부한 거야. 그러자 비로소 눈을 마주보기 시작해요. 수련도 제일 잘 합니다. 다시 나무한테 물어보라고, 걸을 수도 있는지 물어보라고 시켰습니다. 사람들의 대답이 같습니다. 못 걷겠다는데요? 다

시 잘 물어보라고 하고는 다음날 아침에 사람들을 만났습니다. 나무가 걸을 수 있습니까? 다른 사람들은 다 못 걷는다고 합니다. 그런데 그 사람만 대답해요. 예, 걸을 수 있습니다. 어떻게 걸을 수 있습니까? 제 등짝에 얹으면 걸을 수 있습니다. 철학이란 이런 겁니다. 생각할 수 있다는 거예요. 삶의 문제들을 피하지 않고, 죽음을 외면하지 않고 생각하는 겁니다.

오늘 소개할 것은 김흥호 선생님과는 또 다르게 아주 세세한 부분까지 잘 다룬 철학책입니다. 두 권으로 돼 있네요. 『참을 수 없이 무거운 철학 가볍게 하기』입니다. 남경태씨가 번역했습니다. 그는 자기를 지식의 게릴라로 불러달라는 사람이에요. 요즘 가장 행복한 부류의 사람들이 바로 이런 지식의 게릴라들이죠. 과학자가 철학 하고 철학자가 음악 하고 음악가가 종교인이 되는 세상에선, 이렇게 게릴라가 되어 뭐든지 할 수 있는 사람이 행복하게 살 수 있습니다.

연결해서 『과학기술로 본 세계사 강의』도 추천합니다. 과학기술의 관점에서 무엇이 왜 그 시기에 필요했는지, 왜 발견되고 발명되었는지 알려주는 책입니다.

책으로 읽는 유영모 명강의

김흥호 선생님의 스승인 다석 유영모 님을 빠뜨릴 순 없을 것입니다. 이 분은 16세에 연동교회에서 세례를 받고 52세에 믿음세계에 들어가신 분이에요. 본인이 그렇게 고백했습니다. 과학 철학 종교 등 모든 삶의 분야에 능통했던 이 유영모 선생을 찾아낸 이가 현동완이라는 사람인데, 일제 말기에 YMCA 총무였어요. 입버릇처럼 성자를 찾아내야 한다, 도인을 찾아내야 한다고 하더니 마침내 유영모 선생을 발견하여 강의를 하게 만들었지요.

유 선생은 원래 이승훈이 세운 오산학교의 교장이었어요. 거기서 일본 유학을 마치고 역사 선생으로 온 스물넷의 청년 함석헌을 만나 제자로 삼지요. 40대가 되면서는 현동완을 제자로 삼아 성경을 가르쳤고요. 또 50대엔 광주 드나들면서 이현필 선생을 가르치다가 60대에 김흥호 선생을 만난 겁니다. 하루 한 끼만 드신 분이에요. 세끼를 모아 저녁 한 끼만 드신다고 해서 호가 다석(多夕)이 된 것이죠.

자신의 죽음을 예감한 다석 선생이 죽기 1년 전부터 강의에 매진합니다. 그걸 제자들이 녹음해 두었다가 작년에 〈다석학회〉를 만들면서 『다석강의』라는 책으로 냈습니다. 순수 육성 강의예요. 이런 명강의 한번 안 들어보고 죽으면 억울하니 꼭 읽어 보십시오.

원시시대부터 근대까지, 종교의 모든 것

신화에 조셉 캠벨이 있다면 종교에는 엘리아데가 있지요. 루마니아에서 태어나 인도에 가서 산스크리트어 배우고 요가도 수행한 사람입니다. 그러다 유럽으로 건너가 소르본대학에서 강의를 시작하여 시카고대학에서 꽃을 피웠죠. 세 권으로 된 이 책을 통해 저자는 수렵문화시대부터 근대까지의 모든 종교를 망라하여 총정리하고 있습니다. 이런 책은 감동 없이는 읽을 수가 없어요. 얼마나 공부를 많이 했는지, 또 아는 것은 어찌 그리 많은지 감탄하게 됩니다.

그림 너머, 예술 너머의 탐색

프란시스 쉐퍼가 말합니다. 어느 시대든 그 시대를 관통하는 정신, 사상, 감정이 있다고. 그것을 화가는 그림으로 표현하고, 건축가는 건축물로, 옷 만드는 이는 패션으로, 종교인은 신앙고백으로, 작가는 문학으로 표현한다고요. 그러니 그 시대를 알려면 음악, 건축양식, 미술, 소설, 그리고 그 시대에 쓰인 언어와 개념들을 다 알아야 하는 것 아니겠습니까? 내게 이런 생각들이 들어오기 시작합니다. 그렇게 독서의 영역을 넓혀갈 때 만난 책 중 하나가 『반룬의 예술사 이야기』입니다. 모두 세 권으로 되어 있어요. 1930년대에 쓰였는데 80년대에 이르러서야 번역이 되어 나온 책이죠.

저자 반룬은 1882년에 네덜란드에서 태어납니다. 20세에 미국에 가서 코넬대를 졸업한 후 AP통신 기자가 되지요. 유럽주재기자를 하면서 그는 많은 것을 보고 듣고 여기저기 발로 뛰어다니며 기사를 씁니다. 그러던 어느 날 책을 써야겠다 결심하지요. 자기처럼 헤매던 사람들, 그림과 예술을 어떻게 봐야 할 줄 모르고 그 안에 녹아 있는 삶을 어떻게 해석해야 할 줄 몰라 답답해하던 사람들을 위해서 말이에요. 그렇게 해서 나온 게 이 책입니다.

권두언에 이런 감동적인 얘기가 실려 있어요. 저자가 기차를 탑니다. 중간에 선 기차역에 서 그는 헐벗은 두 아이가 플랫폼에 놓인 의자에 앉아 기차를 보고 있는 걸 발견합니다. 한 번도 기차를 타본 적이 없는 눈치입니다. 반룬은 생각합니다. 저 아이들이 기차를 보고 무엇을 떠올릴까. 안에 앉아 있는 나 같은 사람에 대해 어떻게 생각할까. 그런데 아이들 가방 속에 화첩이 들어 있는 거예요. 악보도 있는 겁니다. 마침내 기차가 떠나기 시작하고 두 아이는 점점 멀어집니다. 그 때 반룬은 결심합니다. 저런 아이들을 위해서 책을 써야지. 가난하지만 화첩 하나를 가진 아이, 악보 하나를 가진 아이를 위해서.

우리는 참 많이도 들었죠. 로마네스코가 어떻고 로코코와 비잔틴 양식이 어떻고 이런 얘기들을 말입니다. 하지만 정작 그런 건축양식들이 왜 그 시대에 나타났는지, 다른 그림과 음악과 시대정신과는 어떤 연관이 있는지는 모릅니다. 그걸 상세하고 친절하게 일러주는 게 바로 이 책이에요. 저널리스트의 글이라 읽기 쉽습니다. 번역도 잘 되었어요. 하루에 한 챕터씩만 읽어도 아주 행복하고 풍요로워지지요.

오늘 강의는 이것으로 마칩니다.

성찰이 가져다 주는 평화

감옥으로부터의 사색

옥중서신

평화추구

성장심리학

단지 바라보기만 하라

지금 이 순간 그대는 깨어 있는다

붓다의 호흡과 명상 1·2

80년대를 산 사람에겐 공통점이 있습니다. 나라에 대한 걱정과 관심, 그리고 열정이 많았다는 것이지요. 그 시절, 사람들은 돈 많은 것을 오히려 창피하게 여겼어요. 돈 버는 일을 하찮다 못해 저주받을 일로 생각했고요. 취직하는 것도 부끄러워했습니다. 오직 이 나라의 민주화를 위해, 독재 타도를 위해 내 한 몸 불살라야 한다는 의식이 팽배해 있었으니까요. 당시 나는 사람을 두 종류로 나눠 보고 있었어요. 의식 있는 사람과 없는 사람. 요즘말로 하면 개념 있는 놈과 그렇지 않은 놈으로 나누고 있던 겁니다. 여기서 의식이 있다는 건 미국 미워하고 북한을 옹호하고 광주에 대해 뼈저린 한과 부채의식을 지니고 있는 걸 의미했지요. 물론 나의 이런 관점은 이후 점점 깨져나갔지만, 그 때의 경험들이 있기에 지금의 내가 있는 게 아닐까 싶습니다.

오늘은 그런 시절의 한가운데서 내게 감동을 준 책들을 소개할까 합니다. 아무리 험난한 상황에서도 깊은 성찰이 가능함을 보여주는, 그리고 진정한 평화와 자유는 바깥이 아닌 내 안에서 구해질 수 있다고 속삭여 주는 그런 귀한 책들입니다.

0.7평에서 싹튼 지혜

1987년, 한창 거리시위가 난무하던 때 우리에게 소망이 되는 신문이 뿌려집니다. 《평화신문》입니다. 타블로이드판으로 된 작은 신문이었죠. 그 당시 가톨릭계에서는 데모 한번 하면 신자가 만 명 는다는 말이 농담처럼 퍼져 있었어요. 집회를 했다 하면 명동성당에 모였으니까요. 《평화신문》은 바로 그 한복판에서 읽혀졌던 신문입니다. 어느 날 거기 실린 글 한 편이 우리의 심장을, 내 마음을 두드립니다. 이렇게 맑은 분이 세상에 또 있을까? 얼마나 심성이 아름다우면 이런 생각을 할까? 그것도 감옥에서. 글을 보자 이런 말이 절로 나왔습니다. 한 구절 외워 보겠습니다.

"우리 감옥은 차라리 겨울이 좋습니다. 여름이 싫습니다. 그 좁은 감방 안에 37도라는 온도들이 모이면 서로 미워합니다. 하지만 겨울엔 서로 추우니 부둥켜안게 됩니다."

가까이 있는 사람 미워하는 게 얼마나 힘든지 다 아시죠? 그런 상황, 서로를 밀어낼 수밖에 없는 그 처절한 상황을 이렇게 표현할 수 있다는 게 얼마나 놀랍고 감사합니까. 한 구절 더 봅니다.

"엊그제 간판을 걸었습니다. 간판을 달러 사다리 위로 올라간 이가 밑에 있는 우리에게 묻습니다. 똑바르냐고."

그렇죠. 위에 있는 사람은 자기가 뭘 비뚤게 달았는지 모릅니다. 볼 수가 없어요. 그러니 밑에 있는 사람에게 물어봐야 합니다. 이런 성찰이 담긴 글들을 깨알 같이 작은 글씨로 엽서에 씁니다.

저자 신영복씨는 감옥에 갇히던 당시 서울대 경제학도로, 조순의 제자로, 강사로 전도유망한 청년이었어요. 그런데 간첩으로 오인되어 무기형을 선고받죠. 그 안에서도 공부하고 책 읽고 기도하는 일을 늦추지 않습니다. 한국 최고의 선생을 만나 붓글씨도 배워요. 가장 아름답다는 내간체를 발견하여 그것을 자기 것으로 만듭니다. 대단한 사람이에요. 그 분이 직접 쓴 글씨며 스케치한 삽화들을 볼 수 있어 느낌이 더욱 정겹습니다.

옥중서신 | 김대중

갇힌 자의 열린 소리

엽서에 쓴 편지로 유명한 분이 또 계시죠. 작은 봉함엽서에 쓴 편지로 치자면 아마도 세계 최고의 가치를 지니고 있을 겁니다. 그 편지들을 모아 책으로 낸 것이 바로 김대중 전 대통령의 『옥중서신』입니다.

1980년도에 사형선고를 받고 청주교도소로 이송됩니다. 그 날 이후 이희호 여사가 매일 면회를 와요. 팬티에 주름을 잡아서요. 팬티에 주름 잡는 건 군대에서나 하는 거죠. 그런데 남편 자존심 세워주려고 속옷을 다려서 빳빳하게 주름 잡아 면회를 가는 겁니다. 부인의 그런 노고에 보답이라도 하려는 듯 김대중씨는 그 안에서 편지를 씁니다. 쓸 내용은 많은데 종이가 봉함엽서 한 장뿐이에요. 사형일은 가까워오는데 시간은 얼마 없습니다. 그래서 자신의 살을 찢어 그 피를 찍어 쓰듯이, 유서처럼 써내려갑니다. 얼마나 글씨가 작은지 책 만드는 이가 그냥은 읽을 수가 없어서 돋보기로 보고 만들었대요. 종종 당신이 읽고 싶은 책을 알려주며 감옥에 넣어달라고 합니다. 나는 그 목록을 보고 놀랐어요. 책의 범위가 그렇게 다양할 수가 없습니다.

이 책을 눈물겹게 읽으면서 생각했습니다. 그래, 이런 사람이 대통령을 해야지. 플라톤의 꿈이 뭐였습니까. 왕이 철인이 되든가 철인이 왕이 되어야 한다고 했어요. 또 맹자는 왕이 도인이 되든가 도인이 왕이 되어야 한다고 했습니다. 그런데 왕이 도인이 되긴 그른 것 같은 거예요. 그래서 나온 게 도인이 왕이 되는 왕도정치입니다.

이 책을 마음대로 살 수 없는 시기가 있었습니다. 대전에 창의서점이라고, 사회과학전문 서점이 있었는데 거기서만 구할 수 있었어요. 그것도 주인이 아는 사람한테만 팔았죠. 표지도 없이 신문지에 둘둘 말아서. 그렇게 사갖고 와서는 줄을 쳐가며 읽었던 기억이 있습니다.

증오도 평화도 학습되는 것

그 즈음 또한 〈분도출판사〉에서 발행한 『평화추구』라는 책을 만납니다. '그리스도교와 학문에 바탕을 한 평화학습장'이라는 부제가 달려 있습니다. 사람은 무엇으로 사는가에서 시작해, 미움이 왜 싹트는지, 보복은 어떻게 이루어지는지에 대한 메커니즘을 잘 파헤치고 있어요. 그리고 결론적으로 그런 미움과 증오를 어떻게 극복해야 하는지 제시하지요.

　이 책에 따르면 미움은 학습되는 것입니다. 우리 민족이 일본 미워하는 거, 그게 다 그렇게 배웠기 때문이라는 거지요. 공산당 미워하는 것도 마찬가지고요. 읽으면서 괄호 속에 답을 넣어야 하는 게 참 특이해요. 그렇다고 너무 겁먹지 마세요. 옆에 답이 다 있으니까.(웃음) 피카소 그림도 있고 간디 얘기도 나오고, 평화를 배우는 데 아주 유익하고 좋은 교재입니다. 전에는 주로 교회에서 의식화 교육할 때 사용했었죠. 제 생각엔 이런 책을 고등학교, 대학교에서 교재로 채택하면 좋지 않을까 싶습니다. 공무원 시험 준비하고 사법고시 준비하는 것도 좋지만 왜 내 마음에 미움이 가득한지, 어떻게 거기서 벗어날 수 있는지 그런 것도 알아야 하잖아요. 그래야 진정한 청년 아닙니까?

내 마음의 로드맵

'조국에 대해 분노해 본 적이 없는 사람은 조국을 사랑해본 적이 없는 이다'라는 글귀를 책상 앞에 써 붙이곤 그걸 힘으로 살아가던 시기, 그렇게 내 안의 분노, 미움, 증오가 계속될 때 강편치를 한 대 맞습니다. 그걸 계기로 내 인생에 한 획이 그어지죠. 터닝 포인트였다고 하면 정확할 겁니다. 1987년 2월이었어요. 〈성장상담연구소〉에서 개최한 인간관계훈련 프로그램에 참여합니다. 그 때 처음으로 마음세계에 눈을 뜨지요. 삼일째 되던 날인가요? 아, 내가 잘못 살고 있구나, 뭔가 인생에 가장 중요하고 큰 걸 놓치고 있구나, 그런 알아차림이 일어납니다. 처음으로 가슴이 열리는 경험을 한 겁니다. 그 전까지만 해도 나는 상담, 심리 이런 단어 자체를 경멸했어요. 우리가 한창 데모할 때 충남대 정신과 의사가 그랬다는 거예요. 걔들, 화풀이 하는 거야. 자기들 상처 내 적치유하는 거라고요. 쫓아가서 싸우려고 그랬습니다. 당신이 직접 현장에 와봐. 와서 해고노동자하고 한나절만 같이 있어봐, 그런 말이 나오나. 그런데 요즘은 내가 그런 말을 하고 있습니다.(웃음)

이 책은 내게 처음 상담심리의 세계를 소개해 주었어요. 듀에인 슐츠가 썼습니다. 〈이화문고〉에서는 『성장심리학』이라는 제목으로, 〈중앙적성출판사〉에서는 『인간성격의 이해』라는 제목으로 나왔는데 내용은 같아요. 건강한 성격이라는 게 무엇인지 그 정의를 내리는 것부터 시작하여 구체적으로 그 성격의 유형들을 보여줍니다. 알포트의 성숙한 인간, 로저스의 완전히 기능하는 인간, 프롬의 상생의 인간 등 모두 일곱 유형이 소개돼요.

원래 이쪽 내용이 쉽지만은 않습니다. 그런데 핵심만 뚫어서 쉽게 설명하니까 읽기에 좋아요. 나 또한 이 책을 읽고 내게 부족한 부분이 무엇인지, 그걸 채우려면 무슨 수련을 해야 하는지 등에 관한 지도를 그릴 수 있었습니다. 내 안에 상담심리라는 또 하나의 지평이 열리면서 받은 고마운 선물입니다.

단지 바라보기만 하라 | S. N. 고엔까
지금 이 순간 그대는 깨어 있는다 | 정원

있는 그대로 보기 위하여

〈성장상담연구소〉와 인연이 계속 이어집니다. 연구소를 만든 이종헌 목사님께서 일본의 한 신부를 초청했지요. 상지대 상담학 교수인데 〈아시아상담협회〉에서 만났대요. 선 세라피 Zen therapy 를 하시는 분이래요. 선이 상담기법으로 훌륭하게 활용될 수 있다는 것을 보여준 분인 거죠. 아시아협회에서 선풍적인 인기를 끌고 있는 그 분을 〈성장상담연구소〉에서 초빙하여 우리나라에서는 최초로 위빠싸나 수행을 했습니다. 25분 앉아 있다 15분 걷고, 중간에 짧은 안내 받고, 그게 전부였어요. 그런데도 뭔가 새로운 느낌이었죠.

그 후 다시 위빠싸나 책을 보기 시작했습니다. 아시다시피 위빠싸나는 부처가 깨달은 방법입니다. 라이프스타일이기도 하고요. 종교와는 아무 상관이 없어요. 그런데 정작 붓다가 깨달음을 얻은 인도에서는 위빠싸나 전통의 맥이 끊겼었죠. 그러다가 미얀마에서 수행을 하고 인도로 돌아온 고엔까라는 선사에 의해 다시 부활합니다. 그 고엔까 선사의 가르침을 서술한 아주 쉬운 책이 바로 『단지 바라보기만 하라』예요. 나는 개인적으로 이 책을 읽으면서 성경에 나오는 '공중에 나는 새를 봐라' '들의 백합화를 봐라'라는 구절을 이해했어요. 아, 보라는 게 이런 거구나, 지금껏 나는 느티나무를 느티나무로 보지 못했구나, 하는 깨달음이 왔지요. 생각으로가 아니라 그냥 보라는 겁니다. 그래야 만날 수 있다는 겁니다.

그렇게 위빠싸나를 주제로 이어지는 책이 『지금 이 순간 그대는 깨어 있는다』입니다. 정원이라는 분이 미얀마의 우빤디따 스님에게서 배운 걸 그대로 쓴 것입니다. 강의와 질의응답으로 구성돼 있어요. 역시 쉽게 읽힙니다.

일어나는 것은 사라진다

위빠싸나를 접촉하면서 호흡에 대한 관심이 생깁니다. 사실 많은 명상법이 호흡 관찰에 근거하잖아요. 그만큼 호흡을 바라볼 때 얻어지는 게 있다는 거죠. 호흡에 따라 생각이 어떻게 일어나고 사라지는지 명료하고도 깊게 설명해주는 책이 있습니다. 『붓다의 호흡과 명상』이 그것입니다. 두 권으로 돼 있고요, 제가 볼 때 해설과 번역이 다 잘 돼 있습니다.

자, 오늘은 이만큼 하겠습니다.

삶의 길은 고리 너머에

빈센트 빈센트 빈센트 반 고흐

짜라투스트라는 이렇게 말했다

잠에서 깨어나라

영혼의 자서전

그리스도 최후의 추억

예수, 다시 십자가에 못 박다

그리스인 조르바

얼마 전 편지를 한 장 받았습니다.

"수련을 하지 않았다면 내가 삶을 즐길 수 있었을까, 내키는 대로 춤추고 고함지를 수 있었을까, 화를 내고도 죄책감에 오래 시달리지 않을 수 있었을까, 하는 물음이 올라옵니다. 내가 누구고 어디 있는지, 뭘 하고 있는지 알 수 있었을까 하는 감사함도요."

한참 쳐다보고 있자니 나의 어두웠던 시절이 떠오릅니다. 내가 가는 이 길이 틀리면 어떡하지…… 잘못되면 어떡하지…… 불안했던 시절입니다. 그럴수록 한편에선 믿음 또한 강해졌죠. 아냐, 내 결정은 옳을 거야. 누가 뭐래도 나는 이 길을 갈 거야. 그래서 첫 번째 책 제목도 미리 정해 놓았어요. 나는 나의 가야 할 길을 가리니, 라고요.

고통마저 불살라 버린 불꽃

오래 전 도시 변두리에서 목회할 때, 사람들이 실험교회라고 부르던 곳에 내가 다닌 신학교 학장님이 찾아왔어요. 예배 마치고 밥을 먹는데 하시는 말씀이 길목이 안 좋다는 거예요. 또 은사 중에 한 분인 실천신학 교수가 와서 내 설교를 듣더니 이러는 겁니다. 장 목사 설교는 여전히 문제가 있어. 신학교 때부터 지적했잖아. 왜 첫째, 둘째, 셋째 하면서 딱딱 짚어주지 않느냐고.

그 앞에서는 아무렇지 않은 척, 내가 옳은 척 하고 있어도 그런 소리들을 들으면 마음이 불편합니다. 이거 내가 정말 잘못 가는 거 아닌가, 길목이 안 좋고, 설교도 요즘 설교가 아니라는데 내가 이렇게 그냥 가도 되는 건가……? 그 시절에 책 하나가 찾아옵니다. 『빈센트 빈센트 빈센트 반 고흐』, 어빙스턴이 썼습니다.

첫 장을 펼치니 눈에 익은 그림 하나가 펼쳐집니다. 「감자를 먹는 사람들」이에요. 그걸 물끄러미 바라보자니 그들이 친근하게 느껴집니다. 내가 늘 봐온 가난한 이들과 다르지 않으니까요. 고흐는 실제로 탄광촌에서 목회를 한 사람입니다. 자청해서 부임을 했어요. 그는, 요즘말로 하면 표정에서 돈 냄새 나고 목에 힘 들어간 사람들 앞에서 폼 잡는 목회는 안 하리라 작정했던 사람이에요. 가난한 이들, 고통 받는 사람들과 함께하겠다는 의지가 강했죠.

내가 볼 때 이 책이 주는 메시지는 하나예요. 고통 없는 사랑, 고통 없는 삶, 그리고 고통 없는 깨달음은 너무 밋밋하다는 겁니다. 맛이 없고 향기가 없다는 거죠. 그의 그림만 봐도 알 수 있죠. 평온하게 살면 안 될 것 같고 괜히 미안해지잖아요. 그림 자체가 너무 강렬해서 존재의 밑바닥을 휘저어 놓으니까. 동생 테오에게 보낸 편지들도 마찬가지입니다. 아, 어떻게 이렇게 깨어 살 수 있었을까. 오늘이 마지막인 것처럼, 죽을 것처럼 살아갈 수 있었을까 싶지요. 그리고 보면 부제를 아주 잘 붙였어요. '생의 불꽃 속에서'입니다.

삶의 중심에서 만난 환희

이 길이 옳은 걸까 하는 불안 속에서도 서서히 기독교 교리와는 멀어져가는 나를 보기 시작합니다. 내 속에서 실제적인 물음이 강해지는 거예요. 왜 교인들이 점점 생기를 잃어갈까. 교회에는 왜 유머가 없고 웃음이 없고 농담이 없을까. 왜 목사들은 표정이 살벌한가. 왜 저런 언어를 사용하고 저렇게 일처리를 하는가. 최소한 나는 저렇게 되어서는 안 된다는 작정을 하게 됩니다.

그런데 한편으론 걱정이 되는 거예요. 세월이 흘러 나도 저렇게 되면 어떡하지? 그 때 이런 목소리가 들립니다. "예수는 삶이야. 삶이 종교야. 삶을 만나야 해. 교리를 넘어서야 해……" 함석헌 선생님이 언젠가 '이제는 우찌무라 간조의 하나님이 아닌 나의 하나님을 만날 것'이라고 선포했듯이, 교리를 넘어서는 길은 하나입니다. 자기 자신의 하나님을 만나는 겁니다. 당시엔 그게 나의 화두였죠. 절실하게 묻기 시작했습니다. 모세가 만난 하나님, 예수가 만난 하나님이 그들의 하나님이라면 나의 하나님은 어디 계신단 말인가? 나이 서른에 도시빈민촌에서 교인 40명으로 목회를 시작한 나의 하나님은 과연 누구인가?

그런 의문으로 가득 차 있을 때 책을 만납니다. 삶이 축복이고 환희임을, 기쁨임을 알려준 책입니다. 『짜라투스트라는 이렇게 말했다』, 니체가 썼지요. 신은 죽었다는 사형선고로 유명해진 책입니다. 물론 내겐 신학교 때 듣고 배운 사전지식이 있었죠. 니체는 이단이고 사탄이다, 니힐리즘에 빠져서는 절대 안 된다.…… 그런데 책을 읽는 내내 니체의 말이 달리 들립니다. 그냥 신은 죽었다가 아니라, '너희들이 믿는 신, 너희들 생각 속의 신은 죽었다'는 말로 들리는 거예요. 그리고 그 말은 이렇게 퍼져 나가기 시작합니다. 그래. 정죄와 판단으로 점철된 신, 뭐든지 안 된다고, 할 수 없다고 말하는 신, 다 위험하다는 생각에 갇혀 있는 신, 그래서 인간을 꽁꽁 묶어놓는 그런 신은 죽었지. 아니, 죽어야 하지.

니체가 '짜라투스트라'라는 인물을 들고 나온 이유가 있어요. 붓다와 그리스도만으로 인간의 사상을 해방시키는 데 한계를 느낀 겁니다. 붓다와 그리스도로 그들의 본뜻을 실현하기엔 어렵다고 느낀 겁니다. 짜라투스트라는 실제 인물이라 하죠. 우리가 흔히 조로아스터라고 알고 있는 바로 그 사람입니다. 기원전 2500년에서 1500년 사이, 즉 석기시대에서 철기시대로 넘어가는 시기에 지구별이 영혼의 골든 에이지를 통과했다고 하지요. 영혼이 꽃피는 시기였다는 의미입니다. 지금 시기가 그러하듯 그 때도 거대한 변화가 일어납니다. 유대 땅에서 모세와 예레미아, 이사야가 나오고, 인도에서는 붓다, 마하비라가 대중 앞에 모습을 드러냅니다. 동양에서는 노자와 장자가 한 시대를 구가하고요. 그 때 이란에서는 짜라투스트라가 나오는 겁니다.

니체의 원래 책은 대단히 어려워요. 그런데 해설을 정말 잘한 책이 있습니다. 오쇼가 쓴 것입니다. 일단 잡고 읽기 시작하면 매혹될 만큼 풀이가 대단합니다. 한 단락 소개해볼까요?

니체가 인간의 의식이 발전하는 세 단계에 대해 이야기합니다. 낙타의 단계, 사자의 단계, 어린이의 단계예요. 낙타는 짐을 지고 다니죠. 짐을 져야만 하는 운명입니다. '해야 한다'는 의무와 당연 속에서 삽니다. 물음이 없습니다. 절대 순종과 복종만 알기에 반항을 못해요. 그런데 인간은 어떻습니까? 한계를 넘어설 때 성장합니다. 반항의식이 없으면 성장을 못해요. 내 안의 화 에너지를 만나주지 않는 한 내가 누구인지, 뭘 하고 싶은지 모르는 겁니다.

두 번째는 사자의 단계, 즉 반항하는 단계입니다. '해야 한다'가 비로소 '할 수 있다'로 바뀌는 거예요. 낙타는 출근해야 하고 돈 벌어야 하고 용서해야 하고, 이런 의무 속에서 삽니다. 삶이 고통이고 짐인 거죠. 반면 사자는 할 수 있다고 선언합니다. 나, 이렇게 할래. 아니, 그렇게 안 할래, 하면서 버팅깁니다. 낙타 같은 이들을 휘저어 화 에너지를 끌어내 부추기는 겁니다. 너 싸울 수 있어. 속에 엉킨 거 다 뿜어내. 대들어. 하나님이건 아버지건 목사건 사장이건 다 대들어. 그러면 다 대들고 나서 어떻게 돼요? 부모님 찾고 선생님 찾으면서 목 놓아 울잖아요. 자연스럽게 어린이의 단계로 가는 겁니다. 순진무구의 단계예요.

키에르케고르는 이런 단계를 미적 실존, 윤리적 실존, 종교적 실존이라고 표현했어요. 변증법으로 치면 정, 반, 합이고요. 단어만 다르지 의미는 다 같습니다. 폴 틸리히가 말한 타율, 자율, 신율도 마찬가지예요. 그런데 여기서 의문이 올라오죠. 낙타와 어린이, 정과 합, 타율과 신율이 어떻게 다른가하고요. 비슷한 듯 보이지만 전혀 다릅니다. 낙타와 어린이가 똑같이 '해야만 한다'고 말해도 그 안에 깃든 본질은 천지차이입니다. 그런데 기독교는 사자와 자율의 단계를 안 거치고 바로 어린이와 신율의 단계로 갑니다. 그래서 문제가 생기는 거예요. 바울의 말로 하면 죄를 지어본 적이 없는 겁니다. 여기서 죄란 반항이에요. 하지 말라는 것을 해보는 거예요. 죄 가운데 은혜가 많다고 하지 않습니까? 그 단계를 넘어서야 순진무구, 신율의 단계에 갈 수 있고 구원을 경험할 수 있다는 말입니다.

이를 불교 말로 풀어볼까요? 1단계에서 보면 산은 산이고 물은 물입니다. 2단계에서는 산은 산이 아니고 물은 물이 아니에요. 그러나 마지막에 가면 산은 역시 산이고 물은 역시 물이 되는 겁니다. 애들한테 너 누구냐? 물어보면 대답합니다. 나는 나죠. 그런데 세월이 흘러 머리가 굵어지면 대답이 달라져요. 나요? 장길섭이요. 목사고 영성가인데요. 오만 가지 딱지를 붙이기 시작하는 겁니다. 그러다 어느 날 다시 원래 대답으로 돌아오죠. 나는 나지 뭐여…….

제 얘기 하나 할까요? 목사 처음 됐을 때 너무 감동이었어요. 그런데 한 2년 지나니까 저 혼자 매일 사표 내는 겁니다. 마음에 불평불만이 꽉 차는 거예요. 내가 이 짓 하려고 목사 됐나? 하면서 일 년에 2백 번은 그만두길 반복합니다. 그러다 서른다섯이 넘어서 철이 나죠. 그래, 내가 먹고살 길은 이 길 하나로구나.(웃음) 이게 바로 2단계입니다. 보통은 여기서 끝나죠. 산중턱에 주저앉아 고기 구워먹고 배 채우는 겁니다. 그러면서 정상까지 갔다 내려오는 사람에게 물어요. 거기 가면 뭐 있어요? 개척탑 있고 발 아래 구름이 쫙 깔립디다. 그걸 들은 이가 집에 돌아가 사람들에게 얘기해줍니다. 정상에 가면 개척탑이 있대. 구름이 발 아래서 흘러가는 것도 보인다지? 한두 번, 서너 번 그렇게 말하다 보면 자기가 실제로 본 것처럼 착각을 합니다. 뇌가 속는 거예요. 그러나 삶은 절대 속일 수 없습니다. 못 본 사람은 못 본 대로 살 수밖에 없는 겁니다.

『짜라투스트라는 이렇게 말했다』, 내게 커다란 위로를 준 책입니다. 삶의 중심으로 걸어 들어가게 한 책, 환희를 알게 한 책입니다. 이론과 교리가 아닌 삶을 만나게 해준 책이죠. 지금도 이 책을 대하면 가슴이 두근거립니다.

삶의 길은 교리 너머에

'본래 나'로 돌아가는 열 단계의 행로

그렇게 나의 여행이 서서히 제 길을 따라갈 때 또 하나의 책을 만납니다. 『선의 십우도』라는 책입니다. 이 책은 곽암이라는 분이 썼습니다. 오늘 여러분에게는 소개해드릴 『잠에서 깨어나라』는 오쇼의 해설본이고요.

이 책에서 다루는 것도 인간 의식의 발전 단계입니다. 말하자면 깨달음이 어떻게 되어 가느냐에 관한 이야기이죠. 절에 가면 아이가 소 잔등에 올라타 피리 불며 가는 그림이 그려져 있죠? 그게 바로 인간 의식의 발달을 묘사한 겁니다. 거기서 소는 깨달음 혹은 도를 의미하지요.

첫 번째는 심우尋牛, 즉 소를 찾아나서는 단계입니다. 내 안에 있는, 그러나 미처 알지 못하는 본성과 진리를 찾아나서는 여행을 시작했음을 의미하지요. 두 번째는 견적見跡, 마침내 소의 발자국을 발견한 단계고요. 세 번째는 그 발자국을 따라가 소를 발견한 견우見牛, 그리고 네 번째는 소를 손에 넣은 득우得牛의 단계를 의미합니다. 5번째와 6번째 단계는 각각 목우牧牛와 기우귀가騎牛歸嫁로서, 고삐를 매어 길들인 소를 타고 집으로 돌아오는 것을 뜻하지요. 이제 망상에서 벗어나 본성에 들었음을 묘사하는 거라 할까요? 일곱 번째는 망우존인忘牛存人의 단계입니다. 집에 돌아와서 보니 자기만 있고 소는 사라진 것을 의미하죠. 계속해서 수련을 이어가야 한다는 교훈을 줍니다. 여덟 번째는 인우구망 人牛俱忘, 즉 나도 잊고 소도 잊은 상태를 가리킵니다. 기독교 식으로 하면 세상도 없고 나도 없고 주님의 영광만 가득하다는 얘기 죠. 아홉 번째 단계는 근본환원 近本還源 으로, 있는 그대로 보는 참된 지 혜를 얻었다는 말입니다. 마지막은 입전수수 入廛垂手 의 단계입니다. 그 림이 처음 시작하는 단계와 같아요. 차이는 하나예요. 옆에 술병 하나 꿰차고 있습니다. 나는 그걸 삶의 술이다, 그렇게 말하죠. 도를 깨친 이 가 중생제도를 위해 속세로 들어가는 걸 표현한 것이라고 합니다.

　이 책을 읽으면 내가 어느 단계에 있구나, 어디를 지향해야겠구나 그런 생각을 하게 됩니다. 성공하는 사람의 가장 큰 특징은 목표를 정 하는 것이에요. 그 다음은 현 위치를 정확하게 파악하는 것이죠. 그러 면 여기서 말하는 현 위치란 무엇이겠습니까? 바로 자기 실력이에요. 자기 실력을 알아야 목표를 바르게 정했는지, 얼마만큼 가능한 건지 점검할 수 있습니다. 내가 박지성보다 축구 더 잘하는 거를 목표로 정 하면 되겠습니까? 백 미터 달리기에 거의 20초가 걸리는 게 나의 현 위 치인데 그게 되겠냐고요. 볼보이도 안 시켜주지. 그러니 이 책 제목처 럼 잠에서 깨어나 내 실력을 정확히 알고 목표를 바로잡아 추구하는 여러분이 되시기를 바랍니다.

삶의 길은 교리 너머에

성스럽고 유쾌하게 살리라

자, 이제 니코스 카잔차키스라는 사람의 책들로 넘어갑니다. 어느 날 친구가 책을 하나 줘서 보니까 제목이 『영혼의 자서전』이에요. 책장을 넘기자마자 만나는 글귀가 가슴을 칩니다. 제목이 '세 가지 영혼, 세 가지 기도'입니다.

"첫째, 나는 당신의 손에 쥐인 활입니다. 주님이여, 내가 썩지 않도록 나를 당기소서. 둘째, 나를 너무 세게 당기지 마소서. 주님이여 나는 부러질지도 모릅니다. 셋째, 나를 한껏 당겨주소서. 내가 부러진들 무슨 상관이 있겠나이까."

저자는 너무나도 붓다와 그리스도를 사랑해서, 조르바를 사랑해서 외상까지 생긴 사람입니다. 몸에 염증이 생기고 피부가 짓무르며 허물이 벗겨져요. 이 책을 다 쓰기 전엔 죽을 수도 없다는 정도의 의지를 갖고 쓴 책이 바로 『영혼의 자서전』이지요. 『예수, 다시 십자가에 못 박다』, 『그리스도 최후의 추억』 같은 책들도 다 그렇게 산고를 거쳐 낳은 피붙이들입니다.

그 가운데 그래도 대중적으로 많이 알려진 책이 『그리스인 조르바』죠. 실제 인물이었답니다. 가만 보면 짜라투스트라를 많이 닮았어요.

다른 점은 조르바가 훨씬 민중과, 그들의 일상과 가깝다는 것이죠. 삶을 축제로 만나게 하는 인물입니다. 그 유쾌함과 거침없음에 반한 사람이 바로 오쇼예요. 그는 '조르바 붓다'를 새로운 인간형으로 제시하기도 했습니다. 깨달음은 붓다처럼 이루고, 삶은 조르바처럼 즐기라는 의미이지요. '지금 이 순간'을 산 조르바, 그런 인물을 찾아냈으니 저자도 보통 사람은 아니겠죠?

삶의 길은 교리 너머에

─────

　한 시골 농부가 추수를 하고 있는데 어디서 많이 본 듯한 사람이 도망치듯 달려가는 게 보여요. 예수님이에요. 왜 저렇게 달리는 거지? 궁금해서 쫓아갑니다. 있는 힘껏 따라가 마침내 예수님을 잡습니다. 당신은 예수가 아니오? 무슨 일로 이렇게 도망가는 겁니까? 그러자 예수님이 대답합니다. 난 너무 무섭다. 정말로 무서운 사람을 만났다. 다시 쫓아온 사람이 묻습니다. 당신은 물 위를 걸으시고 눈먼 자도 고치시고 절름발이도 걷게 하는 분인데 대체 뭐가 무섭다는 겁니까? 예수님이 말합니다. 나는 이 사람한테 손발 다 들었다. 그는 도대체 듣지를 않는다. 그러니 내가 어떻게 할 수가 없다.

　안 보는 사람 있습니다. 안 듣는 사람 있습니다. 그런 사람은 책 한 쪽을 안 읽겠다고 합니다. 그러니 세상 누군들 도와줄 수가 있겠습니까? 이런 사람은 깨달음을 얻을 수 없어요. 깨달음은 들음에서 시작되니까요. 오늘 말씀은 이것으로 마칩니다.

self
로
살
기
위
하
여

2주간 유럽을 다니면서 수천 점의 그림을 봤습니다. 여러 나라의 수많은 미술관을 거치면서요. 그러고 났더니 세상이 달리 보입니다. 전부 다 작품으로 보이는 겁니다. 우리 살림마을 앞에 보이는 인삼밭은 아주 뛰어난 작품입니다. 정원에 서 있는 나무 한 그루, 풀 한 포기도 다 훌륭한 작품입니다. 지금 이 예배방 가운데 타오르고 있는 촛불도 그렇고요.

그런데 이런 질문이 생깁니다. 그동안 감상한 수많은 작품 가운데 하나만 고르라고 한다면? 오늘 새벽에 내 마음에 떠오르는 하나를 만났습니다. 영국에 갔을 때예요. 마침 운 좋게도 〈런던 화이트큐브 미술관〉이 1, 2층 전관에 데미안 허스트의 작품을 전시하고 있었지요. 입구에 들어서니까 수없이 많은 화살을 맞은 짐승의 상이 박제되어 있어요. 바로 그 뒤에는 막 태어난 아기가 인큐베이터에 누워 있고요. 또 그 뒤로는 무릎 꿇고 기도하는 양 세 마리가 있습니다. 황금, 유황, 몰약을 각각 들고서요. 그 뒤를 돌아가니 또 한 마리의 박제된 양이 십자가에 못 박혀 죽은 채로 천장에 붙어 있습니다. 처음엔 이게 뭔가 싶었습니다. 그랬더니 옆에서 같이 간 한 분이 해석을 해주는 거예요. 수많은 예언자들이, 거짓들이 이렇게 화살을 맞고 죽어갔고, 그 덕에 인큐베이터에서 예수가 태어날 수 있는 거라고요. 아하, 그제야 보이기 시작합니다. 감동이 됩니다.

설렘과 흥분을 안고서 2층에 올라갔습니다. 데미안 허스트의 부인이 아기 낳는 과정을 묘사한 그림들이 순서대로 전시돼 있습니다. 그런데 그 그림들을 작가가 그린 게 아니랍니다. 자기는 그림 못 그린다고 솔직히 시인했대요. 박제도 다른 전문가가 해준 거랍니다. 그는 다만 아이디어를 제공하고 그렇게 설치되도록 연출한 것뿐입니다. 그림을 못 그려도 화가가 되는 시대에 우리가 살고 있다는 얘깁니다. 창조성만 있으면 나머지는 시키면 되는 거예요. 이게 현대미술입니다.

2층을 돌며 한 여인이 제왕절개로 아기 낳는 과정을 보았습니다. 아기를 품에 안는 것으로 그림이 끝나요. 한 장 한 장의 그림이 전부 눈빛과 눈빛이 오가는, 따뜻한 사진 같습니다. 그 앞에 서서 곰곰이 생각해보았어요. 작가가 뭘 얘기하려 한 걸까. 2천 년 전에 태어난 그리스도가 아닌, 이미 십자가에 매달린 예수가 아닌, 지금 여기에서 수없이 태어나고 있는 그리스도들을 묘사하고 싶었던 것일까. 그들이 진짜 그리스도라고 말하고 싶었던 건 아닐까. 혼자 그렇게 해석하며 고개를 끄

덕여보았습니다.

그리고 나니 이젠 데미안 허스트라는 작가가 궁금해지는 거예요. 어떻게 해서 이런 작가가 나오게 되었을까, 하고 말이죠. 미대를 졸업할 즈음이었다고 합니다. 졸업은 가까워오는데 자기를 알아주는 사람은 없고 답답했겠지요. 그래, 이렇게 친구들을 부추깁니다. 우리는 졸업하면 끝이다. 그 전에 뭔가 세상의 이목을 집중시킬 수 있는 일을 벌여야 한다. 그렇게 의기투합을 하여 학생들이 스스로 전시 공간을 찾고 작품을 만듭니다. 팸플릿도 만들어 돌립니다. 도시 외곽의 시골 창고 빌려서 하는 초라한 전시회지만 최선을 다하는 겁니다. 결국 그 전시회가 입소문을 타서 성공합니다. 눈여겨 본 화상의 지원에 힘입어 정식으로 전시회도 열게 되지요. 그리고 이런 일련의 사건들을 계기로 〈영국 청년 아티스트협회〉라는 조직이 세워지면서, 뉴욕과 파리를 중심으로 형성된 현대미술의 흐름이 영국 런던으로 방향을 틀기 시작합니다. 현재 런던이 현대미술의 메카가 된 데는 이런 배경이 있지요.

비단 영국뿐 아니라 유럽의 많은 나라들에서 미술관은 복합문화공간으로 기능합니다. 미술관 안에 도서관이 있고 영화관이 있고, 작가들의 실험실과 세미나실, 강당이 있습니다. 밤 10시까지 여는데 이미 해가 진 8시에도 줄서서 돈 내고 들어가는 사람들이 많아요. 한쪽에서는 한 무리의 사람들이 그림을 보고, 또 한쪽에선 열심히 책을 읽고 있는 모습이 펼쳐집니다. 아직 어린 유치원 아이부터 중고등부 청소년, 대학생, 그리고 성인에 이르기까지 그 문화를 향유하는 데는 연령의 제한이 없습니다. 소규모로, 혹은 무리를 지어 작품 앞에서 토론을 하거나 공부를 합니다. 그걸 보고 너무 부러웠어요. 아, 이런 환경이 데미안 같은 작가를 낳는 거로구나, 하는 탄성이 절로 터지더군요.

반면 우리의 미술 교육은 어떤가요? 나 어릴 때는 미술 시험 볼 때 흑백으로 인쇄해 놓고 무슨 색인가 쓰라는 문제가 나왔었어요. 파랑, 빨강, 검정, 노랑, 흰색 써 놓고 그 중에서 고르라는 겁니다. 그러니 창조성이 분출되겠습니까?

현대미술을 본 소감을 한마디로 정리하라면 이겁니다. "뭐든지 된다." 뭐든지 작품이 된다는 얘깁니다. 단, 남이 한 걸 하면 이류고 아류로 전락하는 거예요. 그러니 남들이 안 한 것을 해야 하는 겁니다. 몇 가지 예를 들어볼까요? 만조니라는 작가는 자기 똥을 통조림으로 만들어서 전시했어요. 또 마크 퀸이라는 작가는 자기 몸에서 5개월간 정기적으로 피를 뽑아 모은 4,500그램의 피로 얼굴을 만들어서 「Self」라는 제목을 붙여 냉동 보관했어요. 가격으로 치면 몇 십 억이 되는 작품이라고 합니다. 우리가 못 본 사이 현대미술이 여기까지 와 있습니다. 뭐든지 표현되는 단계에 와 있다고요. 수많은 작가들이 어떻게 하면 '지금'을 더 새롭게 표현할까 발악을 하고 있는 겁니다. 그들이 하는 일은 결국 창조적 파괴인 거지요.

그런데 생각을 바꾸려면 새로운 걸 보고 듣고 경험해야 해요. 데미안 허스트도 그런 작가가 되기까지 얼마나 많은 것을 보고 듣고 경험했겠습니까.

서론이 길었습니다. 전하는 메시지는 여행을 하라는 거예요. 나가서 보고 듣고 경험하라는 겁니다. 특히 학생이나 청년들에겐 유럽부터 가

볼 것을 권합니다. 동남아, 인도는 좀 나중에 가도 돼요. 우리와는 다른 면에서 발달한 세계를 먼저 보아야 얻는 게 있습니다. 부모들은 아이들 자꾸 내보내세요. 보고 오게 해야 합니다. 어릴 때부터 그런 작품 앞에서 느끼고 토론하게 해야 해요. 정답이 아닌 자신의 시방느낌을 소리 내어 표현할 수 있는 사람으로 키워야 하는 겁니다. 그럴 때라야 우리는 '참자아Self'로 살 수 있겠죠. 가슴 뛰는 삶을 작품으로 내놓을 수 있는 것입니다. 아마도 그건 세계에서 가장 가치 있고 귀한 명품이지 않을까요? 오늘 소개할 것은 그런 귀한 명품을 어떻게 창조할 수 있는가를 알려주는 책들입니다.

높이 나는 조나단처럼

누구나 한 번은 봤을 책입니다. 책은 안 읽었을지언정 이 구절만은 알고 있을 겁니다. "가장 높이 나는 새가 가장 멀리 본다." 『갈매기의 꿈』입니다. 조나단 리빙스턴 시걸의 이야기를 통해 인생의 길을 묻는 이들에게 해답이 되어준 책이지요.

저자 리처드 바크는 실제로 공군 비행기 조종사였어요. 처음 이 글을 썼을 때 어떤 출판사에서도 받아주지 않아 자기가 직접 손으로 베껴 돌렸대요. 대단한 열정 아닙니까? 다행히 그 필사본을 읽어본 어느 출판사에서 그의 원고를 책으로 내기로 결정합니다. 그들도 몰랐을 거예요. 그 정도로 잘 팔릴 줄은. 어느 정도냐 하면 소설 『바람과 함께 사라지다』보다도 많이 나갔답니다. 그도 그럴 만하죠. 거기엔 삶의 가치와 아름다움을 표현한 구절들로 가득하니까요. 하나 보겠습니다.

"다른 갈매기들은 먹이를 찾아 떠나서 먹이를 물고 돌아오면 그만이다. 그런데 조나단은 먹이와는 상관없이 난다. 더 높이, 더 멀리. 조나단은 나는 것이 목적이니까……."

이 구절을 읽으면서 이게 성경이로구나 감탄했어요. 조나단에게는 먹는 것보다 나는 것이 더 중요했다는 겁니다. 무엇보다 나는 것을 사랑했다는 거예요. 목사들에게 물어보십시오. 목회 왜 하냐고. 목회 자체가 좋아서 해야 하는 게 목사입니다. 설교하는 것을 사랑해야 진짜 설교를 할 수 있어요. 다른 일도 마찬가지죠. 월급 바라고 하면 먹이를 찾아 떠나 먹이 물고 돌아오는 보통 갈매기와 다를 바가 없습니다. 그러나 일 자체를 사랑하면 조나단이 됩니다. 소크라테스 시대에도 대가를 바라고 진리를 설파한 이들은 소피스트라고 불렀어요. 반면 진리 자체를 사랑해서 전하는 이들은 필로소피아라고 했지요. 그렇게 차원이 다른 겁니다. 심지어는 레닌조차도 노동자를 이윤 착취를 위한 노동에서 해방시켜 일꾼 만들려고 했어요. 돈을 받으려고 일하는 사람은 노예일 수밖에 없다는 겁니다. 일 자체가 좋아서 해야 주인인 것이죠. 맞습니다. 일 속에 길이 있고 진리가 있고 생명이 있어요. 그걸 추구하면 먹고사는 건 해결됩니다. 그런데 거꾸로 먹고살기 위해 일하니까 비참해지는 거예요. 다시 한 구절 읽습니다.

"다른 갈매기들은 먹이를 찾아 해변을 떠났다가 다시 돌아오는 일상 외에는 신경 쓰지 않는다. 뭘 먹을까, 뭘 마실까, 뭘 입을까. 그러나 조나단에게는 나는 것이 더 중요했다. 무엇보다 그는 나는 것을 사랑했다."

갈매기가 나는 걸 사랑했다는데 무슨 말이 더 필요한가요. 주부가 가정 일을, 화가가 그림 그리는 일을 사랑한다면 얘기 끝난 거 아니겠습니까. 이게 바로 구원입니다. 스스로를 구원하는 길은 알고 보면 쉽습니다.

실재하기, 그리고 현존하기

'지금 여기'를 어떻게 살 수 있는지에 관한 최고의 책입니다. 『지금 이 순간을 살아라』, 에크하르트 톨레가 썼습니다. 적어도 세 번은 읽어야 하는 책입니다. 저도 줄 치면서 읽었어요. 정독했다는 증거죠.

"어떤 일도 과거 속에서 일어날 수는 없습니다. 과거의 일도 지금 속에서 일어난 것입니다. 어떤 일도 미래 속에서 일어날 수 없습니다. 그것 역시 지금 속에서 일어날 것입니다."

감동적이지 않습니까? 어쩌면 이렇게 지금 여기를 잘 표현할 수 있는 건지 놀랍기만 합니다. 또 한 구절 보겠습니다.

"당신은 왜 여기 있는가? 그것은 우주의 신성한 의도와 목적을 수행하기 위해서다."

이를 기독교식으로 하면 지금 여기를 아는 것, 경험하는 것은 하나님의 뜻을 구현하기 위해서라는 것이죠. 신의 뜻이 곧 우주의 신성한 의도와 목적에 다름 아니니까요.

머리에서 심장으로, 다시 삶으로

저자는 다릴 앙카라고 되어 있지만 본인이 쓴 건 아니라고 합니다. 채널링Channeling 을 했다는 거예요. 자기는 다만 채널이 되어서 다른 고급 혼의 메시지를 받아 옮겼을 뿐이라는 얘기입니다.

성경도 어떤 의미에선 채널링이 아닐까 싶습니다. 계시를 받아서 그냥 쓰는 것이죠. 나 역시 〈하늘씨앗〉 원고 쓰면서 그 경험을 했습니다. 4, 5호까지는 그냥저냥 냈는데 그 다음부터 뭘 써야 할지, 어떻게 면을 채워야 할지 몰라 아주 죽겠는 거예요. 그런데 언제부턴가 원고 분량과는 상관없이 하루에 다 쓰게 되더라고요. 원고지로 치면 몇백 매나 되는 것을요. 생각하면서 쓰려면 그렇게 못 합니다. 손이 그냥 나가니까 할 수 있는 거예요. 요한복음 산책이나 성지순례 글 쓸 때는 특히 그랬어요. 그냥 받아쓰는 느낌이었죠. 이 책『가슴 뛰는 삶을 살아라』도 그렇게 쓰인 책이 아닐까 싶습니다.

메시지는 단순하면서도 명쾌합니다. 누구에게나 가슴 뛰는 일이 있으니 그걸 찾아서 하라는 거예요. 청소하는 일에 가슴 뛰는 사람 없을 것 같습니까? 있습니다. 아무리 하찮아 보여도 그 일을 정말 사랑해서 하는 이가 있는 것처럼요. 문제는 우리가 너무 무뎌져서 자기 가슴이 하는 이야기를 못 듣고, 그 움직임을 못 느낀다는 겁니다.

2차 세계대전이 끝나면서 미국 사회에 물음이 생깁니다. 어떻게 우리가, 그것도 하나님의 나라를 추구한다는 기독인들이 그렇게 잔인하게 싸울 수 있을까. 비판이고 자성의 물음입니다. 그들이 내린 결론은 세뇌를 당해서 그렇다는 거예요. 교육이 잘못되고 입력이 잘못되어서 그런 일을 저질렀다는 것이지요. 그러니 이제 본성을, 선의를 회복해야 한다는 겁니다. 그런데 그 본성을 회복하고 끌어내려면 '가르쳐서는' 안 된다는 인식이 일어납니다. 그래서 기존의 선생, 즉 가르치는 사람이라는 말 대신 인도자라는 용어를 쓰기 시작하지요. 이런 취지와 전제에 동의하는 사람 12명이 모여요. 그게 최초의 T그룹입니다. 상담에 획기적인 전환을 일으킨 T그룹 운동을 벌인 사람들이죠. '머리에서 가슴으로'를 모토로 내걸고 그들이 묻습니다. "지방 느낌은?" 지금 일어나는 느낌을 보고 귀를 기울이라는 것이죠. 가슴 언어를 깨우고 개발하고 일으키는 훈련을 하라는 겁니다.

가슴이 열리고 가슴 언어가 발달해야 가슴에서 나오는 속삭임을 들을 수 있습니다. 그리고 그럴 때 무엇이 내게 가슴 뛰는 일인지 찾을 수 있습니다. 그런 일이 나의 삶 전체를 가슴 뛰게 합니다.

생각이 곧 사람이다

이 책은 '무릇 생각이 어떠하면 그 사람이 그러한즉'이라는 잠언서 말씀을 쉽게 풀어 쓴 책입니다. 요즘은 『생각의 지혜』라는 제목 아래 제임스 알렌의 저서들을 한 데 모아놓은 책이 서점에 나와 있습니다.

1800년 무렵에 쓰인 책이니까 상당히 오래됐죠. 저자의 아버지가 대단한 부자였답니다. 그런데 어느 날 부도를 맞아요. 설상가상으로 아버지가 살해당하는 비운을 겪습니다. 그 후 제임스 알렌은 살기 위해 닥치는 대로 일을 시작합니다. 겨우 15세였는데 말이죠. 그렇게 고생한 끝에 어느 정도 안정된 삶의 궤도에 오릅니다. 결혼하고 돈도 벌고, 38세 무렵에는 큰 기업의 비서도 되지요. 그런데 회의가 시작되는 겁니다. 이렇게 살다 인생 마치는 걸까, 더 이상의 가치와 의미는 없는 걸까, 스스로에게 질문을 던집니다. 그 때 다가온 선생과 책이 있어요. 톨스토이와 그가 쓴 『사람이 무엇으로 사는가』입니다. 크게 감동한 알렌은 세속도시에서의 모든 생활을 정리하고 톨스토이의 가르침에 따라 시골로 들어갑니다. 사색하고 명상하면서 글을 쓰기 시작하죠. 제임스 알렌이라는 이름을 아는 이는 없어도 글은 소문을 타고 빠르게 퍼져 갑니다. 그게 바로 『생각하는 모습 그대로』였어요. 수많은 사람이 읽고 공감합니다. 그 후 차츰 저자도 세간에 알려지지요. 그가 쓴 다른 글들 또한 폭넓게 사랑받고요. 그렇게 살다가 48세에 생을 마감한 제임스 알렌, 요즘 봇물처럼 터져 나오는 자기계발서들의 원조라고 할 수 있는 그의 주옥같은 글들을 만나는 행운 누리시길 바랍니다.

물음이 너희를 자유하게 하리니

어느 날 한 잡지사로부터 취재하고 싶다는 요청이 들어왔습니다. 간간이 그런 요청이 들어올 때마다 마다했었는데 이번엔 그래 한 번 해보자 싶었죠. 만나자고 한 곳이 《지금여기》라는 격월간지를 출판하는 〈미내사〉여서 마음이 끌리기도 했습니다. 미내사 클럽은 전세계적으로 새롭게 일어나는 사상이나 의식운동, 심리치료요법, 과학이론 등을 폭넓게 소개하는 일을 하는 그룹으로 영성세계에서는 그래도 실력이 있는 곳이거든요. 만나 보니 확실히 질문이 알차더라고요. 게다가 인터뷰에 응해준 이들에게는 평생회원 대우를 해준다고 하여 잡지를 무료로 보는 호사를 누리게 되었습니다.

어느 날 소파에 누워 그 잡지를 이리저리 들춰보는데 '화가 날 일입니까' 이런 물음이 딱 눈에 띄는 겁니다. 아버지가 어머니를 때리지 말아야 한다는 것이 진실입니까? 이런 구절도 보이고요. 벌떡 일어나서 그 기사를 정독했죠. 알고 보니 바이런 케이티라는 사람이 쓴 책 『네 가지 질문』 중에서 발췌한 글이더군요. 처음부터 끝까지 다 읽어보고 싶은 호기심에 서울 미내사까지 가서 구했어요.

바이런 케이티는 이혼녀입니다. 어느 날 남편에게서 이혼을 당해요. 우울증에 빠져 병원에 입원합니다. 그런데 병원 생활 15일째 되는 날 깨달음을 얻은 거예요. 그 후 그이는 사막을 여행하고 자연을 명상합니다. 그리고 그 과정에서 또 뭔가를 얻습니다. 집에 돌아온 케이티는 자신이 보고 얻은 세계를 아들에게 적용합니다. 거기서 중요한 방편이 되는 것이 바로 물음입니다. 엄마의 질문에 아이가 변화하고, 그것이 알려지면서 낯선 이들이 그녀를 찾아오기 시작합니다. 그리고 어느 날부턴가 그녀는 질문을 던져 생각에서 벗어나게 하는 프로그램을 진행합니다. 그러니까 이 책은 케이티가 사람들을 변화하게 안내한 질문들을 네 가지로 압축해놓은, 말하자면 에센스인 셈이죠. 책이 얇아요. 재혼한 남편이 부인을 따라다니며 녹음한 것을 풀어 주제별로 엮은 것입니다.

여러분은 이미 비슷한 세계를 경험해 봤기에 쉽게 다가갈 수 있습니다. 네 가지 질문을 우리 수련에 대입하여 천천히 음미하며 읽으면 훨씬 명료해질 것이고요. 내가 어떤 신념 때문에 막혀 있는지, 어떤 검증되지 않은 거짓된 생각 위에서 살고 있는지 분명하게 볼 수 있을 겁니다.

실험으로 검증된 행복 가이드

이번엔 행복 전문가 6인이 행복의 심리학에 대해 밝힌 책『영국 BBC 다큐멘터리 행복』입니다. 영국 국영방송국인 BBC에서 TV 다큐멘터리로 제작한 〈슬라우 행복하게 만들기〉에서 얻은 성과들을 글로 옮긴 것이에요. 〈슬라우 행복하게 만들기〉는 2005년 5월부터 영국의 작은 도시 슬라우에서 3개월에 걸쳐 이루어진 일종의 사회실험을 다룬 다큐입니다. 긍정심리학에 바탕을 둔 전문가들이 슬라우 마을의 주민들을 어떻게 하면 행복하게 만들 수 있을까 다양한 방법을 고안하여 적용한 과정과 결과가 거기에 담겨 있습니다.

먼저 6명의 심리학자들이 일군의 후보들을 선정합니다. 흔히 말하는, 불행 바이러스를 갖고 있는 사람들이에요. 직업 없는 사람, 화내는 사람, 수줍어하는 사람, 우울한 사람……. 그리곤 각자에게 과제를 줍니다. 늘 수줍어하는 사람에게는 아무에게나 가서 인사하고 말 걸라는 게 과제예요. 신기한 것은 그 과제를 수행하는 과정에서 그 후보가 변하기 시작한다는 겁니다. 뿐만 아니라 그의 변화를 지켜보는 동네사람들도 변화해요. 결국 마을 전체의 행복지수가 상승하는 거예요. 이런 과정을 거쳐서 그들은 '행복헌장 10계명'이라는 걸 작성해 돌립니다. 한번 볼까요?

행복헌장 10계명, 그 첫째가 운동이에요. 일주일에 3일, 한 번 할 때마다 30분씩 하라고 돼 있습니다. 두 번째는 좋았던 일을 떠올려라. 〈씨크릿Secrete〉 다들 보셨죠? 얘기는 간단합니다. 자석, 즉 끌어당기는 attraction 원리에 의해 우리의 삶이 형성된다는 거예요. 지구가 둥글죠. 물방울도 둥급니다. 왜죠? 중력 때문이에요. 물건이나 사람에게도 그게 있지요. 어트랙션, 즉 매력입니다. 내가 현대미술을 보러 유럽에 간 것도 그게 나를 끌어당겼기 때문입니다. 우리 삶도 마찬가지에요. 원하는 걸 끌어당기면 행복해지죠. 그런데 원하지 않는 것, 부정적인 것들을 끌어당기니까 불행해지고 실패하는 겁니다. 가만히 보세요. 한 마디를 해도 꼭 부정적으로 하는 사람이 있습니다. 오늘 사고 날 것 같지 않냐? 조짐이 안 좋아. 이러면서 말이죠.

세 번째는 하루를 마무리할 때마다 감사해야 할 일 5가지를 생각하라는 겁니다. 네 번째는 대화를 나눠라, 다섯 번째는 하루에 적어도 온전하게 한 시간은 가까운 이들과 대화를 하라는 것이고요. 그 다음엔 식물을 가꿔라, 티브이 시청을 반으로 줄여라, 미소를 지어라, 오랫동안 소원했던 친구에게 전화하라, 하루에 한 번 통쾌하게 웃어라, 매일 자신에게 작은 선물을 하고 그걸 즐기는 시간을 가져라, 매일 누구에게든지 친절을 베풀어라…… 이렇게 이어집니다.

내 안의 보석을 캐다

다음 책은 이미 많은 분이 읽고 안내 받으셨을 줄 압니다. 『보물지도』라고, 일본의 모치즈키 도시타카라는 이가 쓴 책이에요. 저자는 어릴 때부터 기氣에 관심이 많았어요. 결국 기 치료 전문가가 되고 나중엔 기공협회 고문까지 지냅니다. 육신의 건강 못지않게 인간 의식 개발에도 많은 관심을 갖고 그런 기법들을 자기 자신에게 직접 적용한 사람입니다. 이 책은 그런 노력 끝에 나온 것이죠. 막연히 살고 있는 이들을 위해 좌표를 제시하고 지도가 돼 주는 그런 책입니다.

이번에 유럽 여행 안내한 사람이 일등 항해사 출신이에요. 지도를 정말 잘 보기에 내가 물었어요. 어떻게 그렇게 잘 보냐고. 그랬더니 지도를 보는 제일의 원칙은 현 위치 파악이라는 거예요. 배를 운행할 때 현 위치를 1도만 잘못 파악해도 목적지에 도착하는 데 걸리는 시간이 2, 3일씩이나 차이가 난다는 겁니다. 하물며 배도 그런데 인생은 어떻겠습니까. 얼마나 돌아가겠느냐고요. 어쩌면 위치 파악 잘못해서 영영 목적지에 도달하지 못하는 건 아닌가 모르겠습니다.

이 책의 저자가 지적하는 것도 같습니다. 사람들이 목표가 없고, 설사 있다 해도 거기에 이르는 길을 알지 못한다는 겁니다. 이와 관련해서 하버드대학에서 흥미로운 연구 결과를 발표했어요. 목표가 분명한 사람과 없는 사람, 목표를 그냥 속으로 품고 있는 사람과 글로 써놓은 사람이 얼마나 되는지 조사했다는군요. 그랬더니 목표 없이 사는 사람이 무려 80%에 이르렀다고 합니다. 또 목표가 있되 그냥 속으로만 생각하는 사람이 17%인 데 반해 글로 표현한 사람은 불과 3%밖에 안 됐고요. 그런데 놀라운 건 20년 후 전체 부의 97%를 움직이는 주체가 목표를 글로 표현한 그 3%의 사람들이라는 겁니다.

일단 목표를 정해놓고 그걸 날마다 보고 쓰고 읊으면 어느새 나 자신이 그걸 이룰 수 있다고 세뇌가 됩니다. 이 저자 또한 자기 보물지도를 만들고는 그 밑에 "전부 이루었습니다"라고 써놨어요. 나도 해가 바뀔 때마다 차트를 만들어놓고 틈틈이 점검해 나갑니다. 얼마간 시간이 흐른 뒤 보면 내가 그 중 많은 걸 이루었음을 알게 돼요. 그러면서 자기 자신에 대한 믿음을 쌓아가는 겁니다. 자신감을 얻는 겁니다.

이제라도 여러분의 보물지도를 그려나가길 바랍니다. 벽에 크게 붙여놓고 날마다 눈 맞추고 소리 내어 읽으십시오. 그러면 어느 날 자신이 이미 보물을 손에 넣었음을 발견하게 될 것입니다.

목표를 달성하는 지름길

자기관리, 자기계발, 그리고 자기경영에 관한 책들이 계속 이어집니다. 솔직히 말하면 전엔 이런 책들을 멸시했었어요. 성공이란 단어조차 경멸했죠. 그런데 어느 날 수련 안내를 하다가 큰 빛이 한 줄기 내려옵니다. 맞아, 구체적인 삶의 좌표가 없다면 어떻게 가슴 뛰는 삶을 살 수 있겠나, 하는 물음이 올라온 겁니다. 그 후 내가 먼저 그런 책들을 찾아 읽기 시작했죠.

인생을 잘 관리하려면 시간의 흐름, 자신과 시간의 관계 등을 잘 보아야 합니다. 그런 면에서는 시간 관리를 구체적으로 제시한 책 『하루 24시간 어떻게 살 것인가』가 도움이 됩니다. 이 책은 말합니다. 예수도 빌 게이츠도 전부 하루 24시간을 살아왔고 지금도 그렇게 살아간다고요. 물론 우리도 그렇지요. 다만 차이점은 그 24시간을 어떻게 살고 있느냐입니다.

누가 시간을 아끼고 있다면 그건 그 사람이 분명한 목표를 설정하고 있다는 말과 같습니다. 예를 들어 내가 텔레비전을 틀었다고 생각해 보세요. 목표가 없는 사람은 한 번 틀면 그냥 멍청히 몇 시간이고 봅니다. 딱히 할 일이 없으니까 계속 보고 있는 거예요. 하지만 여기서 '할 일이 없다'는 것도 실은 나의 생각일 뿐입니다. 할 일이 없다는 생각에 내 시간을 맡긴 거라고요. 도둑질 당하도록 방치하고 있다는 얘깁니다.

시간 관리, 어렵지 않습니다. 내가 지구를 관리할 수 있나요? 아니면 해 도는 거 관리할 수 있어요? 없습니다. 그런 거에 비하면 시간 관리는 얼마나 간단합니까? 다만 일의 순서를 정확하게 맞추기만 하면 됩니다. 물론 그 전에 자기 인생의 목표와 좌표를 정해야겠죠. 시간 관리는 그 다음입니다. 자기가 세운 목표를 어떻게 이룰 것인지 구체화하는 데 필요한 기술이니까요.

성공의 법칙 | 맥스웰 몰츠

셀프 이미지 가꾸기

다음 책은 『성공의 법칙』입니다. 저자는 성형외과 의사인 맥스웰 몰츠예요. 어느 날 그가 언청이 하나를 수술해요. 그리고 수술 후 그 환자의 성격이 바뀌는 것을 봅니다. 그것을 계기로 연구를 시작해서 사람마다 셀프 이미지가 있고 그에 따라 성격은 물론 삶까지 변화할 수 있다는 결론을 얻습니다. 예를 들어 그를 찾아온 언청이 남자는, 수술을 받기 전엔 마음도, 영혼도 언청이였다는 겁니다. 그런데 수술 후 자아상이 바뀌죠. 언청이에서 멀끔하게 잘 생긴 이로, 어디에 내놔도 꿀리지 않을 이로 재탄생한 거예요. 그러자 남자의 삶에서 늘 주눅 들어 있고 구석에서 쭈뼛거리던 언청이는 사라집니다. 대신 자신 있게 먼저 다가가

고 먼저 행동하는 사람이 그 자리를 차지하게 되죠. 그러니 그의 남은 생이 얼마나 행복하고 유쾌하겠습니까?

예수를 믿는다는 것도 결국 자기상을 바꾸는 게 아닐까 싶습니다. 내가 에니어그램으로 3번 성향이 강해서 그런지 성공 욕구가 있어요. 나 자신만 성공하고 싶은 게 아니라 남도 성공시키고 싶은 강한 욕구가 있는 겁니다. 유성 들말의 학교에서 가난한 애들 야학시킬 때도 그랬어요. 나는 그 아이들이 성공하는 것을 보고 싶었죠. 당시 내가 한 말은 이거 하나였습니다. 부모의 가난을 넘어서려면, 성공해서 그들보다 나은 삶을 살려면 공부해야 한다, 공부해서 대학 가야 한다…… 그런데 정작 그 아이들은 자기가 대학에 가야 한다는 생각을 단 한 번도 해본 적이 없는 거예요. 돈도 없지만 무엇보다 자신감이 결여돼 있었으니까요. 그래, 내가 다시 말했죠. 넌 갈 수 있어. 대학 나와서 취직해. 그러자 그 중 몇 명이 어느 날 밤에 찾아와서 그럽디다. 대학 가겠다고. 그러더니 정말로 갔어요. 몇몇은 공주사대로, 또 몇은 전문대로…… 얼마나 눈물겨웠는지 몰라요. 당시 내게 많은 영향을 주고 또 도움이 되었던 게 바로 이 책입니다.

한동안 절판되었다가 다시 나오기 시작했습니다. 셀프 이미지에 대해 연구하고 그 성과를 보급하는 〈싸이코 싸이버네틱스 재단〉이 미국에 있는데 거기서 발간한 것이죠. 책 첫머리에 이런 구절이 쓰여 있습니다. "나폴레옹 힐이 성공의 원칙을 발견하고 데일리 카네기가 그것을 인간관계에 적용했다면, 맥스웰 몰츠는 그 모든 것을 종합했다."

이 책에는 성경구절이 많이 인용되어 있습니다. 성경에 간음한 여인에 대한 이야기가 나오죠? 저자는 그 상황을 제시하면서 예수는 그 여자를 용서하지 않았다고 합니다. 용서라는 단어가 없다는 거예요. 그리고 말합니다. 예수는 그녀를 정죄하지 않았을 뿐이라고. 반면 우리는 어때요? 타인을 정죄하고 그 다음 용서하고, 그런 자신을 정죄하고 또 용서하고 그렇게 살잖아요. 그런데 이 저자는 정죄함이 없는 세계, 즉 하늘나라를 소개하는 겁니다. 사람이 긍정적인 자아상, 행복한 자아상을 품고 있으면 그렇게 됩니다. 늘 웃으면서 고맙습니다, 감사합니다 하면 삶이 그 길 따라 가는 거예요. 반면 화내고 핑계 대고 거짓말 하는 이의 자아상은 흐트러지고 깨지기 마련이에요. 부정적인 자아상을 갖게 되지요. 그런 사람은 행복과 성공에서 점점 멀어집니다. 그러니 여러분은 어떤 삶을 택하겠습니까?

백만 불짜리 습관 | 브라이언 트레이시
습관이 삶의 질을 결정한다면

어떤 사람은 불행하고 어떤 사람은 행복합니다. 누구는 공부를 잘 하는데 누구는 공부를 못 합니다. 성공하는 이가 있다면 실패하는 이도 있습니다. 그러면 왜 이렇게 나뉘는 것일까요. 거기엔 습관이 있기 때문입니다. 행복하게 하는 습관과 불행하게 하는 습관, 그리고 성공과 실패를 부르는 습관이 말입니다.

여기 습관에 대한 귀한 책 『백만 불짜리 습관』이 있습니다. 브라이언 트레이시가 썼지요. 어려서 부모님이 죽어 아주 고생을 많이 한 사람입니다. 그런데 참 신기하지 않아요? 왜 이런 이런 종류의 책을 쓴 저자들의 부모는 다 그렇게 일찍 죽어서 아이를 죽도록 고생시키느냐 그 말입니다.(웃음) 각본이 그렇게 안 짜이면 아무래도 큰 인물이 못 되는가 봐요. 브라이언 이 사람도 똑같아요. 고등학교를 중퇴한 뒤 접시닦이 하고 청소부 하면서 살아갑니다. 방문판매를 할 때는 하루에 하나 팔아서 여인숙 비용 하면 그걸로 끝이었대요. 비참했겠죠. 그런데 저자는 거기서 주저앉지 않습니다. 한 달에 천 달러를 벌겠다고 목표를 정한 겁니다. 그리고는 정말로 벌어요. 성공해서 다시 늦깎이로 진학해서 경영학 석사까지 합니다. 나아가 자기 경험을 살려서 성공하는 길을 일러주는 센터도 엽니다. 자기가 해봤으니까 그게 가능한 거예요. 그래서 책도 아주 생생합니다. 습관에 관한 책 중에는 단연 추천할 만하지요.

인맥이 촘촘해야 허점이 없다

시간 관리에 이어 인맥 관리로 나아갑니다. 인맥을 영어로 휴먼 네트워크라고 하죠. 그걸 가장 잘한 사람의 본보기가 바로 미국의 전 대통령인 클린턴이랍니다. 누군가 성공 비결을 물으면 그는 이렇게 대답합니다. 어릴 때부터 꿈이 대통령이었다고. 목표가 분명했다는 얘기지요. 더 중요한 것은 그렇게 목표를 정하고 난 다음 의식적으로 노력했다는 점입니다.

『혼자 밥 먹지 마라』는 인맥 관리에 관한 책입니다. 제 수련에서도 이 주제를 다룹니다. 원을 만들어요. 그리고 내가 가깝게 지내는 사람과 가깝게 지내야 할 사람들을 세웁니다. 거기서 드러나는 게 뭡니까. 사람들은 보통 자신의 감정을 좇아 가까운 사람을 만든다는 겁니다. 그 결과 가까이 해야 할 사람은 오히려 멀어지고요. 이런 태도는 인맥 관리 면에서 보면 낙제에 가깝습니다. 관리라는 건 관심을 표명하여 계속해서 관계한다는 의미거든요. 실제로 성공한 이들은 자신의 사사로운 감정과 무관하게 필요한 대상을 설정하여 그들을 가까이 두고 관리합니다. 끊임없이 관심을 표현하고 관계 안에 묶어둔다는 것이죠.

살다 보면 몇 번이고 남에게 부탁할 때가 오기 마련입니다. 그런데 입을 떼기가 너무 미안해요. 왜? 그동안 전화 한 번, 편지 한 통 안 건넸으니까요. 밥도 한번 같이 안 먹은 사람에게 어떻게 부탁을 하냐고요.

염치없이. 그러니 적어도 내가 어려울 때 도움을 청할 수 있는 사람들에게는 최소한 한 달에 한 번은 전화해야 한다는 겁니다. 일 년에 한 번은 밥을 먹어야 한다는 거예요. 그래야 부탁을 해도 미안하지 않을 수 있다는 거죠. 이런 태도를 단지 얄팍한 속내로 치부하면 안 됩니다. 거꾸로 내 삶에 적극적으로 도입해야 할 기술로 보시라고요. 살림마을같이 작은 수련원도 나 혼자는 못 합니다. 수많은 사람의 도움을 받아서 굴러가는 겁니다. 그런데 인맥 관리 안 하고 그게 되겠어요? 쉽게 말하는 사람들이 있지요. 난 혼자 살 거야. 혼자 먹는 게 더 편해. 그런 사람들은 그냥 혼자 밥 먹다 혼자 죽게 놔둬야지 별 수 없어요.(웃음)

운명을 바꾸길 원하는 자, 웃어라!

여러분이 관상을 잘 본다면 어떨까요? 얼굴만 척 봐도 그 사람 성격을 알고 수준을 잴 수 있다면 관계 맺기가 얼마나 더 수월해질까요? 손금보는 것보다 더 직접적이고 쉬운 게 관상입니다. 손금은 상대가 손을 내놔야 볼 수 있지만 얼굴은 스스로를 내보이니까요.

얼굴, 관상에 대해 달통한 이가 쓴 책이 있습니다. 주선희씨가 쓴 『얼굴 경영』이 그것입니다. 주씨는 이 주제로 박사논문까지 받은 사람입니다. 타고난 거죠. 알고 보니 할아버지가 관상감을 했어요. 요즘말로 하면 청와대에서 얼굴 보는 일을 한 겁니다. 아마도 주선희씨는 할아버지의 피를 이어받았나 봅니다. 저자 스스로 고백하길 사람 얼굴을 보면 직관이 온다는 거예요. 그런 특기를 살려 어느 날부터 강의를 시작합니다. 얼마 안 가 명강사로 소문이 나죠. 동아일보에서 섭외를 해서 연재를 합니다. 그걸 모아 책으로 낸 게 얼굴 경영이에요. 내용을 보니 우리나라 대통령뿐 아니라 미국 부시 대통령까지 얼굴을 샅샅이 분석하고 있어요.

이 책의 핵심 메시지는 "얼굴은 바꿀 수 있다"는 겁니다. 그를 위해서는 많이 웃어야 한다는 거예요. 그러면 얼굴의 변화를 넘어서 마침내 삶이 바뀐다고 합니다. 웃는 사람치고 가난한 사람 없다니 한번 믿고 활짝 웃어보세요. 돈 드는 일도 아닌데 밑져야 본전 아닙니까?(웃음)

오늘은 여기까지 하겠습니다.

돈이 나를 따르게 하라

돈, 당신이 알고 있는 모든 것은 틀렸다
부를 손에 넣는 단 하나의 법칙
성공의 문을 여는 마스터키
10년 후
돈과 인생의 비밀

내게는 다시 한 번 가보고 싶은 동네가 몇 군데 있어요. 그 중 하나가 러시아의 뻬쩨르부르그입니다. 과거에 레닌그라드라고 불렸던 곳이죠. 하루는 도심에 있는 공연장에 갔어요. 차이코프스키 작품이 연주되고 푸시킨의 작품이 낭송되는 그런 장소입니다. 공연 시간이 가까워지자 사람들이 하나둘 모여들어요. 그 때 나는 공연장 앞뜰을 거닐고 있었지요. 한 노인이 다가옵니다. 내 맞은편 나무 아래로 가더니 가만히 앉아요. 그리고는 가방을 열어 책을 꺼내 읽기 시작합니다. 코 끝에 두꺼운 돋보기를 매달고 말이지요. 러시아어로 쓰여 있으니 노인이 무슨 책을 읽는지 알 길이 없죠. 어찌나 아름다운지 그 장면이 한 장의 사진이 되어 마음에 꽂히더군요. 당시 내가 중얼거린 말이 있습니다. 아, 나도 늙으면 저렇게 나무 아래 앉아 책을 읽어야지. 그걸 아름다운 풍경으로 마음에 간직할 젊은이들을 위해서라도 꼭 그렇게 할 거야.……

인간이 누릴 수 있는 최고의 혜택이 무얼까요? 내가 누려온 것과는 다른 것들을 보고 듣는 것, 이질적인 문화를 체험해보는 것이 아닐까요? 문화를 향유하지 않으면 문화인이 못 됩니다. 그런데 문화엔 코드가 있어요. 상징으로 가득하죠. 보이는 것보다는 감추어진 것이 더 많다는 얘깁니다. 그래서 연습이 필요한 거예요. 연습하지 않으면 귀가 있어도 못 듣고, 눈이 있어도 못 봅니다. 느껴지지도 않아요. 똑같은 생각의 패턴에서 벗어날 수도 없는 겁니다.

우리 세대에서 문화인은 곧 교양인으로 통했어요. 그런데 어느 리서치 기관에서 조사한 자료를 보니까 최근 30년간 인류가 잃어버린 것 중 하나가 교양이래요. 연탄가게 쌀가게만 없어진 게 아니라 교양도 사라졌다는 거죠. 그만큼 요즘 사람들이 앎과 체험을 확장하려는 연습을 안 한다는 의미가 아닐까요? 책을 읽는다는 건 앎과 체험을 확장하는 가장 쉽고 좋은 방법입니다. 탈무드에 쓰인 내용을 하나 소개할게요. 유대인 엄마들은 아이가 학교 갔다 올 즈음이 되면 곱게 화장을 하고 앉아 책을 편답니다. 그게 아이들을 아름답게 맞이하려는 그들의 교양인 겁니다. 얼마나 아름다운 풍경입니까. 프랑스 향수보다 더 좋은 삶의 향기가 풍기지 않습니까. 그런 책들 계속해서 소개합니다. 오늘의 주제는 바로 '돈'입니다.

부자가 되려면 내적 치유부터

한 여자가 있습니다. 돈이 있어도 투자를 안 합니다. 그냥 통장에 넣어두고 돈이야 썩든 말든 내버려두는 거예요. 알고 보니 그녀는 돈에 관한 어떤 특정한 기억에 사로잡혀 있습니다. 어릴 때 엄마 심부름으로 가게에 가서 빵을 샀는데 돈을 내려고 보니 손에 꼭 쥐고 온 돈이 어디론가 사라지고 없는 겁니다. 어린애가 얼마나 놀라고 당황했겠어요. 그때 그 기억으로 인해 그녀는 돈을 갖고 있다는 것 자체에 불안을 느낍니다. 그러니까 안 보이는 데 넣어두고 빼 쓰지도 않고 굴리지도 않고 그대로 보존만 하는 거예요.

사례 하나 더 들까요? 물건을 절대 안 사는 사람이 있습니다. 필요해도 소유하려고 하지 않습니다. 그리고는 곧 떠날 듯이, 죽을 듯이 삽니다. 마흔셋 나이에 저축해 놓은 돈도 없고 봐둔 땅도 없습니다. 그 사람 역시 어린 시절의 아픈 기억에 발목을 잡혀 있습니다. 자기 의지와는 상관없이 아버지 사업 때문에 계속 이사를 다닌 거예요. 친구 하나 사귈 만하면 다른 데로 옮겨가야 하고, 환경에 적응할 만하면 또 짐을 싸야 하고……. 그 때문에 늘 어디론가 떠날 것처럼 살게 된 겁니다.

이런 이야기들이 『돈, 당신이 알고 있는 것은 모두 틀렸다』에 들어있습니다. 재무컨설팅 하는 수즈 오만이라는 여자가 상담을 해서 밝혀낸 사실이에요. 그녀는 돈에 관한 사람들의 공포와 불안, 두려움 등을 과거 탐색을 통해 캐내어 치유하는 일을 합니다. 내적 치유에서 시작하지 않으면 돈으로부터, 금전으로부터 자유로워질 수가 없다고 보기 때문이지요. 돈이 없으면 돈에서 자유로울 수 있습니까? 불가능합니다. 그렇다고 돈이 많으면 자동으로 돈에서 해방됩니까? 아닙니다. 잘못하면 오히려 더 많은 돈을 벌어야 한다는 욕심에 묶이기 십상이죠. 성서에도 배금주의에 대한 힐책이 있어요. 그걸로 인해 잃는 것이 너무 많으니까요. 돈이 없어 인간성을 잃어버리기도 하지만 돈을 숭배해도 똑같은 현상이 일어납니다.

저자는 이렇게 밝힙니다. 이 책을 쓴 목적은 당신을 재정전문가로 만드는 게 아닌 금전으로부터 자유롭게 하기 위해서라고.

한 구절 읽어볼까요?

"돈은 많은 일을 할 수 있다. 당신의 돈은 당신을 위해 일할 것이며 만약 당신이 그것에 정력과 시간과 지식을 쏟는다면 언제나 필요한 만큼 혹은 그 이상의 돈을 가질 수 있을 것이다. 나는 돈이 사람과 거의 같다고 생각한다. 사랑하는 친구를 대하 듯 돈을 대하면 돈은 응답을 해온다."

사랑하는 친구 대하 듯 돈을 대해야 응답을 해옵니다. 그런데 돈만 보면 욕하는 사람 생각보다 많아요. 술 먹으면 월급봉투 던지면서 이렇게 말하죠. "개도 안 물어가는 이 돈 벌자고 내가 이 모양 이 꼴로 사는 거야?" 그러니 제아무리 눈먼 돈인들 그 사람한테 오겠냐고요. 돈은 나쁜 것도, 좋은 것도 아닙니다. 그런데 잘못된 관념과 기억에 갇혀 돈을 적대시하고 혹은 돈의 노예가 되어 살아갑니다. 그런 상황에서는 돈에서 자유로울 수 없다는 것, 이 책은 바로 그 메시지를 전해주고 있습니다.

우주의 풍요와 접촉하라

모든 일에는 원칙이 있고 원리가 있습니다. 주먹이 가는 길을 일컬어 태권도라 합니다. 서도는 붓이 가는 길이고, 다도는 차의 길이죠. 『부를 손에 넣는 단 하나의 법칙』은 부에도 원칙이 있다는 걸 알려주는 책입니다.

이 책이 전하는 메시지는 쉽게 말하면 우주일원론입니다. 하나가 전체고 전체가 하나라는 거예요. 물질과 정신이 둘이 아니라는 겁니다. 구체적으로 얘기하면 우주는 풍요로운 부의 근원이니 그와 하나라는 것을 잊지 않으면, 접촉점과 연결점을 잃지 않으면 부를 누릴 수 있다는 얘기죠. 그런데 우리는 어떻게 살아왔나요. 영성 따로 돈 따로, 명예 따로 돈 따로였죠. 실제로 그렇게 살아왔습니다. 우주와의 연결고리를 잃은 채 스스로 이탈하여 부자가 못 된 겁니다.

우주가 풍요롭다는 건 하나님은 풍요하다는 말과 통합니다. 그걸 깨달은 게 아브라함이에요. 그는 그 시대의 기준에서 보면 재벌이었습니다. 그가 고용한 사람들, 그가 소유한 소, 양 머릿수 세면 거의 이건희 수준이었다고요. 그가 야곱 집에 가서 일한 건 요즘말로 하면 해외 나가 돈 벌어온 겁니다. 7, 80년대에 많은 건설노동자들이 중동 가서 돈 벌어온 것과 비슷합니다. 그가 왜 부자로 살았겠습니까? 하나님과 연결되어, 그 풍요의식에 접촉하여 살았기 때문이에요. 이런 얘기를 참 쉽고 적절하게 잘 표현해 주고 있는 게 바로 이 책입니다.

우주일원론은 동양에서 비롯된 사상이죠. 실제로 저자는 주역을 읽고 공부했습니다. 한 구절 읽어보겠습니다.

"만물의 근원은 사고하는 물질이다. 사고하는 물질이란 근원적 상태에서 우주 공간 구석구석까지 퍼지고 침투하고 충만해 있는 것이다. 사고하는 물질 속에 생겨난 사고는 생각한 그대로의 물질, 일을 만들고 만다. 사람의 생각이 어떠한 즉, 삶이 곧 그러하다."

영성지수가 낮은 사람은 부자가 되고 싶다는 생각을 해도 우주의 풍요와 단절되어 있기 때문에 늘 가난해요. 단지 돈이 없을 뿐 아니라 삶이 가난한 겁니다. 반면 돈은 없어도 삶이 풍요로운 사람이 있어요. 그런 사람은 존재의 근원 자리에서 우주의 부를 향유하고 명상하기 때문입니다. 어때요, 다른 건 안 읽어도 이건 읽고 싶죠?

이원성 밖의 비밀의 문

이 책 역시 위에서 소개한 『부를 손에 넣는 단 하나의 법칙』과 같은 원리를 설파하고 있습니다. 그런데 훨씬 세부적으로 들어가 아주 섬세하게 다루고 있어요. 모두 24개의 소주제로 나누어 하루에 하나씩 읽어가게 구성했습니다. 빨리 읽지 말라는 얘깁니다. 하루에 하나씩만 곰곰이 씹으면서 읽어야 하는 책이에요. 동양경전에 나오는 명언들을 자본주의 입장에서 쉽게 풀이하고 표현한 것이 특징입니다. 6번째 챕터인 「사람의 뇌」의 한 구절 보겠습니다.

"우주의 마음은 너무나 놀라운 것이어서 그 유용한 힘과 가능성, 무한한 생산력을 이해하기란 쉽지 않다. 우주의 마음이란 절대적인 지혜이자 원리이기도 하다는 것을 알았다. 그렇다면 우주의 마음은 어떻게 다른 형상으로 분화되는 것일까? 어떻게 하면 우리가 바라는 것을 얻을 수 있을까?"

역시 우주일원론에 근거하고 있죠? 자, 그럼 이렇게 가정해봅시다. 여기 세종대왕이 새겨진 1만 원짜리 돈과 성경책이 있어요. 시방 느낌은? 성경책은 귀하고 돈은 천하다는 느낌이 듭니까? 아니면 돈은 갖고 싶고 성경은 한쪽으로 미뤄놓고 싶은 마음이 올라와요?(웃음) 둘은 다르지 않다는 것, 분리된 게 아니라는 것이죠. 다만 우리가 이원적인 생각 속에서 그것들을 판단했을 뿐입니다.

인생에도 러너코치가 필요해

위의 두 권이 좀 어렵게 느껴진다 해서 실망하진 마십시오. 그를 대신할 아주 쉬운 책이 있습니다. 『10년 후』, 그레그 S. 레이드가 부와 풍요로운 삶에 관해 소설처럼 대화체로 재밌게 구성한 책입니다.

저자는 '10년 후 내 삶에 얼마나 만족하고 있을까'라는 물음에서 글을 쓰기 시작합니다. 결론은 간단해요. 스스로 만족할 만한 10년 후를 설계해야 한다는 거지요. 또한 그에 맞춤한 조언을 해줄 만한 사람을 만나야 한다는 겁니다. 야구팀에는 러너코치가 있습니다. 필드에서 선수들은 그 코치의 지시를 보고 달릴 것인지 멈출 것인지를 결정해요. 그러니 인생의 큰 장에서도 그런 러너코치가 필요하지 않겠느냐는 게 저자의 생각입니다. 이 책은 실제로 저자가 그런 사람을 만난 이야기를 풀어 쓴 거예요.

나는 이 책을 읽고 우리 프로그램에 더 긍지를 갖게 되었어요. 젊은이들이 수련을 경험함으로써 그들 인생에 필요한 좌표를 설정할 수 있다는 것을 알았기 때문입니다. 그래요. 살림마을 수련은 다른 게 아닙니다. 목표를 정하고 현 위치를 파악한 후 가는 기술을 터득하는 거예요. 누구를 만나고 어떤 책을 읽어야 하고 어떻게 살아야 하는지를 알아가는 겁니다. 그러니 20대에 이런 안내를 받은 젊은이들이 최소한 나보다는 실수를 덜 할 것이고 결국엔 더 높은 곳에 도달하지 않겠습니까?

그것이 너무 기쁘고 자랑스럽다는 얘깁니다.

돈 에너지와 힘을 다루는 지혜

아주 쉬운 한 권의 책이 또 여기 있습니다. 혼다 켄이라는 일본인이 저자예요. 아버지가 회계사였습니다. 그래서 돈이 뭔가를 알면서 커가요. 아버지 곁에는 늘 돈에 대해 상담하길 원하고, 돈 때문에 생긴 문제로 걱정하는 사람들이 가득했던 겁니다. 결국 그는 돈 전문가가 되어 『돈의 아이큐 돈의 이큐』라는 책까지 냅니다. 그 뒤 유명해진 그는 두 번째 책 으로 『내 인생을 바꾼 30일간의 머니 레슨』을 펴내지요. 위에 소개한 『10년 후』처럼 스승을 만나 수업 들으며 얻은 바를 이야기로 풀어낸 것입니다.

여러분은 혹시 돈에 관한 강의를 들어본 적이 있습니까? 우리 주변에 고시 준비하는 사람 많잖아요. 그런데 나는 그런 생각이 들어요. 한두 해도 아니고 4년 이상 고시 공부할 시간에 돈에 관한 좋은 책 찾아읽고 강의를 들었다면 돈벼락을 맞아도 벌써 맞았을 거라고요. 물론 돈에 관한 이론과 현실은 다릅니다. 내가 아는 사람 중에 투자분석전문가가 있는데 그가 하는 말이 재미있어요. 경제경영학 박사에 대학에서 강의까지 하는 교수인데도 늘 자기에게 전화해서 어디에 투자해야 이익을 얻겠느냐고 묻는다는 거예요. 저자가 『돈의 아이큐 돈의 이큐』에서도 강조하다시피, 강단에 서는 교수나 이론가는 돈의 아이큐는 있는데 이큐가 부족하다는 얘기죠. 장사꾼들은 반대로 이큐, 즉 감각은 있는데 아이큐가 부족하고요. 그런데 이 사람 말로는 정말로 돈에서 자유로워지고 풍요로운 삶을 누리려면 돈의 아이큐와 이큐가 내적으로 통합되어야 한답니다. 하나로는 부족하다는 것이지요. 말하자면 돈을 버는 것에도 한계가 있고 또 충분히 벌어도 풍요로운 삶을 누릴 수 없다는 겁니다.

이와 같은 '돈과 삶의 관계'에 대해 가장 재미있고 쉽게 풀어 쓴 책이 바로 오늘 소개하려는 『돈과 인생의 비밀』입니다. 이 책은 돈을 버는 궁극적인 목적에 대해 강조하지요. 돈 자체가 아닌, 얼마나 풍성한 삶을 사느냐가 목적이라는 겁니다. 아무리 돈이 많아도 돈을 잘못 쓰면 삶이 풍요로워지기는커녕 추해질 수 있다는 거예요. 돈을 벌어도 문화를 향유하지 못한다면 그 삶이 어떻겠습니까. 매일 골프나 치러 다니고 해외로 보신관광 섹스관광이나 다니면 그게 뭐냐고요. 반면 어떤 사람은 자기 돈 기부해서 도서관 만들고 장학회 만들고 하잖아요. 같은 돈인데 그렇게 쓰임이 다른 겁니다. 현대에서 세운 아산병원에 가면 사람들이 가장 많이 지나다니는 로비에 정주영씨 연설문이 걸려 있어요. 그걸 보면서 '그래, 돈은 이렇게 쓰는 거지' 했습니다. 그 사람이 생각하기에 인생에서 만나는 최대의 고통은 가난과 질병입니다. 그래서 병원을 만들어야겠다고 결심했대요. 그리고 부자가 되어 그는 자기와의 약속을 지켰습니다.

가난한 사람이 병원 세울 수 있나요? 불가능합니다. 아산병원을 세워 최고의 유방암센터로 키운 건 정주영이라는 부자입니다. 그렇게 돈은 현실적인 에너지를 갖습니다. 힘이 있어요. 핵도 마찬가지로 에너지죠. 그걸 잘 사용하면 빛이 되고 사람도 살립니다. 그러나 같은 핵이라도 잘못 사용하면 사람을 죽이는 무기가 되는 것처럼 돈도 역시 사람을 황폐하게 하고 파멸시키는 원인이 되기도 합니다. 그런 면에서 돈은 영물이지요. 그러므로 그 영물을 다루려면 지혜가 있어야 하는 겁니다.

돈이 나를 따르게 하라

여러분, 가난한 자를 구하는 건 부자예요. 가난한 자가 가난한 자를 구할 수는 없습니다. 위로가 될는지 모르죠. 그러나 그건 값싼 위로입니다. 한편 부자를 부자 되게 하는 것은 또한 가난한 자예요. 결론적으로 우리가 추구하는 것은 빈자와 부자가 어우러져 함께 춤추고 눈빛 마주하며 사랑하는 것입니다. 에쿠스를 타든 마티즈를 타든 '내가 현재 타고 있는 차가 최고'라는 영적 당당함으로 행복해하는 것입니다. 부끄럼이나 거만함 없이, 열등감과 우월감 없이 서로 어깨를 나란히 하고 달리는 것입니다. 어쩌면 제가 타락해서 이제는 돈 버는 방법까지 소개한다고 하는 사람이 있을지도 모르겠네요.(웃음) 그렇다면 나는 좀더 타락하겠습니다. 오늘은 이것으로 마칩니다.

뇌의 놀라운 프로그래밍

감성지능

의식혁명

브레인 스토리

사랑을 위한 과학

당신의 삶은 누가 통제하는가

수많은 사람들을 만납니다. 스치듯 만나는 사람에서부터 3박 4일, 5박 6일 내내 함께 수련하는 사람까지 다양하지요. 그런데 사람들 얼굴을 볼 때마다 안타까운 마음이 많이 일어납니다. 더 환해질 수 있는데, 밝을 수 있는데……, 왜 얼굴이 저렇게 되었을까 하는 안타까움입니다. 이리저리 분석해서 수많은 얘기를 들려줄 수 있겠지만 거두절미하고 한마디만 하라면 이렇게 말하겠습니다. 당신은 살면서 '아니오'를 너무 많이 했다고. 현재 일어나고 있는 일, 사실에 대해 'No'를 너무 많이 했다는 얘기예요.

공무원 치고 '예' 하면서 웃는 사람 많이 못 봤어요. 전에 금산군청에 가서 군수님과 얘기한 게 있습니다. 내가 먼저 제안했죠.

"군수님, 우리 금산 군청을 삼성이나 엘지에 3년간 위탁할 수 없겠습

뇌의 놀라운 프로그래밍

니까?"

"아니 그게 무슨 말씀입니까?"

의아한 표정을 짓는 그 분에게 내가 그랬어요.

"여기서 일하는 분들 얼굴 좀 보세요. 다 굳어 있잖아요. 군청 건물에만 봉사, 친절 써놓으면 뭐합니까. 그 안에서 일하는 사람에게서 친절을 느낄 수가 없는 걸요."

많은 공무원들이 뭘 부탁하면 안 된다는 말부터 합니다. 그 말이 입에 뱄어요. 그래서 얼굴이 그렇게 굳어가는 겁니다. 공무원이 아니어도 살면서 아니오, 안돼요 소리를 유난히 잘 하는 사람들을 보면 십중팔구는 공무원 얼굴을 하고 있어요. 나에게도 그런 시절이 있었습니다. 그 때 찍은 사진을 보면 우리 아들이 놀래요. 이게 아빠 맞아요? 하고 묻습니다. 너무 사납다는 거예요. 인도 사람들 눈 보면 맑잖아요. No라는 말을 잘 안 쓰기 때문입니다. 무조건 예스고, 오케이예요.

우리는 이 지구별에 '예' 하러 왔습니다. 그거 배우러 온 거예요. 물론 자라면서 '안 돼' '싫어' '하지 마'와 같은 말을 배워야 할 때가 오죠. 반항을 해야 건강한 에고가 형성되니까요. 하지만 사춘기를 넘어서서는 내가 무엇을 얼마만큼 할 수 있는지를 배워야 하는 겁니다. '오링 테스트'라는 게 있어요. 에너지와 힘의 정도를 측정하는 방법이에요. 예라는 말을 실험하면 파워가 세집니다. 반면 노 하면 파워가 떨어져요. 그래서 우리가 그러잖아요. 예수는 예 하고 수월하게 산 사람이라고요. 예와 아니오가 현실적으로 우리 삶에 어떤 영향을 미치고 그 차이가 무엇인지를 알 수 있는 또 하나의 효과적인 방법이 있습니다. 수련을 해보는 거예요. 무조건 예 하는 거죠. 일어나면서 예, 신발 신으면서 예, 밥 먹으면서 예, 누가 뭘 부탁해도 예…… 그렇게 3일만 살아 보세요. 그리고 3일 후엔 거꾸로 예 대신 아니오를 하는 겁니다. 무조건 아니오만 해보세요. 그러면 그 차이를 확연히 느낄 수 있습니다. 예가 좋은 건 알겠는데 그렇다고 어떻게 아니오 소릴 안 하고 살 수 있느냐고 묻는 사람이 있습니다. 그럴 땐 아니오 대신 글쎄요 하면서 에둘러 가라고 합니다. 그러면 얼굴이 달라져요. 소리가 갖는 감성, 언어가 발산하는 파장이 다르니까요.

전에는 지능지수로만 사람을 평가했죠. 아이큐가 높으면 똑똑하고 그렇지 않으면 모자라고. 사람의 마음과 감성은 별로 고려 대상이 아니었던 거예요. 그런데 정보화 사회, 지식 사회가 되면서 지능만으로 부족하다는 게 드러납니다. 사람들의 관심은 어떻게 하면 행복해질까에 있는데 암기해서 쓰는 것 가지고는 더 이상 행복할 수가 없으니까요. 이런 문제의식이 올라올 즈음 전 세계를 휩쓴 것이 바로 이 책입니다.

지금 이 순간에 응답하는 능력

제목이 『감성지능』이에요. 대니얼 골먼이 썼습니다. 하버드에서 심리학을 공부하고 그 후 잡지사 기자로 일한 사람입니다. 저널리스트 출신이라 글이 쉬워요. 저자는 당시 눈에 띄게 발전하고 있던 뇌의학, 두뇌행동학 등의 분야에 관심을 갖고 파고들었나 봅니다. 그리고 자기나름의 결론을 내려요. 인생에서 성공은, 그리고 행복은 IQ(지능지수)보다 EQ(감성지수)와 더 긴밀하게 연관이 되어 있다고요. 그걸 잘 풀어쓴게 이 책입니다. 95년에 상하 두 권으로 나왔어요.

예전엔 누가 총명하다고 하면 기억력이 좋다는 걸 의미했죠. 하지만지금은 매 순간 자기의 감정을 잘 표출하고, 또 상대방의 감정을 잘 읽어내어 응답하는 사람을 총명하다고 합니다. 그런데 그걸 잘 하려면 감성지능이 높아야 해요. 여러분 주변에 명함은 화려한데 삶은 아주 무미건조한 사람 있죠? 박사 공부까지 하고 교수에 의사 노릇을 해도 자기분야 말고는 아무것도 모르고 못 느끼는 사람들이 생각보다 많습니다. 자기 분야에는 탁월하지만 다른 사람, 자연, 예술과 문화 그리고 삶과관계 맺는 데는 너무나 인색하고 무딘 겁니다. 거기에 의미를 부여하지못하는 거예요. 아마도 그렇게 불행하게 사는 이들이 많아지는 게 걱정돼서 우주가 이 저자를 통해서 EQ가 있다는 걸 알려주었나 봅니다.

그동안 우리는 하나님을 전지전능하시고 만물을 주관하시는 분으로만 생각했습니다. 지적으로 접근해서 그냥 그걸 외운 거예요. 그러나 그건 단지 하나님에 대한 지식일 뿐입니다. 다시 말해 하나님을 아는 게 아니라 하나님에 대한 지식을 알고 있던 거지요. 그 지식에 대한 앎이 많아지고 견고해질수록 그 안에 갇혀 버립니다. 그러니 알면 알수록 해방이 안 되고 구속이 되는 거예요. 누군가 그럽디다. 기독인은 신앙이 깊을수록 배타적이 된다고. 부끄럽지만 솔직히 인정해야 하지 않습니까? 나만 해도 내 자식이 장로님 아들 딸 데려와 결혼한다고 할까 봐 겁나요.(웃음) 지금까지 기독교가 다른 문화와 종교에 대해 '아니오'만 해 왔으니까요. 감성이 안 열려서 그런 겁니다.

감성은 느끼는 거죠. 영성에 가장 가깝습니다. 그래서 잘 느낄수록 생각에, 지식에 갇혀 있던 나 자신을 해방시킬 수 있어요. 우리 수련할 때 밥상에 놓여 있는 먹을거리를 잘 느끼는 것부터 시작하죠? 색깔을 보고 냄새를 맡고 또 맛을 보고……, 그러면서 서로 다른 것들이 만나 어우러지는 것에 감동하는 겁니다.

그 다음은 뭐죠? 잘 듣고 하는 것입니다. 소리를 통해 깨어나는 훈련이에요. 많은 이들이 지금 일어나는 소리를 지금 못 듣습니다. 생각에 붙잡혀 있어서 그래요. 그 안에 갇혀 있고 그런 자신에 집착해서 그런 겁니다. 하지만 감성이 깨어나면 '지금 여기'를 느낍니다. 지금 여기서 일어나는 소리를 듣고 사실의 세계를 봅니다. 이것이 살아가는 핵심이기 때문에 감성이 무뎌지거나 굳으면 삶에 위기가 옵니다. 그걸 미리 방지하기 위해 마음을 부드럽게 해야 하는 거예요. 음악 듣고 그림 감상하고 또 글도 쓰고 자연과 친밀함을 나누면서요.

최근에 저자는 한 걸음 더 나아가 사회지수Social Quotient를 얘기합니다. 감성만으로는 온전한 사람이 안 된다는 것에 눈을 뜬 거죠. 이 사람이 말하는 사회지수란 우리가 쓰는 영성지수Spiritual Quotient와 비슷합니다.

원래 기독교 신앙에서 영성이라고 하는 단어 'Spirituality'는 사회적으로 연결돼 있다는 뜻으로 쓰였어요. 이 세상은 서로 연결되어 있고 그 가치를 추구하는 사람이 행복하다는 걸 의미하지요. 자신의 행동이 다른 사람에게 어떤 영향을 미치는지 모르고 다른 사람이 무슨 생각을 하고 어떤 마음인지 모른다면 그건 영성지수, 사회지수가 낮다는 증거입니다. 그런 사람은 성공할 수도, 행복할 수도 없어요. 생각해보세요. 내 곁에 있는 아내와, 매일 같이 얼굴 맞대고 함께 일하는 동료, 팀원과 마음이 연결되어 있지 않은데 무엇이 잘 되겠습니까.

혹시 현재 감성이 막히고 건조해서 관계가 팍팍하고 삶이 답답한 분들이 있다면 이제라도 이 책을 읽어보시길 권합니다.

Force에서 Power로 진화하는 인류 의식

다음은 데이비드 호킨스의 『의식혁명』입니다. 내게 많은 변화를 가져다 준 책이에요.

저자는 어려서부터 신비로운 현상들을 많이 체험합니다. 하루는 자전거를 타고 신문배달을 하다가 거리에 쓰러져요. 영하 20도 가까이 되는 추운 겨울날 말입니다. 그는 혼잣말로 중얼거립니다. 아, 이렇게 죽는구나. 의식이 이렇게 내 몸에서 빠져 나가는구나…… 그 순간 그럴 수 없이 깊은 평화와 고요 속에서 이 우주와 근원적으로 연결되어 있다는 것을 느낍니다. 그리고는 자기 자신이 죽어가는 것을 잠자코 지켜보지요. 계속 그 상태였다면 그는 정말로 죽었을지도 모릅니다. 그런데 아직 때가 무르익지 않았던 걸까요? 전등을 비추며 나타난 아버지 덕에 그는 목숨을 건집니다. 그 후로도 이와 비슷한 신비체험은 계속 일어납니다. 그러다 38세 무렵 거의 죽음 직전까지 가지요. 육체적으로는 아무 이상이 없는데 정신적으로 너무 고통스러운 겁니다. 이런 걸 우리말로 하면 신명을 잃는다고 하나요? 어쨌든 그는 기도를 합니다. 하나님, 당신이 정말 계시다면 저 좀 도와주십시오. 그러자 기적처럼 그는 치유됩니다.

한때는 정신과 의사로 아주 유명했던 사람이에요. 그렇게 된 계기가 있지요. 어느 날 산발한 미친 여자가 찾아옵니다. 그러자 저절로 기도가 터져요. 주님, 이 여인을 어찌 하오리까. 그 순간 여자가 정신을 차립니다. 이와 흡사한 일들이 계속 이어집니다. 그 사람만 보면, 그 사람과 말만 하면 정신병이 낫는 거예요. 후에 그는 자기만의 치유시스템을 갖춘 병원도 짓습니다. 한마디로 성공을 한 거죠. 그 과정에서 그는 인간이 왜 실패하고 불행해지는지, 또 왜 어떤 사람은 성공하고 행복해지는지에 대한 해답을 얻게 됩니다. 그건 너무나 단순해요. 거짓말을 하면 실패하고 삶이 불행해지지만, 진실하면 그 반대로 행복하게 살 수 있다는 겁니다. 문제는 거짓말 하는 당사자들이 정작 자신이 거짓말 하고 있음을 모른다는 것이죠.

그 문제를 해결하기 위해 고심하던 데이비드 호킨스가 마침내 운동역학을 만납니다. 노벨상까지 받은 어느 과학자가 음식이 몸에 미치는 영향에 대해 쓴 글을 본 겁니다. 그 과학자에 따르면 당근을 한 손에 들고 당근이 내게 맞는지 물어봤을 때 참이면 내가 발휘할 수 있는 에너지가 크고 강해지는 반면 거짓이면 약해집니다. 그 힘과 에너지를 측정하는 방법을 흔히 '오링테스트'라 하죠. 데이비드 호킨스는 그와 같은 오링테스트를 비단 음식뿐 아니라 우리 안에 일어나는 생각과 마음작용, 우리가 하는 말에도 똑같이 적용할 수 있다는 것을 발견합니다. 슬픔이라는 단어를 반복해서 말할 때와 사랑이라는 단어를 입 밖에 냈을 때 손에 가해지는 힘이 전혀 다르다는 것이죠. 데이비드 호킨스는 마침내 그것을 체계적으로 정립해서 '의식지수표'를 만듭니다. 사망, 즉 0에서 시작해 20 수치심, 30 죄의식, 175 자존심으로 올라갑니다. 여기까지를 그는 force로 정의합니다. 이 힘은 부정적입니다. 쓰면 쓸 수록 나와 상대방을 파괴해요. 긍정적인 힘, 즉 power가 발현되는 것은 200 용기 이상부터지요.

저자가 말하길 지금 인류의 평균 지수는 204라고 합니다. 여기까지 오는데 2만년이 걸렸대요. 그리고 200 이후로는 의식 수준이 급성장한다는군요. 거기엔 희망이 있습니다. 낙관과 긍정의 힘이 꽃피는 단계죠. 노우가 아닌 예스가 일상화되는 지점이기도 하고요. 제가 늘 말하죠? 자기 현 위치가 어딘지 짚어보라고. 그리고 어디까지 올라갈 것인지 목표를 정하라고 말입니다.

명심하세요. 200 아래 force 동네에서는 아무리 힘을 써도 좋은 결과가 나타나질 않아요. 성장할 수가 없습니다. 그러니 여러분, 각자 방에 의식지수표 하나씩 붙여놓고 매일매일 점검하세요. 내가 지금 어느 수준에 있는지, 야채 수준이 100이라는데 내가 혹 야채보다 못한 인간은 아닌지(웃음), 어떻게 행동하고 노력할 때 의식이 상승하는 것을 느끼는지……. 그렇게 꾸준히 수련하다 보면 어느새 310을 넘어 400, 500에 와 있는 자기 자신을 발견할 것입니다.

뇌의 허물을 벗겨 새롭게 하라

과거에는 인격 형성과 관련하여 청소년 시절을 매우 중시했습니다. 그런데 뇌생리학이 발전하면서 유아 시기가 가장 중요하다는 결론이 납니다. 그 시기에 이미 뇌세포 분열이 왕성하게 일어난다는 게 그 이유지요. 20세기 말 즈음부터 일어나기 시작한 인류사의 가장 큰 혁명을 꼽으라면 단연 뇌에 관한 연구와 그 성과를 내세우겠습니다. 흔히 내용이 전문적이고 어려울 거라 생각하는데 오늘 소개하려는 이 책, 수전 그린필드의 『브레인 스토리』는 부담 없이 읽을 수 있습니다. BBC에서 발행한 대중서여서 보편적인 내용을 쉽게 풀어내고 있습니다.

주요 내용은 '뇌가 어떻게 감정과 의식을 만들어내는가'입니다. 어떤 사람이 우울증에 걸려요. 상담을 받고 약을 먹어도 효과가 별로 없습니다. 그렇게 몇 년이 흐릅니다. 그런데 다니엘 에이맥이라는 의사가 그 우울증 환자의 뇌의 특정 부분에 이상이 있는 것을 발견하고, 거기에 약을 주입합니다. 그랬더니 바로 치유가 되는 거예요. 그 얘기가 퍼지면서 환자들이 그 의사 앞에 줄을 섭니다. 예약 환자만 2, 3년씩 밀려 있대요.

우울증뿐 아니라 도박에 빠진 사람, 툭하면 자살 충동을 느끼는 사람 등 정신적으로 문제가 있는 이들의 뇌는 다르답니다. 그러니 그 뇌를 바로잡아주면 간단히 치료가 된다는 것이 두뇌를 연구하는 과학자들의 주장인 셈이죠. 실제로 뇌 이식을 하면 사람이 바뀐다잖아요. 그러고 보면 나중엔 명상이나 수련을 군이 안 해도 뇌에 약물을 투여하거나 시술을 하는 것만으로 깨달음을 얻고 도통할 수 있겠다 싶습니다. 최소한 이론적으로는 가능해보인다는 겁니다.

책이 상당히 재미있게 쓰였어요. 그 중 뇌 건강을 위해 해야 할 것과 하지 말아야 할 것을 나열한 대목을 읽겠습니다. 먼저 하지 말아야 할 목록입니다.

"헤딩하는 것. 머리 때리는 것. 번지점프. 아이를 고립시키거나 엉뚱하게 행동한다고 무시하는 행위. 임신 중 카페인 복용. 집에서 뒹굴고 운동을 하지 않는 것. 흡연과 음주. 흑백논리로 생각하는 것. 자신의 감정만 주장하는 것. 삶에 대한 방향과 계획 없이 사는 것. 다른 사람에게 자동적으로 '아니오'라고 말하는 것. 중독적인 음악을 계속 듣는 것. 문제가 있다는 사실을 부인하고 우기는 것. 타인의 도움을 거부하는 것……." 이렇게 살면 머리가 멍청해진다는 겁니다.

그러면 이번엔 뇌를 위해서 해야 할 것들을 살펴볼까요?

"위험한 장소나 상황에서는 헬멧을 쓸 것. 신체 균형을 위해 물을 많이 마실 것. 뇌가 필요로 하는 양질의 단백질과 탄수화물을 적절히 섭취할 것. 긍정적이고 건강한 사고. 매일의 삶에 감사하는 마음. 디즈니 만화 폴리아나의 맹목적인 낙천성을 배울 것. 낙관적이고 사기를 북돋아주는 사람과 시간을 보낼 것. 좋은 향기를 맡을 것. 사랑스럽고 유용한 방식으로 타인과 대화하기. 타인의 삶과 차별화하기. 명상과 자기최면. 복식호흡. 다른 사람과 눈 맞추고 미소 보내기. 배우자와의 성관계.

춤······."

　이 책이 우리에게 주는 가장 중요한 결론은 뇌는 끊임없이 변한다는 겁니다. 다시 말하면 우리가 끊임없이 성장할 수 있다는 것이지요. 겉사람은 부패해도 속사람은 날로 새로워진다는 성경 말씀과 의미가 같습니다. 이처럼 우리에게 엄청난 희망을 주는 메시지로 가득 찬 『브레인 스토리』, 꼭 한번 읽어 보십시오.

뇌 속에서 발견하는 깨달음

감명 깊게 읽은 책이 또 한 권 있습니다. 『사랑을 위한 과학』입니다. 남들은 무식하다고 한 내 방법에 확신을 준 책이에요. 내가 자주 말하잖아요. 내적치유? 그거 하지 마. 머리 흔들고 하고 싶은 것부터 해. 그러면 너무 사람을 단세포적으로 보는 거 아니냐고, 왜 상처를 받았는지 과거 탐사를 해서 치유해야 하는 것 아니냐고 그러는 이들이 있습니다. 하지만 나는 그쪽으로 실력이 별로 없어요. 더군다나 내가 볼 때 인간은 하고 싶은 거 해야 합니다. 그게 삶인데, 그거 못 하게 하니까 병나는 거예요.

　그런데 이 책이 말하는 겁니다. 사람의 차이는 신경회로의 차이밖에 없다고, 그게 어떻게 나 있느냐에 따라 달라진다고요. 그렇다면 내가 어떤 문제를 갖고 있을 때 흔들면 될 거 아닙니까? 무식하게 말하면 그렇다는 얘기지요. 흔들면 서로 섞이고 깨질 테니 거기에 새 것을 집 어넣어 다시 정리하면 된다는 거죠. 실제로 여기 이렇게 써 있습니다. "1990년대 의학과 정신분석학이 정면으로 충돌한 결과, 정신분석학적 설명은 완전히 패배하고 만다." 내가 그 옆에 '아멘'이라고 써 넣었어요. 너무 기뻐서. 그리고 그 때부터 뇌에 관한 책을 하나 둘 읽기 시작했습니다.

이 책은 스승 둘 하고 제자 하나, 이렇게 셋이 공저한 책입니다. 자기들이 직접 연구하면서 쓴 거예요. 감동이 있어야 여러분이 이 책을 찾아 읽을 테니 한 군데 인용해 보겠습니다.

"사랑은 생각에서 시작하지 않는다. 포크로 죽을 떠먹을 수 없는 것처럼, 비석의 발톱으로 사랑을 움켜쥘 수 없다. 그건 해부학적으로 불가능하다. 사랑을 이해하기 위해서는 감정에서 출발해야 한다."

자, 우리가 어떤 시대에 와 있는지 이제 감이 잡힙니까? 그래요, 영성과 과학이 만나는 시대, 종교와 과학이 결혼하는 시대를 살고 있습니다. 인간이 행복해지는 데는 종교하는 마음과 과학하는 마음, 둘 다필요해요. 그 둘 다 사실은 탐구하는 마음이지요. 안을 탐구하고 밖을 탐구하고. 그래서 무기를 만들기 위한 과학이 아닌 사랑을 위한 과학이 나오는 겁니다. 이런 놀라운 지혜가 우리를 손짓합니다. 더 행복하고 아름답게, 더 분명하게 살 수 있는 지혜의 부름에 화답하시는 여러분이 되길 바랍니다.

선택할 권리, 선택의 자유

어느 날 수련생 한 사람이 오더니 우리가 진행하는 각각의 테마가 어떤 요법에 속하는지 조목조목 분석해가며 설명을 해주는 거예요. 이건 현실요법이고 저건 게슈탈트고 하는 식으로요. 그 때 나는 처음으로 현실요법이라는 게 있다는 걸 알았죠. 그게 뭐냐고 물어보니까 이렇게 대답합니다.

어느 정신분석 전문 의사가 우울증 환자를 치료하게 되었대요. 알고 보니 어머니에게서 유전되었을 가능성이 큰 거예요. 치료하기까지 시간이 너무 오래 걸릴 거라고 생각한 의사는 그냥 환자에게 묻습니다. 지금 뭐하고 싶냐고. 그랬더니 농구를 하고 싶다는 대답이 돌아옵니다. "그럼 가서 농구하세요!" 이게 의사의 처방이 됩니다. 간단하죠? 말하자면 과거 탐사는 이제 그만하고 현재 그 사람의 욕구가 무엇인지 알아내어 그걸 하게 만들라는 겁니다. 현실로 돌아오게 하라는 거죠. 그래서 현실요법이라는 이름이 붙었고요.

오늘 소개하는 마지막 책 『당신의 삶은 누가 통제하는가』는 내가 볼 때 현실요법에 관한 책 중에 가장 뛰어나 보입니다. 이 책의 핵심 메시지는 나에게 일어나는 모든 현상은 내가 선택했다는 거예요. 위의 우울증 환자 예를 들면 엄마에게서 물려받은 게 아니라 스스로 우울하기로 선택했다는 거죠. 우울을 선택해야 좋다는 계산기가 그 사람 머릿

속에 있다는 얘기예요. 그러니 그 계산기가 제대로 된 겁니까, 아니면 고장난 겁니까. 당연히 고장난 겁니다. 그러니까 선택을 제대로 하게 만들어 치료해야 하는 거고요. 농구하고 싶어? 그럼 농구해! 바로 이게 치료의 공식입니다.

자극과 자극 사이에는 공간이 있습니다. 그 공간 안에 내가 선택할 자유와 힘이 있지요. 지금 내 삶은 내가 선택한 겁니다. 그러니 선택을 잘 해야 합니다. 그걸 위해 내가 먼저 깨어나야 하고요. 깨어나지 못 하면 내가 휘둘리고 통제 당하지요? 그러나 깨어나면 내가 그것들을 마음대로 부릴 수 있습니다. 선택할 자유가 무한대로 확장하는 것이지요.

이와 같은 선택이론을 일상생활에서 연습할 수 있는 방법이 있습니다. 내가 건널목 앞에 도달했다고 가정해 봅시다. 빨간 불이에요. 그때 빨간 불이어서 내가 멈춘 게 아니라 내가 멈추기로 선택해서 멈추었다고 생각하는 겁니다. 또 빨간 신호등이지만 내 맘대로 갈 수도 있어요. 마찬가지 원리를 인간관계에도 적용할 수 있습니다. 누굴 미워하기로 선택하고 한번 미워해 보세요. 일주일도 못 가서 그게 별로 나 자신에게 영양가가 없다는 걸 금세 알게 될 겁니다. 그러면 그 다음은 뭐죠? 이제 그 사람을 사랑하기로, 자비롭게 대하기로 선택하는 겁니다. 그렇게 삶을 주도적으로 사는 연습, 선택해서 사는 연습을 해보세요. 행복을 만들어가는 게 결국 나라는 것을 알게 될 테니까요.

오늘은 뇌생리학의 발전이 우리에게 가져다 준 몇 가지 삶의 중요한 테마들을 살펴보았습니다. 결론은 우리 마음작용이, 생각이 뇌에서 일어나는 호르몬의 작용에 불과하다는 것이죠. 그런데 그 호르몬보다 우리 삶에 더 중요한 영향을 미치는 것들이 있습니다. 자주 햇살 속을 걷고 매일 적당하게 운동하는 것, 남에게 친절을 베푸는 것, 땀 흘려 일하는 것……. 그럴 때 뇌가 화학반응을 하며 우리를 기쁘게 할 것입니다. 내가 뇌를 행복하게 만들면 그 뇌가 내 삶에 헌신합니다. 그것이 내가 나 되는 길입니다. 여기까지 하겠습니다.

음악, 행복이 담긴 종합선물세트

금난새와 함께 떠나는 클래식 여행

음악가를 알면 클래식이 들린다

더 비틀즈 The Beatles

이야기 팝송 여행

만화로 보는 재즈 역사

제가 진행하는 수련 중반쯤 되면 내가 뭘 느끼고 싶어하는지, 피하고 싶은 감정은 무엇인지 순위를 정하도록 합니다. 그게 되어야 내가 실현하고 싶은 가치가 무엇인지 알 수 있기 때문이지요. 그런데 많은 이들이 어려워해요. 순위를 못 정해서 혼란에 빠집니다.

언젠가 그 테마를 다루고 난 다음날 한 수련생이 나를 붙듭니다. 스스로 수련에 들어오면서 붙인 이름이 자유예요. 얼굴은 전혀 자유롭지 않습니다. 다만 자유하고 싶은 욕구가 이름에 반영된 것이지요. 그이가 자기가 적은 걸 갖고 와서 보여줍니다. 가장 느끼고 싶어하는 감정은 첫째가 안전, 둘째가 건강입니다. 실현하고 싶은 가치 1위도 역시 안전이에요. 다음 순위는 가족의 우애고요. 그걸 보고 내가 그랬습니다. 지금 이렇게 잘 살고 계시잖아요. 그랬더니 바로 나오는 대답이 가슴이

음악, 행복이 담긴 종합선물세트

안 뛴다는 거예요. 다시 묻습니다. 어떻게 사시고 싶은데요? 집, 가족 이런 거 생각하지 말고 교회 사모라는 직책, 나이도 다 빼고 가장 가슴 뛰는 단어 골라 써보세요. 그러자 그이가 떨리는 손으로 씁니다. 성공. 성취감. 시방 느낌은? 하고 제가 묻자 울먹이며 말합니다. 한 번도 이래 본 적이 없어요. 이렇게 살아본 적이 없다고요.

거기까지 안내하고 방에 들어와 앉아 눈을 감습니다. 그 사람이 어떻게 살아왔는지가 훤하게 보여요. 남편의 아내로, 아이들의 엄마로, 또 교회 사모로 너무 안전하게만 살아온 겁니다. 착한 사람, 바른 사람 역할만 하면서요. 그 역할은 잘 했죠. 아니, 어쩌면 잘 하는 척한 것일 지도 모릅니다. 그렇게 살다 보니 생존욕구, 안전욕구만 강해졌습니다. 하지만 인간의 욕구는 생존욕구만 있는 게 아니거든요. 인간은 기본적으로 자아실현의 욕구도 가지고 있습니다. 그런데 그걸 시도해보거나 실현해본 적이 없으니 삶에 만족하겠습니까?

사람은 자아실현의 욕구를 충족시킴으로써 절정에 이르는 경험을 합니다. 그걸 피크 익스피어리언스 peak experience라고 하는데 거기에서 바로 최고의 행복을 맛볼 수 있습니다. 권력, 명예, 부, 건강……, 이제 이런 건 조금씩 뒤로 밀리고 있어요. 자기실현을 통한 행복이 가장 우선순위에 놓이게 되었다는 겁니다. 21세기에 인류가 추구하는 보편적인 가치, 그건 바로 행복이에요.

오늘은 삶을 행복하게 하는 음악에 관한 책들을 소개합니다.

클래식음악 입문자를 위하여

이 지구별에 사는 사람들이 가장 많이 즐기는 것이 음악입니다. 옛날엔 음악을 저장하거나 휴대할 수 없었죠. 그런데 에디슨이 축음기를 발명하면서 소리를 저장하기 시작했어요. 음을 저축한다니 이 얼마나 획기적입니까? 그런데 그 다음 워크맨이 나오면서 휴대가 가능하더니, 이제는 소리뿐 아니라 동영상까지 갖고 다니면서 볼 수 있는 세상이 되었습니다.

저는 초등학교 5학년 땐가 여름방학 때 전축을 처음 봤어요. 동네에 처음으로 중학생이 생긴 때였죠. 이름도 기억나요. 장철용, 장갑용. 제 사촌들이었습니다. 대전에서 중학교를 다니는 형들이었는데 어느 날 야외전축이라는 걸 들고 고향 새터에 온 거예요. 감나무 밑에 앉아 전축에서 흘러나오는 음악을 들었어요. 「전원교향곡」이었어요. 그래도 꽤 수준 있는 음악을 들었죠?(웃음)

세월이 흘러서 어느 날 문득 클래식을 들어야겠다는 생각을 하게 됩니다. 듣고 듣고 또 들어 봅니다. 그런데 어떤 악기가 어떤 소리를 내는지 당최 뭔지 알 수가 없으니 헷갈리는 거예요. 그래 생각했죠. 음악은, 특히 클래식은 알고 들어야 하는구나.

그 후로 음악에 관한 책을 읽기 시작합니다. 그 중 가장 쉬운 책 하나 소개할까 해요. 『금난새와 함께 떠나는 클래식 여행』입니다. 세모시

옥색치마로 시작하는 「그네」라는 가곡을 지은 작곡가 김수연씨의 아들 금난새씨가 쓴 책이에요. 한때 금난새씨가 청소년을 위한 음악이라는 프로그램을 진행했습니다. 당시로서는 획기적인 시도였지요. 음악에 해설을 붙여서 친절하게 안내했으니까요. 클래식에 입문하는 사람을 위한 부담 없는 책입니다.

음악가를 알면 클래식이 들린다 | 신동헌
이야기와 함께 들으니 재미가 두 배

어느 날 베토벤이 이사를 해요. 유럽 최고의 음악도시였던 빈에 입성한 21세 이후 그는 수없이 이사를 다녔답니다. 그런데 워낙 성격이 괴팍하기로 유명하잖아요. 하루는 이삿짐을 마차에 싣고 함께 출발했는데 새 집에 도착해서 마부가 짐을 내리려고 보니 베토벤이 사라지고 없더래요. 하는 수 없이 마부 혼자 짐을 내리고 갔겠죠. 알고 보니 베토벤은 이사하다가 경치가 하도 좋아서 옆길로 샜답니다. 악상이 떠올라서 거기 주저앉아 밤새도록 악보를 썼고요. 그리고는 날이 밝아 아침이 되었을 때 옛날 집으로 돌아갔대요. 정말 평범한 사람은 아니죠? 또 하이든은 런던의 귀부인들이 자기 연주를 들으면서 하도 조니까 그게 괘씸해서 「놀람교향곡」을 만들었다는 이야기도 있습니다.

　음악을 들을 때 거기에 얽힌 비화를 알면 듣는 재미가 있지요. 그를 위해 소개하는 책이 『음악가를 알면 클래식이 들린다』입니다.

비틀즈를 알면 시대정신이 보인다

음악과 관련해 정말 소개하고 싶은 책이 바로 최고의 팝 그룹이라는 비틀즈의 전기예요. 『더 비틀즈』입니다.

존 레논 다 아시죠? 고교 때부터 그룹사운드를 했어요. 그러다 폴 매카트니를 만납니다. 작곡은 폴이 하고 존은 주로 작사를 맡았지요. 그 두 사람에 조지 해리슨과 링고스타가 붙으면서 네 명이 리버풀에서 음악 활동을 시작합니다. 처음엔 시련이 많았대요. 아무도 알아주지 않는 시절이 있던 거죠. 그 시기에 브라이언이라는 눈 밝은 이가 그들을 알아보고, 지금으로 말하면 콘셉트를 잡아서 상품으로 포장하는 작업을 시작합니다. 당시엔 음악을 한다고 하면 머리 길고 가죽점퍼 입고 그랬나 봐요. 그런데 이 브라이언이라는 사람은 비틀즈에게 신사복을 입히고 머리는 바가지 형으로 짧게 만듭니다. 시쳇말로 퓨전 스타일을 선보인 거예요. 당시로서는 아주 파격적이고 신기한 콘셉트였죠. 그런데 비틀즈가 그 때부터 뜨기 시작합니다. 처음에 거절당했던 EMI에 다시 찾아가서 노래를 선보입니다. 그러면서 성공가도를 달리기 시작하죠. 280곡 중 27곡이 빌보드차트 1위에 올랐다면 거의 신화를 썼다고 해도 과언이 아닙니다. 당시 영국의 무역적자를 흑자로 바꿔놓을 만큼 음반 수익이 어마어마했대요. 그런 공로를 인정받아 비틀즈는 왕실로부터 훈장도 받습니다. 그러다 60년대 후반에 존과 폴의 주도권 싸움이 시작되지요. 존이 조강지처와 이혼하고 일본여자인 오노와 결혼한 것을 폴이 엄청 싫어했어요. 또 존은 오노를 만나면서 이미 사상적, 음악적인 면에서 변해가기 시작했고요. 말하자면 더 전위적이고 진보적인 길에 접어든 것이죠. 결국 자연스럽게 결별한 뒤 존은 인도에 건너가 마하라지의 제자가 됩니다. 그 유명한 노래 「이매진」이 나온 것도 그 즈음이죠.

이 책을 보고 비틀즈 음악을 한번 들어보세요. 더 깊게 접촉할 수 있을 겁니다. 또 당시 음악세계를 지배하던 사상과 정신까지도 이해하는 계기가 될 것이고요.

팝으로 되새기는 그 때 그 시절

제가 팝송을 처음 만난 것은 고1 때예요. 그 전에는 들어봤자 「금산아가씨」나 나훈아의 「사랑은 눈물의 씨앗」 같은 트로트가 전부였죠. (웃음) 그런데 팝송을 좋아하는 친구를 만나게 되면서 그 옆에서 귀동냥하게 된 겁니다.

어느 날 너무 부드럽고 달콤한 목소리가 귀에 꽂혀요. 알고 보니 사이몬과 가펑클입니다. 그렇게 점점 팝송에 빠지기 시작해요. 친구 누나가 구해다 준 LP 판을 친구와 둘이 밤새도록 듣고, 또 밤이면 라디오 끼고 별이 빛나는 밤에, 0시의 데이트 이런 심야방송에 취해 살고. 그런데 그 때만 해도 금산이 시골이라 수신 상태가 불량했어요. 소리가 나왔다 끊겼다 해서 그 때마다 부지런히 다이얼 돌리면서 주파수를 맞춰야 했죠. 친구들 가운데 하나가 성능 좋은 소니 트랜지스터를 가지고 있었어요. 그 애가 그걸 학교에 가져오면 완전 선망의 대상이 되었죠. 가운데 놓고 둘러앉아서 같이 듣고, 또 누가 팝송 가사 번역해오면 돌려 읽고……. 돌아보면 참 정겨운 추억입니다.

이 책 『이야기 팝송 여행』은 그 당시의 기억을 떠올리며 팝송을 알고 들어야겠다고 생각해서 산 겁니다. 그 후론 이걸 찾아가며 팝송을 들었지요. 팝 아티스트들의 정보도 많이 수록되어 있어서 재미있게 읽을 수 있습니다. 또 시기별로 어떤 종류의 음악이 뜨고 지는지도 알 수 있고요.

음악, 행복이 담긴 종합선물세트

다종결합의 진수, 재즈

클래식, 팝에 이어 재즈에 관한 책을 소개할까 합니다. 만화예요. 재즈를 가장 알기 쉽게 설명하고 표현한 책이 아닐까 합니다. 『만화로 보는 재즈 역사 100년』입니다.

처음에 재즈 들을 때는 너무 무질서한 것 같아서 혼란스러웠죠. 그런데 나중에 알고 보니 그게 고도의 기술인 겁니다. 아니, 기술 이상이죠. 아무렇게나 치는 것 같은데 그 안에 규칙이 있습니다.

무엇이든 새로워지려면 이종결합이 되어야 합니다. 알렉산더가 서양 문명, 즉 헬레니즘을 앞세워 인도를 침략했죠. 거기서 불교를 만나 간다라 미술이 태동합니다. 만약 유대인이 그리스로마 문화를 안 만났다면 기독교는 없어요. 또 유교가 불교를 만나서 업그레이드 된 게 성리학이고요. 그러면 사람은 어떨까요? 우리는 한국인이 단일민족임을 자랑스럽게 내세우지만 사실 더 영리해지려면 이종결합이 되어야 한다고 봅니다. 흑인과도 만나고 유럽인과도 만나야 해요. 우성이 그렇게 해서 생기는 겁니다. 나와 다른 생각, 다른 문화, 다른 사람과 전통을 만나야 뭔가 새로운 게 나오고 한 차원 발전하게 돼 있어요.

재즈가 최고의 음악장르인 이유는 이종결합에 의해 탄생했고 또 그걸 본성으로 하고 있기 때문입니다. 제국주의가 성행하던 17, 8세기에 아프리카 흑인들이 노예사냥을 당하죠. 야생마처럼 자유롭게 살다가 노예로 묶여 살아갑니다. 그러니 얼마나 미치겠습니까. 그들이 할 수 있는 유일한 오락과 위로는 자기 나라에서 불렀던 노래를 부르는 겁니다. 그게 백인들의 음악과 만나면서 블루스가 탄생하지요. 그 후 남북전쟁이 터지면서 흑인들이 대거 참가하죠. 전쟁 이후 군악대 출신의 흑인들이 술집에서 연주를 하고 노래를 합니다. 또 노예해방 이후 자유인이 된 흑인들이 프랑스, 영국으로 유학을 떠나 음악을 공부하고 다시 미국에 들어옵니다. 이런 과정을 거치며 나온 게 바로 재즈예요. 말하자면 다종결합에 의해 탄생한 음악인 거죠.

이 책의 저자는 글뿐 아니라 그림도 직접 그렸어요. 재즈의 역사에서 시작해서 아티스트들 소개까지 일목요연하게 정리하고 있습니다. 이 한 권이면 모더니즘 재즈에 아방가르드까지 꿸 수 있어요. 재즈를 알고 싶은 분에게 추천하는 책입니다.

오늘은 집에 가셔서 좋아하는 음악 감상하는 시간 가지시지요. 자, 이만큼 하겠습니다.

음악, 행복이 담긴 종합선물세트

색色과 성性, 나를 뜨겁게 하는 것들

빨강

춤 테라피

춤

버자이너 모놀로그

신탄트라, 성에서 초의식까지

섹슈얼 엑스터시

나의 살던 고향은 꽃피는 자궁

정신과 의사에게 환자가 찾아와 며칠째 잠을 잘 수가 없다고 괴로움을 호소합니다. 왜 못 주무시는데요? 의사가 묻자 환자가 대답합니다. 침대 밑에 누가 있는 것 같아요. 그럼 한번 자세히 보시죠. 보면 아무도 없습니다. 그런데 자려고 누우면 누군가 있는 것 같아요. 마침내 의사는 처방을 내립니다. 삼 일에 한 번씩 오셔서 상담 받고 약 드세요. 한번 오시는 데 삼만 원입니다. 그 후로 환자는 의사를 찾지 않았습니다. 얼마 지나지 않아 우연히 두 사람이 거리에서 만납니다. 왜 안 오셨습니까? 비싸서요. 그럼 잠은 잘 주무십니까? 예. 의사가 놀라 어떻게 잠을 잘 자게 되었느냐고 물어보자 그가 이렇게 대답합니다. 한 친구한테 그 얘기를 했더니 이럽디다. 나 같으면 병원 안 간다. 침대 다리를 잘라 버리면 되지. 그 말 듣고 그렇게 했더니 진짜 잠이 잘 오는 겁니다.(웃음)

우스운 얘기 같죠? 하지만 생각을 어떻게 하느냐에 따라 이렇게 생활이 달라진다는 걸 보여주는 아주 좋은 예입니다. 더 나은 생각, 더 행복한 생각을 골라 쓰는 지혜에 대한 얘기지요.

우리가 이 지구에 와서 만난 건 생각입니다. 흔히 아버지 어머니를 만났다고 하죠. 하지만 엄밀하게 말하면 저 여자, 저 남자가 내 부모라고 하는 건 그들의 생각을 만난 거예요. 다른 데 태어나지 않고 한국, 그 중에서도 남한에 태어났다는 건 남한 안에 있는 생각들을 만났다는 겁니다. 북한에 태어났다면 이런 생각 만나지 못하겠죠. 인도인들은 인도식으로 생각하고 삶의 스타일을 찾아갑니다. 그게 자기인 줄 알고 평생 가기도 하지요.

그러면 현재 상황에서 더 좋은 생각, 더 나은 생각을 만나는 가장 좋은 방법은 무엇일까요? 그건 책을 읽는 겁니다. 소리, 색, 인간, 사회, 신화, 역사, 심리에 대한 책들을 읽고 읽다 보면 어느 날 새로운 것에 귀가 열리고 눈이 뜨이는 것이지요. 그 때 가슴이 뜨거워집니다.

가장 위험하고 가장 매력적인

유럽 현대미술 여행을 하면서 내가 만난 게 있다면 바로 색깔입니다. 지금이 색의 시대라는 걸 실감했지요. 거리 한가운데 원색들이 서 있어요. 가보면 화장실이고 휴지통입니다. 빨갛고 파랗고 꺼먼 화장실들이 얼마나 예쁜지 몰라요. 우린 감추는 걸 그들은 다 드러내고 있는 겁니다. 다녀와서 그림을 그려야겠다는 욕구가 강하게 들었죠. 화가가 아니어도 그림을 그릴 수 있다는 교훈을 얻었거든요. 누구든 독창적으로 하기만 하면 작품이 되니까요. 그림 그리는 도구들을 사서 집에 와 음악을 틀어놓고 그림을 그리다 보니 그 자체가 명상임을 느낍니다. 다른 생각은 끼어들 틈도 없이 깊이 몰입하는 나 자신을 발견합니다. 또 하다 보니 점점 자신이 붙데요. 이렇게 뭐든 작품이 되는 시대인 겁니다.

제가 빨강을 무척 좋아해요. 보세요. 반지도 시계도 다 빨강이죠? 여행 중에 거리에서 산 겁니다. 이 책 『빨강』도 순전히 제목 때문에 끌린 겁니다.(웃음)

내가 빨간색을 만난 건 마흔 즈음이에요. 그런데 알고 보니 사람이 태어나서 가장 먼저 만나는 색이 빨강이랍니다. 바로 피의 색깔이죠. 또 아이들 보고 태양을 칠하라면 빨간색을 쓰잖아요. 안팎으로 빨강은 생명과 가장 가까운, 본질적인 색깔이라는 걸 의미하지요. 반면 타락하면 가장 추한 색이 됩니다. 홍등가란 말이 그래서 나왔죠.

빨강은 또한 삶을 가장 고양시키는 색으로도 알려져 있습니다. 어떤 사람이 너무 우울해서 살기 싫을 때 미술치료 전문가를 알게 됩니다. 치료사가 크레용을 주고 그림을 그려보라고 해요. 그랬더니 그 사람이 빨간색만 써서 열 장을 그려댑니다. 자기도 몰라요. 왜 그 색을 썼는지. 그런데 그 날 그렇게 빨간색을 발견한 이후로 그 사람의 우울증이 치료됩니다. 얼굴이 바뀌고 삶이 바뀌어요. 자기 색을 만나 치유가 된 거죠.

전에는 빨간색이 귀했대요. 희귀한 동물의 알에서밖에 취할 수가 없어서 왕과 제사장, 귀족들만 쓸 수 있었답니다. 그러니 얼마나 다행이에요. 지금 시대를 사는 게. 하지만 우리가 빨간색을 자유롭게 쓰게 된 건 불과 몇 년 안 돼요. 우리나라는 6.25 이후 빨간색을 금기시했죠. 무서워했어요. 냉전 이데올로기의 영향으로 빨간색 하면 곧장 공산주의를 떠올렸으니까요. 나라 전체가 심한 레드 콤플렉스로 인해 몸살을 오래 앓았죠. 그걸 벗어나게 된 계기가 2002년 6월 월드컵입니다. 온 천지가 빨간색으로 물들었지요. 그러면서 과감하게 빨강을 쓰기 시작한 거예요.

월드컵과 관련한 재미있는 일화 하나 소개할까요? 소설 『단』의 주인공인 봉우 권태훈 선생이 죽기 전에 유언처럼 남긴 시가 있는데 '조선 천지가 빨강으로 물들고 그 날 닭이 울 것이다' 이런 문장이 쓰여 있었다지요. 그래, 제자들이 전쟁이 나려나 보다고 해석했답니다. 그러다 2002년 6월이 되고서 그 시를 진정으로 이해하게 된 겁니다. 그 빨강이 붉은 악마였구나, 치우천황이었구나. 맞지요? 그 때 우리 다 같이 모여서 빨갛게 입고 닭처럼 외쳤잖아요.

여러분, 산다는 게 무엇일까요? 그건 결국 자기가 좋아하는 색깔을 알고 자기가 좋아하는 소리를 찾고 자기가 하고 싶은 일을 하면서 자기가 살고 싶은 사람과 한 집에서 사는 것, 그런 게 아니겠습니까? 자기가 좋아하는 색깔 찾는 일, 미루지 마세요. 삶의 시작입니다.

춤 테라피 | 가브리엘 로스

몸의 재발견, 삶의 치유

.

어느 수련생에게 시방 느낌은? 뭐하고 싶습니까? 물었더니 춤추고 싶대요. 그럼 나와서 추시죠. 방에 탁자가 하나 있었는데 그걸 한 바퀴 빙 돌면서 춤을 추고 들어가더니 어깨가 들썩이도록 울어요. 왜 그러세요? 너무 좋아서요. 그 사람 나이가 서른아홉 정도였어요. 깜짝 놀랐죠. 30대 후반 나이에, 겨우 저 정도로 춤을 췄을 뿐인데도 그렇게 좋단 말인가?

　이왕 시작한 거 이번엔 내가 처음으로 천둥산 박달재는, 으로 시작하는 유행가를 불렀죠. 바로 이어서 또 어떤 이가 대중가요를 불렀고요. 세 번째 곡이 이어질 때는 전부 일어나 노래하고 춤추고 그랬습니다. 그렇게 삼사십 분쯤 지나면서 슬슬 두려워지기 시작해요. 명색이 이게 영성수련인데 이렇게 유행가 부르고 춤을 춰도 되나? 질문이 올라오는 겁니다. 그런데 사람들 얼굴을 보니까 삼일은 줄창 수련해야 만들어지는 그런 표정들을 하고 있는 겁니다. 밝고 환해요. 그걸 보며 생각합니다. 그래, 대중이 대중가요 부르는 게 당연하지. 내가 만나는 이들이 대중인데 왜 그들을 위한 대중가요를 수련에 활용하지 않았나 반성도 하게 됩디다. 그 때부터 수련에 대중가요가 들어오고 춤이 들어오기 시작했죠.

나는 마흔이 넘어서 춤을 만났어요. 〈성장상담연구소〉에서 하는 인간관계훈련에 참가했을 땝니다. 점심 먹고 나서 춤을 추라는 거예요. 눈도 감으래요. 수건으로 가렸습니다. 그리고 춤을 추다가 누워서 명상을 하는데 너무 좋은 거예요. 행복이 가슴으로 밀려드는 걸 느꼈지요. 그 때 깨달은 게 있습니다. 이제 몸의 시대가 왔다는 거예요. 몸이 굳었다는 건 의식이 굳었다는 거죠. 몸이 수치심과 눈치로 가득 차 있는데 그걸 단지 의식으로만 푸는 건 어려워요. 시간이 너무 많이 걸립니다. 오히려 몸을 이용해 춤으로 푸는 게 훨씬 쉽고 행복합니다.

그 즈음 미국에서 유학하고 들어온 사람이 책 한 권을 줬습니다. 원제를 해석하면 '기도가 땀에 젖게 하라', 실제 무용가인 가브리엘 로스가 쓴 겁니다. 박선영 님이 번역해서 〈하늘씨앗〉에 싣기 시작했죠. 그리고 마침내 이렇게 책으로 나왔습니다.

춤의 모든 것

춤에 관한 책 한 권 더 소개합니다. 1973년부터 14년 동안 미국의 국영
방송국 채널13에서 춤에 대해 연구를 하고 난 후 텔레비전 프로그램을
제작해 8부작으로 방영하면서 동시에 발간한 책입니다. 그 프로그램을
만든 제럴드 조너스라는 프로듀서가 썼어요. 고대부터 현재까지 각 나
라에 춤이 생긴 역사에서 시작하여 춤의 표현과 의미, 상징까지 폭넓
게 다룬, 그야말로 춤에 관한 최고의 책이라 할 수 있습니다. 사진도 많
이 수록돼 있어 지루하지도 않고 이해하기 쉽습니다.

성기 性器 가 말하게 하라

이 책 커버 색깔도 빨강입니다.(웃음) 너무 예쁘죠? 여성들 생리할 때의
그 피 색깔이 아닐까 싶습니다.
　저자인 이브 엔슬러는 상처를 품고 성장한 사람이에요. 어렸을 때
아버지에게 성폭행을 당합니다. 딸이 당하는 걸 알면서도 어머니가 침
묵해요. 그 사실을 저자 역시 알고 있었고요. 중학교 올라가면서 저자

는 아버지의 성폭행에 반항하다 허리띠로 맞기까지 하지요. 그런 아픈 기억에 시달리며 24세 될 때까지 될 대로 되라는 식으로 삽니다. 아무 남자와 자고 살다가 헤어지고. 그런데 글 쓰는 재주가 있어 소설을 씁니다. 남자를 만나 결혼도 합니다. 남자에겐 19세 된 아들이 있었는데 이브 엔슬러는 바로 그와 진정한 모성애에서 비롯한 사랑을 나눕니다. 마침 아들이 연극을 하는 사람이어서, 어느 날 엄마의 희곡을 연출가에게 보여주죠. 그걸 계기로 엄마가 뜹니다.

저자는 어느 날 폐경기 여자를 인터뷰하다가 그녀가 한 번도 자기 성기를 보지 못했을 뿐 아니라, 그걸 더럽고 혐오스러운 것으로 치부하는 데 놀랍니다. 그 일을 계기로 수많은 여자들을 만나 이야기를 듣기 시작하지요. 보스니아 난민 여성들까지 찾아갑니다. 그리고는 이 지구상에 얼마나 그런 여자들이 많은지를 알게 되지요. 이 책은 그러니까 여자의 성기에 대한 여자들의 이야기예요. 희곡으로 만들어 공연을 했는데 매우 큰 반향을 일으키며 성공합니다. 그렇게 해서 모아진 돈을 보스니아 여성 난민을 위한 기금으로 보내요.

자, 그럼 한 단락 읽어볼까요?

"당신의 보지가 말을 한다면 뭐라고 할까?" 이게 질문이에요. "천천히. 당신이야? 날 채워줘. 아니, 거기 거기. 핥아줘. 더 해줘. 꼭 껴안아줘. 안으로 들어와. 들어올 거면 목숨 걸고 들어와. 오, 하나님. 나 여기 있어. 너무 딱딱해. 다시 시작해……."

성기에 대한 왜곡된 관념에서 우리를 해방시키는, 여자건 남자건 꼭 읽어야 할 책입니다.

궁극의 물음 앞에서

수련회 하면서 내가 발견한 게 있습니다. 수련생이 제기하는 문제를 파고 들어가다 보면 마지막에 만나는 게 성이라는 사실이에요. 그래서 수련 중에 성 테마를 다루기 시작했죠. 당시 감명 깊게 읽은 책, 오쇼의 『성에서 초의식까지』를 소개합니다.

오쇼가 초창기에 한 강의들을 엮었지요. 탄트라에 대해 해석한 겁니다. 성에 관해 어떻게 이렇게 해석할 수 있을까 지금도 감동되는 그런 책이에요.

생을 관통하는 오르가즘의 진실

성에 관한 책 하나 더 갑니다. 내가 성을 다룬 책을 적어도 열 권은 읽었는데, 그 중 강의를 준비하는 데 가장 도움을 받은 책이라고 봐도 무방합니다. 『섹슈얼 엑스터시』예요. 저자가 소르본대학에서 철학을 공부한 여자입니다. 인도에 가서 라즈니쉬 제자가 된 후 섹스 테라피스트로 활동합니다. 여성의 생리, 역사, 섹스에 대해 아주 정확하고 방대한 정보와 해설을 싣고 있어요. 그동안 성에 대해 대충 주위들은 걸로 짜깁기해서 알고 있던 사람들이 꼭 읽어야 할 책입니다. 결혼을 앞두고 읽어도 좋겠습니다.

선남선녀가 알아야 할 이야기

성에 관한 마지막 책입니다. 『나의 살던 고향은 꽃피는 자궁』, 여자 한의사인 이유명호씨가 저자예요. 이 책에 따르면 여자는 육장육부를 가졌다고 해요. 남자에게는 없는 자궁이 있다는 거지요.

공자님이 말씀하시길 "성性은 모든 사람이 알고 있는 것 같지만 성인聖人도 알기 어렵다"고 했습니다. 사람은 날 때 받은 성을 죽을 때까지 가지고 갑니다. 남자 여자로 태어나 남자 여자로 살다가 가는 겁니다. 그래서 다 안다고 생각해요. 하지만 실제로는 모르는 게 너무 많지요. 남녀관계가 갈등으로 치닫고 결혼생활이 삐거덕거리는 건, 일차적으로는 몰라서 생기는 문제입니다. 그래서 저는 주례를 부탁 받으면 먼저 이 책을 읽고 리포트 제출하라고 그래요. 그러니 내 주례를 받으려면 이 책을 꼭 읽어야 해요.(웃음)

오늘은 여기까지 합니다.

가족, 우리 생의 반쪽

화성에서 온 남자, 금성에서 온 여자

가족의 심리학

남성 심리학자가 남자에게 말하는 남자의 생

가족 세우기

5가지 사랑의 언어

남편이 직장에서 퇴근을 합니다. 집에 누워 있던 아내가 남편을 보더니 다짜고짜 당신은 내가 죽어도 모를 거야, 하고 쏘아붙입니다. 당황한 남편이 묻습니다. 아프면 전화하지 그랬어? 그랬더니 아내가 그래요, 시동생한테 했어. 진통제 사다준다 했는데 무소식이야. 슬슬 부아가 나기 시작한 남편이 대답합니다. 그래서 나보고 어떡하라고. 그 다음은 어떻게 이어질까요? 아내가 당신 나 안 사랑하지? 하니까 그래, 안 사랑해. 하고 남편이 문을 박차고 나갑니다. 다 한번씩 경험해 본 얘기죠?(웃음) 그런데 이들 부부는 내공이 달라요. 부인이 나가는 남편 등에 대고 이렇게 한마디 합니다. 나가라고 그러는 거 아냐. 안아달라는 거지. 나, 외로워. 이때 남자가 걸음을 멈추고 돌아보지요. 아내를 끌어안으며 생각합니다. 아, 내가 잘못 살았구나. 그렇게 해서 이 남자가 남

가족, 우리 생의 반쪽

녀의 차이에 대해 공부하기 시작하는 거예요. 이 주인공이 바로 전 세계에서 가장 많이 읽히는 『화성에서 온 남자, 금성에서 온 여자』의 저자 존 그레이입니다.

차이를 모르고는 사랑할 수 없어

우리는 어릴 때부터 부부유별 夫婦有別 을 배웠죠. 흔히 부부유별을 분리하는 걸로, 떨어뜨려놓는 걸로 해석하는 경향이 있는데 그건 잘못된거예요. 부부유별이라는 말은 부부는 다르다는 것이죠. 얼마만큼? 화성과 금성만큼요. 그러니 얼마나 다르겠어요? 여기서 금성, 즉 비너스는 여성성을 상징하지요. 화성, 마르스는 남성성을 상징하고요. 이걸뜻하는 사인(♀·♂)이 고대 바빌론 시대에서 기원했다고 해요.

『화성에서 온 남자, 금성에서 온 여자』의 저자 존 그레이는 남녀 간차이를 이해해야만 진정한 관계와 사랑이 가능하다고 보았지요. 그래서 이 책을 쓴 겁니다. 말하자면 이 책은 진정한 사랑을 위한 연애 교과서예요. 또 그는 미국 전역에 〈화성금성 상담센터〉를 열어 프로그램도운영하고 있답니다.

저 역시 수련회 하다 보면 그 어떤 갈등보다 부부 사이의 갈등이 가장 심각하고 또 큰 고통을 안겨주고 있음을 발견하지요. 상대방에 대한 화가 무지하게 많습니다. 그런데 가만 보면 그 화가 '차이'에 의해촉발된 거라는 게 보여요. 둘이 굉장히 다른 사람인 거지요. 그런데 그차이를 이해하지 못하고 이해하려 들지도 않죠. 그리고는 무조건 사랑안 한다고, 저 사람이 개판이라고 생각하는 거예요. 예를 들어 어떤 여자는 자기 남편이 일요일에 잠만 자는 게 화날 일입니다. 그런데 이 사회에서 남자들 소원은 그거거든요? 일요일에 소파에 누워서 리모컨 붙들고 자는 거.(웃음) 근데 열이면 열 여자들은 또 그 꼴을 못 봅니다. 게을러터진 거 같고 가족한테 무관심한 거 같고. 왜 안 그렇겠어요. 오랜만에 함께 있는데 말도 안 하고 집안일도 안 돕고 퍼져 자다가 스포츠 중계나 보고, 또 배고프니까 먹을 거나 찾고.(웃음) 반면 남자들이 부인한테 가장 화나는 건 뭔지 아십니까? 짜증내는 거예요. 어떤 사람은 자기 부인이 생리통 하는 날은 퇴근하기도 싫대. 그래서 잠자기 직전에 가서 얼굴도 안 마주치고 바로 잔대요.

여러분, 남자와 여자의 차이를 알아야 합니다. 차별로 가면 안되죠. 하지만 차이를 무시해도 안돼요. 이 세상에 나타나는 모든 것들은 성性을 입고 오거든요. 식물성, 동물성, 광물성…… 여성과 남성도 그렇습니다. 더 구체적으로 들어가 보면 성질도 있고 성격도 있죠. 소나무는 소나무의 성질을, 낙엽송은 낙엽송의 성질을 가져요. 같은 여자여도 이 사람 성격은 이렇고 저 사람은 또 다릅니다. 그런데 그런 걸 모르고, 책 한 권 안 읽고 자기 생각대로만 남을 보고 판단하니까 문제가 생기는 거예요.

이런 사람들 특징이 뭔지 아십니까? 자기 관념과 생각이 맞는지 그른지, 사실인지 거짓인지 검증도 안 하려고 해요. 들은 대로만 하려고 합니다. 예부터 여자는 초장에 잡아야 된다고 했어. 북어와 여자는 사흘에 한 번씩 패야 한대. 그 말 하나 붙들고 그렇게 하는 겁니다. 여자는 또 어때요? 멸치하고 남자는 달달 볶아야 한다면서 그렇게 하잖아요? 이런 건 아주 저급한 수준의 관념이지요. 그런데 그걸 잣대로 서로 재고 앉았으니 갈등이 없을 수가 있겠냐고요.

이제라도 남자와 여자의 신체적인 정서적인 성격적인 차이를 이해하려 노력해야 합니다. 이 책은 그 주제를 다룬 것 가운데 가장 널리 읽힌 책이에요. 또 자기 프로그램을 진행하며 쓴 거라 경험이 풍부하게 녹아들어가 있지요. 예비부부, 혹은 부부가 함께 읽어야 할 책입니다.

가족의 심리학 | 토니 험프러스

피를 나눈 이들과 마음 섞는 법

모든 부모는 아이를 사랑하죠. 아이도 부모를 사랑합니다. 그런데 가족은 안 행복해요. 되게 재밌죠?(웃음) 무지하게 사랑하는데 안 행복한 이유는 뭘까요?

영성의 세계에서 가족은 내가 선택한 거지요. 그 부모가 나에게, 내가 나 되는 데 가장 합당하기 때문입니다. 그렇게 소중하게 만난 첫 인연인데 살면서 그걸 다 잊어버리지요. 그리고는 남의 부모를 동경합니다. 저쪽 아버지 어머니가 더 좋아 보이는 거예요. 부모 잘못 만났다는 생각이 들어오기 시작하지요.

지구별에 와서 처음 만나 가장 오랜 세월을 함께하는 게 가족입니다. 그런데도 가족이 뭔지, 가족의 심리가 어떤 것인지 알려고 안 해요. 그러니까 다들 제 피붙이가 행복하게 살길 원하면서도 다툽니다.

가족, 우리 생의 반쪽

가장 가까우면서도 다른 존재인 가족. 그걸 이해하기 쉽게 풀어쓴 책을 소개합니다. 『가족의 심리학』, 토니 험프러스가 쓴 거예요. 아는 만큼 커지는 것이 행복이지요. 가족의 심리를 파악하고 이해하게 되면 분명 여러분이 가족 안에서 나눌 수 있는 행복도 그만큼 커질 것입니다.

남자, 그 잃어버린 진실 | 스티브 비덜프

진짜 남자 되는 공부

어느 날 또 한 권의 책을 만납니다. 모든 것을 내려놓고 줄 그으며 본 책, 『남자, 그 잃어버린 진실』입니다.

흔히 셀프 이미지가 중요하다고 하죠? 그런데 아름다운 셀프 이미지는 그냥 만들어지지 않습니다. 먼저 그렇게 살아본 이들, 경험하다 간 이들, 즉 모델과 상이 필요해요. 그런 이들이 바로 멘토고 스승이고 그리스도고 붓다가 되는 거죠. 이 책은 우리에게 남성상을 보여줍니다. 정말 잘 썼어요. 알고 보니 저자가 남성클럽, 다시 말하면 아버지학교 같은 운동을 한 사람이에요. 경험이 있는 거지요. 머리로 쓴 게 아니란 얘깁니다.

이 책의 핵심은 남자가 되는 공부를 해야 된다는 거예요. 그러면서 제시하는 게 '성숙한 남성으로 발전하는 일곱 가지 단계'입니다.

첫째가 아버지와 화해하기입니다. 아버지를 못 만난 남자는 직장에서 상사와 관계 맺기가 어려워요. 아버지의 사랑을 받아본 적이 없기 때문에 상사가 사랑을 줘도 그걸 위압으로만 보게 되는 거죠. 나를 못 살게 굴고 짓누르는 그런 패러다임 안에서만 살게 된다는 겁니다. 이런 사람은 자기 아버지 상을 하나님에게까지 가지고 가요. 친밀하고 따뜻하고 내게 사랑을 주는 하나님이 아니라 정의의 불칼을 휘두르는 심판의 하나님이 되는 거지요.

대학생인 남자가 있어요. 아버지와 화해가 하고 싶어서 고향으로 전화를 하지요. 아버지, 부르니까 아버지가 대뜸 하는 말이 이렇습니다. 왜 그래? 돈 떨어졌냐? 보낼게. 그게 끝이에요. 아들이 아버지를, 아버지가 아들을 못 만나는 거지요. 한쪽에서 말을 걸어도 두려워서 빨리 끝내려고 합니다. 하나 더 얘기할까요? 어느 아버지가 수련에 아들을 보냈어요. 사람들이 다 아버지 부르면서 우는데 혼자 멀뚱하게 서 있어요. 눈물이 나와도 참는 거지. 울면 무너지니까 그게 두려워서. 겁은 또 어찌나 많은지 수련을 제대로 안 해요. 너 왜 안 뛰어들어, 하니까 몰라서 안 간대요. 아, 모르니까 가야지. 가봐야 아는 거지. 안 그래요? 아버지 만나고 아들 만나는 것도 그래요. 자기 말을 해야지 그냥 만나집니까? 그런데 그걸 그렇게 어려워하고 두려워하는 거예요. 그러니까 만나면 무슨 역사 얘기, 정치 얘기, 아니면 다른 사람들 얘기만 하는 거죠.

두 번째 단계는 자신의 성욕에서 성스러움 발견하기입니다. 우리는 어때요? 성스러움을 찾기는커녕 억누르거나 함부로 쓰죠. 자기 성이 얼마나 거룩하고 존귀한 줄을 몰라요. 더럽게 여기거나 아니면 창녀촌 가서 아무하고나 잡니다.

세 번째는 동등한 자격으로 배우자 만나기예요. 배우자를 동등하게 취급해야 남성다운 남성이 된다고 강조하지요.

네 번째는 자녀들과 적극적으로 교류하기. 제일 어려운 것 중에 하나죠? 일 때문에 아이들과 놀지 못하고 대화도 못 하고 말입니다.

다섯 번째는 남성다운 좋은 친구 사귀기인데, 이것도 만만치 않죠. 유유상종이라는 말이 있듯이 꼭 자기 같은 사람하고만 어울리려는 속성이 있거든요. 술 마시는 놈은 술 마시는 놈들과, 고스톱 치는 놈은 꼭 고스톱 치는 놈들과 다닙니다. 그러니 벗어나질 못하는 거죠.

자, 여섯 번째는 자기 일에 애정 갖기입니다. 자기 일에 자부심 갖고 열정적으로 하는 남자, 얼마나 멋있습니까.

마지막인 일곱 번째 단계는 바로 자기 영혼을 가꾸는 것입니다. 이건 오직 자기만이 할 수 있지요. 남이 내 영혼을 크게 하지 못합니다. 그러니 내가 책임지고 가꾸어야 하지요.

어때요. 읽을 마음이 생깁니까? 한번 도전해 보세요. 숨죽이고 있던 우리 안의 남성성이 비로소 눈 뜨는 것을 느낄 수 있을 것입니다. 남성성이 눈 뜨면 더 이상 자신이 남성임을 입증하려 애쓸 필요가 없어요. 남자들이 소리 지르고 물건 던지고 여자들 패고 하는 건 다 남성성을 입증하려고 하기 때문입니다. 그런데 입증할 필요가 없어지니까 자신의 남성됨을 즐기고 자랑스러워하게 되는 것이지요.

근원에 대한 통찰, 가족 세우기

어느 날 한 친구 목사가 말해요. 진짜 도사를 만났다고요. 그 사람이 누구냐고 물었더니 버트 헬링거랍니다. '가족세우기' 전문가래요. 이 목사 말이 사람들을 세워놓고 다 읽어낸다는 거예요. 당신 형제 중 살인한 사람 있지? 이렇게요. 신기해서 직접 가 보았더니 내용은 다 아는 거야. 그런데 방법이 정말 좋더라고요.

버트 헬링거의 가족세우기에 대해 더 알고 싶은 마음이 생기기에 그 사람을 초청한 단체에 전화해서 『버트 헬링거와의 대화』라는 책자를 주문해서 읽었어요. 그이의 제자인 박이호씨가 낸 책도 봤고요. 가족세우기는 가계도를 그리는 데서 시작합니다. 그것만 해도 통찰이 일어나요. 그 다음 가족 조각 맞추기, 세우기, 그리고 움직이기까지 발전시키죠.

최근에 출간된 책 『가족 세우기』는 가족세우기를 전혀 모르는 이들도 이해하기가 쉽습니다. 읽어보면 자신의 근원과 가계의 뿌리를 통찰하는 데 도움이 될 거예요.

말을 바꾸면 관계가 달라진다

아주 쉬운 또 한 권의 책을 소개합니다. 게리 채프먼이라는 부부상담 가족치유 전문가가 쓴 『5가지 사랑의 언어』예요. 어떻게 하면 가족이, 부부가 행복하게 될까를 연구하던 저자가 다섯 가지 언어가 필요하다고 발견한 거지요.

그 첫째가 바로 인정해 주는 말입니다. 그러고 보면 우리는 참 인정 못 받고 자랐지요. 칭찬은커녕 욕 속에서 살았으니까요.(웃음) 오쇼 라즈니쉬는 할머니한테서 컸는데 안 된다는 말이나 비난하는 말을 들어본 적이 없대요. 그렇게 자라서 일곱 살 때 이미 부모가 어떻게 할 수 없는 사람이 됩니다. 인정이 그렇게 중요해요. 그러니 자식은 부모를, 부모는 자식을 인정해 주는 말을 해야 합니다. 부부간에도 물론이고요. 엄마 잘 사신 거예요. 아버지가 최고예요. 네가 내 아들이라는 게 자랑스럽다. 당신이 내 아내인 게 나에게는 축복입니다. 이런 말 하면서 살아야 서로 행복해집니다.

두 번째는 함께하는 시간이 있어야 한다는 거죠. 우리 후원회장인 들소리 님은 내가 만난 사람 중에 가장 많은 일을 처리하는 분이에요. 일초 일분을 다투며 삽니다. 더 놀라운 건 그러면서도 책 읽을 거 다 읽고, 가고 싶은 데 여행 다니고, 게다가 예외 없이 일요일 저녁 7시는 온전하게 가족을 위해 쓴다는 거죠. 전 가족이 모여 함께 식사하는 날로

정했으니 그걸 깰 수 없다는 겁니다. 그러니 자녀들이 아버지의 그런 점을 보고 배우지 않겠어요?

세 번째 언어는 선물이고 네 번째는 봉사예요. 그리고 마지막 다섯 번째는 육체적인 접촉이고요.

사랑을 이루는 언어들, 잘 기억하여 그대로 실천해 보시기 바랍니다.

어느 날 앞이 안 보이기 시작합니다. 글씨가 가물가물하는 거예요. 안경점에 갔더니 나이를 물어요. 마흔셋이라 그랬더니 노안이래요. 그 때가 9월 말경이었습니다. 가을은 오고 있고 눈은 희미해져가고, 왠지 쓸쓸한 느낌이 들었습니다. 다들 그런 순간 있죠? 어느 날 문득 내가 중년이라는 걸 통감하게 되는 때 말이에요.

그래요. 우리 인생에도 사계절이 있습니다. 20세까지는 봄이에요. 배우는 단계죠. 40세까지는 여름이라 부지런히 일하고 돈 버는 단계고요. 가을은 60까지입니다. 이 때는 나눠야 돼요. 그리고 60 이후로는 겨울입니다. 다 놓고 돌아감을 준비하는 단계예요. 어떻게 봄을 지내느냐에 따라 여름이 다르고 또 가을 겨울이 달라집니다. 그러니 자기 생의 단계에 맞게 사는 게 중요하겠지요. 또한 그 단계에서 경험하고 극복해야 할 심리 상태에 대해서도 잘 알아야 하겠습니다. 그러면서 가족은 함께 커나가고 치유되고 성장합니다.

오늘은 이만큼 하겠습니다.

해석이 다르면 즐거움이 커진다

뜻으로 본 한국 역사

선과 성서

역과 기독교 사상

나에 대한 성찰

프로이드와 영화를 본다면

내 영혼을 위한 시네마

삶은 자극에 대한 응답입니다. 응답을 하려면 자극을 먼저 느껴야 하죠. 또 자기 나름대로 해석할 줄 알아야 합니다. 어른들이 요즘 아이들하고 다니는 꼴을 보기 싫어하지요? 바지도 흘러내리게 입고 머리도 꼭 좀 먹은 것처럼 깎지 않으면 치렁치렁 늘어뜨리고, 단정하지 않은 걸 어른들은 불편해합니다. 왜요? 지금 시대의 자극을 느낄 줄 모르고 읽을 줄 몰라서 그래요. 그러니까 반응을 옛날식으로 할 수밖에 없는 겁니다.

책도 우리에게 자극을 주지요. 응답하는 법도 알려줍니다. 그러니 책을 읽으면서 자극 받고 그에 응답하는 법을 배우면서 내 삶을 가꾸는 것이 얼마나 축복이에요. 그렇다고 아무 책이나 보진 마세요. 정말 좋은 책, 내 영혼을 살찌우고 성장시키는 그런 책을 봐야 합니다. 그래서

해석이 다르면 즐거움이 커진다

제가 이런 강의도 하고 그러는 거예요.

구제프가 그랬죠. 인간에게도 급수가 있다고. 정말 급수가 높은 사람은 무엇을 보고 듣고 경험해도 자기 것으로 만들 줄 압니다. 일반인과 다르게 해석할 줄 아는 능력이 있는 것이죠. 그러니 당연히 삶도 달라지겠죠. 어때요, 급수 높은 인간이 되고 싶지 않습니까?

교과서 밖에서 역사 보기

우리는 한때 일본의 식민지였습니다. 아주 어려운 시절이 있었지요. 그때 지배국의 중심지인 동경에 가서 공부한 청년들이 있습니다. 그 중 성경을 읽는 한 무리가 탄생하지요. 무교회 창시자 우찌무라 간조라는 사람을 필두로 생긴 모임입니다. 함석헌 선생도 그 가운데 있었습니다.

보이스 비 앰비셔스 Boys, be ambitious! 여러분 이 구절 많이 들어 보셨죠? 클라크 박사가 한 말입니다. 우리 어릴 땐 교실 구석에 늘 쓰여 있곤 했어요. 그 분이 미국인 선교사로 일본 농림학교에 가 있었답니다. 그 선생님에게 가르침을 받은 청년 하나가 일본을 일으키려면 기독교를 전해야겠다고 생각해서 신학 공부를 하러 미국에 갑니다. 그런데 청년이 미국에서 본 건 예수가 아니라 신학뿐인 거예요. 실망합니다. 여기선 아무것도 배울 게 없다며 다시 일본으로 돌아오죠. 그리고는 선교사들을 내쫓는 일에 앞장섭니다. 당신들은 가시오. 미국이 전하는 예수는 필요 없소. 우리가 직접 우리 예수를 찾을 거요. 이렇게 외치면서 말입니다. 톨스토이의 영향 아래 있던 그는 그동안의 교회를 부정합니다. 그것이 무교회 운동의 시작입니다. 그 청년이 바로 우찌무라 간조고요.

무교회 모임에 있던 조선 청년들이 하나 둘 귀국하자 김교신이 《성서 조선》을 만듭니다. 거의 혼자 만들다시피 한 잡지예요. 자기가 원고 쓰고 인쇄소 갖다 주고 잡지가 나오면 직접 자전거 타고 배달까지 했어요. 독자가 많을 땐 2백 명까지 갔다고 합니다. 그 즈음 일본에서 같이 공부했던 친구 함석헌을 만나 그가 강의하는 것을 듣게 됩니다. 주제가 '성서로 본 세계사', '성서로 본 한국사'예요. 함 선생이 동경상업대학 역사학부 출신이라 그 방면에 조예가 깊죠. 김교신이 보니까 강의에 많을 땐 20명도 오고 적을 땐 4, 5명이 옵니다. 그러니 내용이 아까운 거예요. 더 많은 이들에게 들려주고 싶은 겁니다. 그래서 제안을 하죠. 《성서 조선》에 그 내용을 싣자고요. 그래서 나오게 된 책이 『성서로 본 한국 역사』입니다.

그동안은 학교에서 배운 역사만 역사인 줄 알았지요. 그런데 이 책을 보면서 아, 이렇게도 볼 수 있구나, 하는 걸 알았습니다. 묘청의 난을 우리 자신의 기상으로 나라를 세워보려고 한, 우리나라 최초의 멋진 청년이 일으킨 봉기로 그리고 있습니다. 1950년에 출간되었어요. 내가 태어나기도 전 일입니다.

훗날 함석헌 선생의 신앙이 바뀌면서 1965년 개정판을 낼 때는 제목이 『뜻으로 본 한국 역사』가 됩니다. 그것을 계기로 함 선생은 동경에서 같이 공부했던 친구들로부터 버림을 받습니다. 변절자라는 비난과 함께요. 어쨌거나 감동 있게 본 책입니다. 지금도 아마 의식화 교육에 관심 있는 젊은 친구들 사이에선 필독서일 거예요. 함 선생을 따르던 제자 하나가 차린 출판사가 그 유명한 〈한길사〉입니다. 파주출판문화단지에 있는 한길사 사옥에 가면 입구에 함석헌 선생의 사진이 걸려 있습니다.

선의 눈으로 읽는 성경

이번 책『선과 성서』는 일본인 가톨릭 사제 가도와키 가끼치가 선을 만
난 이후 선의 관점에서 성경을 읽어가는 이야기입니다. 일본에 상지대
라고, 우리나라 서강대처럼 예수회에서 세운 학교가 있어요. 거기 사제
들이 선을 접해서 선사가 된 다음 예수선원을 세우지요. 전 세계 신부
들이 한 번쯤은 가서 수련하길 원하는 곳입니다. 그 안에서는 수녀도
선사가 돼요. 그러면 선사복을 입고 프로그램을 진행합니다. 아직 선사
가 못 된 신부는 그 수녀에게 절을 해야 합니다. 물론 거기서 나오면 다
시 수녀는 수녀복 입고 신부에게 절을 하겠죠. 얼마나 멋있는 문화고
전통입니까?

　나에게 성경 보는 눈을 또 한번 열어주고 확장시켜준 책입니다. 얼
마나 좋은지 세 번씩이나 읽었어요. 그만큼 아낀 책이고 그럴 만한 가
치가 충분한 책입니다. 동양에서만 쓸 수 있는 책이어서 더 소중합니다.

우주적 통치원리가 되는 역과 기독교

내게는 오래된 꿈이 있었지요. 주역을 공부해서 그걸 바탕으로 나의 신학을 정립하고 싶었어요. 그런데 혼자 공부하기가 너무 어려워 선생을 만나야겠다 작정했죠. 마침 주역의 대가인 대산 선생이 대전에서 강의를 한다기에 찾아갔습니다. 한달을 넘게 다녔는데 어려워서 못 듣겠는 거예요. 포기했죠. 그 때 알았습니다. 수학을 모르면 주역하기가 어렵다는 것을. 나 같은 가슴 유형은 따라가기 힘들다는 사실을 말입니다. 직관으로 되는 게 아니라 논리적이고 분석적이어야 어느 경지에 갈 수 있겠더라고요.

그런데 주역의 세계로 나를 어렵지 않게 안내하는 책을 만났습니다. 『역과 기독교 사상』이라고, 이정룡 목사라는 분이 쓴 책이에요. 이 책에서 발견한 용어가 '여기 나 있음' '이곳 나 되어감'입니다. 정작 책을 읽던 시기엔 이 말들의 뜻을 완전하게 이해하지 못했어요. 그런데 깨닫고 보니까 아하, 그게 그 말이구나 싶었죠. 그래서 지금 내가 그대로 쓰고 있는 겁니다. 우주적 관점에서 주역과 기독교를 얼마나 잘 푸셨는지 몰라요. 김홍호 선생님도 칭찬한 책입니다. 두 번째 책인 『나에 대한 성찰』도 마찬가지로 귀한 책이에요. 석학 중에 석학이시죠. 주역과 기독교를 섭렵하여 존재와 삶을, 역사와 성경을, 도덕과 우주의 통치 원리를 꿰뚫어 설명하는 분입니다. 그러니 안 읽으면 자기 손해입니다.

눈 뜨고 보면 영화도 다르다

이번엔 영화에 관한 책입니다. 집사람하고 행복하게 봤지요. 정신과 의사가 쓴『프로이드와 영화를 본다면』입니다. 또 한 권은 신비주의 연구가 조하선이 쓴 책『내 영혼을 위한 시네마』고요.

레옹 하면 우리는 그냥 킬러 영화라고 생각하지만 이런 사람들이 보면 선이고 도에 관한 영화가 됩니다. 영적인 상징과 은유를 읽어내는 것이죠. 그런 걸 알고 영화를 보면 특별합니다. 눈이 뜨이니까 의미가 보이는 거예요. 자, 여러분도 다들 눈을 떠서 영화 하나를 보더라도 자기 언어로 해석할 수 있는 사람들이 되기를 바랍니다.

오늘은 여기까지 합니다.

오래된 지혜로 풀어보는 삶의 비밀

베일 벗은 천부경

내 영혼의 빛

카발라의 13가지 게임의 원칙

에니어그램의 지혜

주역의 과학과 도

수와 신비주의

기수행신체

안식

어둠 속에 갇힌 불꽃

살면서 수많은 장면을 만납니다. 어떤 건 한참을 봐도 금세 기억 속에서 사라지는가 하면, 또 어떤 건 잠깐 스쳐 지나가기만 해도 오래도록 가슴에 남지요. 제게도 책과 관련하여 떠오르는 오래된 장면이 하나 있어요. 우리 어릴 적에는 책이 흔치 않았어요. 그래서 동네 어느 집에 장화홍련전 같은 새 책이 들어왔다고 하면 다들 거기 모여 누군가 읽어주는 걸 들었지요. 그런 시절이었는데 유독 한 친구 집에 책이 많았어요. 대부분 한문으로 된 거라 우리는 읽을 엄두도 못 냈죠. 그런데 어느 날 그 집 할아버지가 잔뜩 쌓인 책들을 가리키며 이 안에 비밀이 들어 있다, 그러시는 거예요. 그 때 그 할아버지 모습, 목소리 이런 게 지금도 생생합니다. 훗날 그 어르신이 돌아가신 후에 친구를 다시 만나게 되었어요. 어떻게 사시다 가셨냐고 물어보니까 친구가 재미있는 말

오래된 지혜로 풀어보는 삶의 비밀

을 해요. 말년에 그렇게 청와대를 옮겨야 한다고 주장을 하셨는데, 실제로 얼마 안 있어 박대통령이 죽었다는 거 아닙니까. 그 얘길 들을 당시엔 와 진짜 신기하다 그랬는데, 알고 보니 격암유록 같은 고서에 이미 다 나와 있는 얘기더라고요. 다만 당신 나름으로 해석만 조금 달리 했을 뿐이죠.

81자에 깃든 우주의 원리

동서를 막론하고 인류는 이렇게 책으로 비전되는 지혜들을 가지고 있습니다. 그 중 하나가 천부경이죠. 단군 이전의 시대에 동북아 전체를 아우르고 통치하던 백두산족이 하늘로부터 받은 경전 가운데 하나로 알려집니다. 하늘의 인장이 찍혀 있다는 글이에요.

　많은 학자와 연구가들이 이 천부경에 대한 해석에 매달렸는데 그 중 오늘 소개할 책이 조하선씨의 『베일 벗은 천부경』입니다. 천부경뿐 아니라 격암록, 카발라 등을 아울러 해석했어요. 저자가 신비주의와 신지학에 아주 해박한 사람이라 잘 썼습니다. 이 책의 장점은 바로 천부경을 다른 신비주의와 연결해서 우리가 미처 알지 못하던 것에 눈 뜨게 해준다는 겁니다. 이 사람이 깨달았는지는 모르겠습니다. 하지만 아는 게 많아서 81자 안에 어떤 하늘의 비밀이 숨어 있는지를 아주 해박하게 풀어주지요. 재미있게 읽을 수 있을 겁니다.

빛의 세계로 진입하라

이번엔 카발라에 관한 책입니다. 모든 종교에는 '신비주의'가 있지요. 문자에 갇히는 교리주의와 달리 삶을 통해 신을 만남으로써 신앙의 새로운 모형을 창조해 내는 흐름입니다. 이슬람교의 수피즘, 유대교의 카발라 등이 다 그 신비주의의 흐름에서 나온 것입니다.

카발라라는 낱말은 '전통'을 의미한답니다. 모세가 가지고 온 돌판 두 개에 그 기원을 두고 있지요. 12세기에 조하르서라는 책이 나오면서 정리가 되었는데 너무 전문적이라 읽기가 어려워요. 대신 요즘 나온 것 중에서 '예후다 베르그'라고, 이스라엘 출신에 뉴욕에서 성장한 사람이 쓴 『내 영혼의 빛』을 추천합니다. 아버지 할아버지는 물론이고 그 윗대도 다 카발리스트인 집안 출신이라 카발라 전통과 문서를 제대로 공부한 사람이지요. 현대인에 맞는 언어로 썼기 때문에 읽기도 쉬워요.

이 책 첫 장에 나오는 '위대한 지혜를 터득하는 법'에 대해 잠깐 언급할까요? 첫째 침묵해야 한다. 일단 정지하라는 거죠. 둘째 듣고자 해야 한다. 잘 듣고 하라는 겁니다. 셋째 가슴에 새겨야 하며, 넷째 실천하고 행동해야 하며, 다섯째 이웃에게 그걸 가르쳐야 한다.

카발라에 관한 책 한 권 더 가겠습니다. 『카발라의 13가지 게임의 원칙』입니다. 핵심 내용은 두 개의 현실이 존재한다는 거지요. 암흑세계와 빛의 세계. 그런데 전자가 1%고 후자가 99%를 이루고 있어요. 그러니 빛이 이미 이긴 거나 다름없다는 거지요. 자, 인간이 삶에서 진정으로 원하는 것이 무엇일까요. 정신적인 빛입니다. 그래서 삶을 통해 정신적인 변화를 꾀하려는 것이에요. 리액션reaction 즉 반응하는 존재에서 리스판스response, 응답하는 존재로 말이지요. 그렇게 변할 때 만나는 게 바로 99%를 차지하는 빛의 영역이라는 얘깁니다.

무슨 일만 생기면 다른 사람과 외부 조건을 탓하며 사는 사람들이 있지요. 그런 걸 반응성 저항이라고 해요. 반응성 저항은 순간적으로는 빛을 냅니다. 그러나 결국 다시 어둠으로 돌아가지요. 확 화내면 그 순간엔 시원하지만 얼마 못 가잖아요. 마찬가지에요. 반응성 행위를 하는 사람은 선택을 할 수 없습니다. 습관적, 충동적으로 그냥 튀어나가요. 어떤 자극이 오는지 살필 줄도 모르죠. 해석할 능력은 더더욱 없습니다. 그러니 감수성이 마비되고 지성도 마비되는 거죠. 그렇게 둔해지고 마비되어서는 살아남을 수가 없습니다. 다윈도 그랬잖아요. 적응하는 자만이 살아남는다고요. 그런 면에서 우리가 삶에서 만나는 장애물들은 우리로 하여금 유연성을 길러주려는, 반응이 아닌 응답의 능력을 키워주려는 절호의 기회가 아닐 수 없습니다. 그걸 통해 우리는 변화하고 그러면서 빛과 연결되지요. 몇 구절 읽어 볼까요?

"감당하기 어려운 도전과 맞닥뜨릴 때 확신을 가져라. 빛은 그곳에 있다.…… 남들에게서 발견하는 부정적인 특성은 자기 자신 안의 것이 반사된 것이다. 자기를 바로잡지 않으면 남을 변화시킬 수 없다."

저와 함께 수련하는 '생각 바꾸기'와 똑같지 않나요? 이 책을 읽으면 생각 바꾸기의 경험을 더 분명하게 개념화할 수 있을 겁니다.

나를 아는 9가지 도구

자, 다음은 에니어그램에 관한 책입니다. 에니어그램을 서양세계에 처음 전한 건 구제프였습니다. 그게 가톨릭 쪽으로 가면서 신부와 수녀들이 발전시켰죠. 어느 필리핀 수녀가 쓴 에니어그램 책이 소개되면서 우리나라에도 에니어그램 인구가 늘기 시작했습니다. 이후 관련 책들도 많이 출판되었고요. 그 중 하나가 이 『에니어그램의 지혜』입니다.

나를 알기 위한 도구 중 하나인 에니어그램은 인간을 세 가지의 기본 유형으로 나눕니다. 머리형, 가슴형, 장(배)형. 주로 어디에서 에너지를 끌어다 쓰느냐, 이 말이지요. 그리고 그 안에서 또 각각 세 개씩 유형이 나뉘어요. 삼성의 이병철 회장은 머리 유형이었죠. 지금도 삼성 이미지가 꼭 그렇습니다. 반면 현대 정주영 회장은 장형이에요. 그러니 현대에서 화장품 만들면 팔리겠어요? 엘지가 가슴형이니까 화장품을 잘 만들어 파는 겁니다.

어느 아버지가 3번이에요. 자녀들에게 그럽니다. 뭐든지 할 수 있어. 왜 그걸 못하냐. 그 아버지 딸이 사회복지학과를 가고 싶어했어요. 그런데 아버지는 유통정보학과를 가라는 거야. 거기서 자격증 따면 어디서든 써먹을 수 있다고. 딸이 울었어요. 가기 싫다고요. 그 딸이 살림마을에서 50일 수련하겠다고 〈삶의학교〉에 들어왔지요. 50일이 다 끝났는데 더 있고 싶대요. 그 친구는 그렇게 눈에 안 띄게 남 돕고 일하는 게 좋은 겁니다.

우리는 평생 살면서 자기를 알아갑니다. 한번 알았다고 끝이 아니에요. 끊임없이 변하니까요. 하나의 욕구가 실현되면 다른 게 발전하고, 또 시기마다 다르고 누구를 만나느냐에 따라서도 다르죠. 완결되는 게 아니에요.

아까 그 아버지가 3번이라 그랬죠? 3번은 성공 욕구가 강한 유형입니다. 성공하고 싶은 사람 손 한번 들어봐요. 거봐. 다 3번이지. 헌신적으로 일해서 인정받고 싶은 사람은 6번 유형이고, 뭐든 완벽하게 해야 직성이 풀리는 타입은 우리 총무님 같은 1번이고. 이런 성향이 사실은 다 내 안에 있어요. 내가 3번이라고 6번의 기질이 없는 게 아니죠. 다만 정도의 차이에 따라 무엇이 중심이고 곁가지인가가 나뉘는 겁니다. 여기서 중심이 되는 게 바로 타고난 본성이고, 그걸 스스로 알아주는 게 중요해요. 안 알아주면 자꾸 엇나가는 방식으로 표현이 되지요. 인생이 힘들어집니다. 에니어그램은 결국 나를 알아야 행복하게 살 수 있다는 메시지를 전하는 겁니다.

변화의 원리가 이 안에

주역을 어려워할 때 만난 책입니다. 『주역의 과학과 도』가 제목인데요, 이성환씨라는 미국 의사 자격증을 가진 한의사가 썼어요. 알고 보니 이 분이 소설 단丹의 주인공인 봉우 권태훈 선생의 제자래요. 그래서인지 박식합니다. 음양오행의 원리로 일상을 아주 쉽게 풀이해 놓았어요. 누구나 읽을 수 있을 정도로요.

유명한 서구 과학자 중에는 주역에 심취했던 이가 많습니다. 라이프니치도 주역을 읽었어요. 그 내용에 감동해서 연구한 결과 이진법이 나온 거죠. 계산기도 그렇게 해서 만들었고요. 스티븐 호킹은 또 뭐라 했게요? 양자역학이 최고의 발견이라고 하는데 그건 겨우 동양철학의 기본개념을 말했을 뿐이다, 음양과 태극 색즉시공을 과학적 언어로 풀어놓은 것이라고 얘기했어요.

지금은 퓨전 시대입니다. 서양 물리학과 주역과 에니어그램과 기독교 신앙이 만나고 있어요. 그러니 막혀 있으면 안 됩니다. 통해 있어야 돼요. 이미 통해 있던 이들이 낸 책들을 읽으면서 말이죠. 어때요, 주역 읽고 싶죠?

수를 알면 비의가 풀린다

신비주의와 또 밀접한 게 수數죠. 카발라나 천부경이나 다 수를 상징적으로 사용하고 있어요. 여러분의 호기심을 불러일으키기 위해 제가 몇 가지 적어온 게 있습니다. 1860년대에 링컨이 대통령에 당선했고 1960년대에는 케네디가 당선했습니다. 아브라함 링컨 이름에 쓰인 알파벳 숫자가 7개인데 케네디도 마찬가지에요. 또 둘 다 금요일에 총에 맞아 죽었고요. 진짜 신기한 건 링컨 비서 이름이 케네디였는데, 케네디 비서 이름은 링컨이었답니다. 링컨에 이어 앤드류 존슨이 대통령이 됐죠? 케네디 다음은 린든 존슨이에요. 각각 1808년, 1908년에 당선이 되었지요.

수라는 게 이렇게 신기하고 재미있습니다. 사실 동양의 주역도 알고 보면 0, 1, 2라는 숫자로 정립된 거잖아요. 수와 신비주의, 이 책 한 권에 그런 얘기들이 가득해요. 사흘만에 장사를 지냈다는데 왜 사흘만인지, 왜 12시에 물을 길러 갔는지, 피라미드가 144미터인 이유는 무엇인지. 수에 얽힌 고대의 비의를 따라가기에 유용한 책입니다.

기氣로 탐구하는 몸의 세계

다음 책은 일본인 유아사 야스오가 쓴 『기수행신체』입니다. 2차세계 대전이 끝나면서 많은 변화가 일어나지요. 전쟁이란 게 원래 사회 변화, 가치관과 문화의 변화를 야기하는 강력한 동력이 되니까요. 그 중하나가 사람들로 하여금 반성하게 한다는 겁니다. 어떻게 인간이 그렇게 잔인할 수가 있는가 하는 점에 대해 말이에요. 그를 탐구하던 이들이 '세뇌되어서' 그렇다는 결론을 내려요. 그리고 그 때부터 세뇌 당하지 않는 방법에 대해 연구하기 시작하지요. 그러면서 몸의 세계에 대해 하나씩 알아가게 되는 겁니다.

몸의 세계를 다룬 책 가운데 감명 깊게 읽은 게 바로 이 책이에요. 기氣와 신체, 또 정신세계와 과학기술과 수행을 아주 폭넓게 다루고 있습니다. 그러면서도 쉬워요. 에세이처럼 읽을 수 있습니다.

하시디즘 안에서 만나는 하나님

고대 때부터 시간에 관한 연구가 이루어져 왔지요. 성경에서 말하는 '안식일'이 바로 그 정점에 있습니다. 전부터 안식에 관한 고전이 있다고 해서 늘 보고 싶어했는데, 아브라함 요수아 헤셸이 쓴 것을 이현주 목사님이 번역했어요. 시간에 관한 최고의 책, 『안식』입니다.

엿새 일하고 하루 쉬는 게 안식일이지요. 이 안식일을, 기독교인들은 흔히 '지킨다'고 표현하는데, 가만 보면 사람이 안식일을 지킨 게 아니라 안식일이 사람을 지켰다는 걸 알게 됩니다. 자, 보세요. 예전엔 중산층이라는 게 없었어요. 중산층이란 산업사회 이후에 생긴 개념이고, 그전에는 노예 아니면 주인이었죠. 그런데 노예들의 삶이 너무 힘든 겁니다. 죽어라 일만 하고 그에 따른 휴식이나 보상이 전혀 없으니까요. 그래서 안식일이라는 제도가 나온 겁니다. 하나님의 이름으로 일주일에 하루는 쉬라고 공표한 것이지요. 사람만이 아닙니다. 가축도, 땅도 쉬게 하라고 했지요. 그러니 이거야말로 당시로서는 획기적인 살림의 법이고 제도가 아닐까요?

아브라함 요수아 헤셸은 하시디즘, 즉 유대교의 신비주의 전통을 추구한 사람입니다. 독일과 폴란드에 살다가 2차대전 당시 유대인 학살이 일어나기 두 달 전에 런던으로 피신해서 기적처럼 목숨을 건졌지요. 이후 기독교와 유대교의 합일운동, 월남전 반대운동, 흑인해방운동에 앞장서면서 유대교의 가르침을 현대적으로 해석하고 실천하는 작업을 합니다.

그가 쓴 명저들이 많아요. 『안식』 말고 또 하나의 책이 있지요. 『어둠 속에 갇힌 불꽃』입니다. 특히 이 책은 하시디즘의 대가인 바알 셈 토브와 혁신적인 철학자 키에르케고르의 철학을 통합하여 정리한 책으로 읽어볼 가치가 충분합니다. 하시디즘은 교리와 율법 위주의 유대교에 반발하고 율법도 결국 사람을 위해 있다고 주장한 교파였죠. 그를 체계화한 바알 셈 토브는 현대의 예수와도 같았던 사람이었고요. 읽기에 쉬운 책은 아닙니다. 당시엔 저도 모르고 읽은 것 같아요.(웃음) 그래도 새로웠고 가슴이 뛰었어요. 어둠 속에서 빛을 보듯이 말이지요.

예, 오늘은 여기까지 합니다.

가
난
속
의
　
풍
요

말씀이 우리와 함께
성서의 가난한 사람들
작은 것이 아름답다
인간 회복의 길

과거를 추억할 때 떠오르는 행복한 사진들이 있지요. 그 중 가장 먼저 떠오르는 게 유성에서 개척교회 하던 시절의 풍경입니다. 아무런 대가를 바라지 않고 있는 걸 다 주던 때였어요. 제 나이 서른이었죠. 도시에서 밀려나고 시골에서도 붙박이지 못한 이들이 사는 동네, 유성 들말로 들어갔습니다.

보름이 되면 마을 사람들과 보름밥 모임을 하고, 또 가을이면 강변에 나가 감자 구워 먹으며 별을 헤아렸어요. 아이들 데려다가 상록수 노래 가르치면서 "너 커서 뭐하고 싶니?" 묻기도 하고요. 그 때 내가 아이들에게 강조한 것은 공부해야 한다는 것이었지요. 가난을 넘어서는 길은 공부밖에 없다고, 그러니 대학에 꼭 가야 한다고요.

그 시절엔 '의식화 교육'이라는 말이 유행했죠. 그리고 그건 위험한 걸로 치부되었습니다. 그래서 신학교 때부터 목회할 때까지 내 앞엔 늘 그런 수식어가 따라붙었어요. 장길섭은 위험한 사람이야. 그러니까 만나지마.

그런데 생각해 보면 나는 그때보다도 지금 더 위험한 사람이 된 거 같아요. 여기서 나와 함께 4박 5일만 지내면 사람들이 변해서 남의 눈치 안 보고 자기 소리를 내게 되니까요. 그렇습니다. 내 가슴을 뛰게 만드는 사람, 진짜 삶을 살게 하는 사람이 위험한 사람이지요. 그런 면에서 보면 이 세상에서 가장 위험한 사람은 예수, 붓다 이런 분들이 아니었을까 싶습니다. 그들은 종교인이 아니라 종교를 '사는' 사람이고, 철학을 연구한 사람이 아니라 철학을 '한' 사람이니까요.

유성에서 가난한 이들과 함께했던 시기, 그 즈음에 만난 책들이 있습니다. 가난한 아이들과 라면 끓여먹으며 읽던 책이지요.

그리스도의 말씀이 곧 나의 말

저자는 신부면서 시인이었습니다. 신학을 공부하여 사제 서품을 받은 뒤 어느 섬에 들어가 목회를 시작했어요. 설교를 한 게 아니라 적은 수의 동네 사람들과 이보다 더 작은 방에 둘러앉아 그저 성경을 펴놓고 두런두런 이야기를 나누었죠. 거기서 가난하고 심성 맑은 이들만 할 수 있는 말들을 듣습니다. 그걸 녹음해서 책으로 펴낸 것이 바로 『말씀이 우리와 함께』입니다. 대화에 참여한 사람들이 그저 평범한 이웃들이에요. 나이 든 마을 촌장, 그의 아들, 또 누구 남편에 어느 집 딸…….이 책으로 저자는 1980년에 독일에서 출판평화상을 받습니다.

성바오로 서점에서 이 책을 사서 읽으며 저는 신학을 했다고 말하고 다닌 게 부끄러웠어요. 단지 지식으로, 머리로 성경에 접근한 게 참으로 가소롭게 느껴졌지요. 그에 대한 반성으로 저도 학생들과 성서공동연구를 시작했습니다. 각자 성경구절을 읽고 그에 대해 얘기하는 시간을 가졌지요. 그랬더니 어느 날부턴가 학생들이 말을 하기 시작합니다. 남의 말이 아닌 자기 말을요. 그 다음부턴 글을 써와서 발표하기로 했지요. 그랬더니 또 자기를 글로 표현하는 문장력이 쑥쑥 느는 거예요. 자기 말을 하고 자기의 글을 쓸 줄 아는 그 학생들이 얼마나 예뻤는지 모릅니다. 그동안 책을 참 많이 버렸는데, 그 시절 저와 함께 성서를 나눈 학생들 생각에 차마 이 책은 처분할 수가 없었어요. 너무 귀해서요.

값싼 위로 아닌 영적 당당함을 주고 싶다

서고를 뒤적이다가 눈에 뜨이면 늘 반가운 마음이 앞서는 그런 책입니다. 서강대 서인석 신부가 쓴 『성서의 가난한 사람들』입니다.

서인석 신부의 아버지는 한평생 가난한 사람들을 거두며 산 분입니다. 고아원과 양로원, 그리고 정신지체아 시설까지 운영했지요. 그런 아버지에게 바치기 위해 썼다니, 그 책을 받아들었을 때 아버지는 얼마나 뿌듯하고 또 행복했을까요.

저자는 이 책을 통해 말합니다. 성서의 율법서는 가난한 자들의 권리를 주장하고, 예언서는 가난한 자들의 심경을 대변하며, 또 시가는 가난한 자의 기쁨을 노래하고 있다고. 언젠가 제가 변했다는 얘기를 들은 적이 있습니다. 쉽게 말하면 이제 가난한 자들의 편이 아니라는 얘기지요. 그 말이 아프게 와 닿았습니다. 서럽기도 하고 한편으로는 미안하기도 했어요.

하지만 나는 내심 민중의 한과 멀어져 있지 않다고 자위합니다. 수련을 통해 내가 하는 일, 그것은 돈으로도 무엇으로도 풀지 못할 한과 고통, 아픔을 풀어주는 것이니까요. 누군가 '당신은 무당이야'라고 한 적이 있는데 그 말이 내겐 정말 좋았어요. 무당은 풀어주는 사람이니까요. 한과 거짓에서 놓여나도록 사람을 안내하는 역할을 하는 사람이니까요. 수련할 때 우리 그런 말 쓰죠? 화를 풀어놓아 다니게 하라고.

예수도 나사로에게 풀어놓아 다니게 하라는 말을 했습니다. 그러니 성, 학력, 대머리, 숏다리, 돈에 의해 묶이고 억눌린 사람들을 풀어놓아 다니게 하는 게 내 역할이라면 그걸로 족한 거 아닌가, 이런 생각을 합니다.

작은 것이 아름답다 · 인간 회복의 길 | E. F. 슈마허
생명을 생각하는 경제학

슈마허의 『작은 것이 아름답다』, 정말 유명한 책이죠. 독일 출신이면서 영국에서 공부한 경제학자예요. 케인즈의 제자이나 스승을 넘어선 사람입니다. 그는 산업사회가 지닌 병폐를 꿰뚫어 보았죠. 혜안이 있던 겁니다. 그러다 개발도상국 경제고문으로 버마에 가게 돼요. 거기서 불교의 철학을 접하면서 깨우치죠. 미래 경제의 새로운 상은 불교의 순환 원리에서 찾아야 하는구나, 하고요.

불교는 철학 자체가 생태적입니다. 모든 것은 연결되어 있고 순환한다고 봐요. 그래서 제대로 된 절간에서는 하나도 안 버리죠. 예전엔 상추 하나 떠내려가는 게 눈에 띄기만 해도 그 절간은 도력이 약한 곳이라 소문이 났답니다. 그와 관련해 구전되는 일화가 하나 있지요. 젊은이 하나가 대각을 얻을 수 있다고 명성이 자자한 절에 찾아갑니다. 그런데 절 근처 개울에 상추 한 조각이 떠내려가는 거예요. 그걸 집어들고 다시 길을 가려는데 어느 할아버지가 뛰어와서 묻습니다. 젊은이,

이 개울에 상추 하나 떠내려가는 거 못 봤는가? 젊은이가 상추 조각을 건넸더니 그 할아버지가 고맙네, 하더랍니다. 그 때 스승을 알아보았다는 얘기에요. 자, 도력을 키우고 싶은 분은 이 책을 꼭 읽어야 합니다.(웃음)

『인간 회복의 길』역시 같은 쓴 저자의 책인데 조금 더 어렵고 묵직합니다. 부제가 '방황하는 현대인을 위하여'예요. 참 멋지지 않습니까? 현대인은 왜 방황하는가를 화두로 해서 존재의 차원과 형태를 다루고 있습니다. 결론은 인간은 행복을 위해서가 아니라면 철학을 할 이유가 없다는 거예요. 다시 말하면 철학의 근본목적이 행복에 있다는 거지요. 사실 종교도 그렇지 않습니까? 구원은 다른 게 아니에요. 그 또한 행복을 위한 것이죠.

백남준 선생이 예언했어요. 앞으로는 문화의 시대가 온다고요. 그래서 인구의 절반이 집시 태생인 루마니아가 잘 살 거라고요. 문화의 시대엔 잘 놀아야 성공하잖아요. 잘 노는 사람들이 돈도 벌게 되어 있습니다. 베컴은 축구공을 갖고 놀죠. 정명훈은 피아노와 지휘봉을 갖고 놉니다.

올 여름 시골학교를 하는데 애들이 그러더래요. 우리 이렇게 놀아도 돼요? 노는 게 불안한 겁니다. 부모들이 얼마나 공부하라고 닦달했으면 놀라고 해도 마음 놓고 못하는 거예요. 기껏해야 컴퓨터 앞에 앉아 게임이나 하지요. 어른들이 놀 줄 몰라서 오직 관심사가 아파트와 차뿐인 거나 마찬가지입니다. 그런데 영성은 내려놓을 줄 아는 거거든요. 아파트도 내려놓고 집도 차도 내려놓고 컴퓨터와 게임도 내려놓고 있

는 그대로의 자기를 느끼고 아는 거죠. 그게 되면 모든 게 아주 쉬워져
요. 물질은 필요할 때 잡으면 되니까요.

자, 오늘은 이만큼 하겠습니다.

시詩가 생의 한가운데 있었네

좋은 시절

감격시대

하늘과 바람과 별과 시

만인보

황색예수

지금 알고 있는 걸 그때도 알았더라면

한 줄도 너무 길다

민들레를 사랑하는 법

신의 정원

기탄잘리

민들레의 영토

나보다 더 외로운 사람에게

———

한때 오버나 점퍼를 입으면 호주머니에 지우개를 넣고 다닌 적이 있어요. 어딜 가든 손으로 늘 만지작거리는 애장품이었죠. 어느 날 시詩를 한 편 읽는데 거기 이런 내용이 쓰여 있어요. 사람이 갖춰야 할 세 가지가 종이, 연필, 지우개라고. 깨끗한 마음이 하얀 종이고 연필은 새로운 생각이고, 그걸 지워서 다시 깨끗하고 새롭게 만드는 게 지우개라고요. 참 적절한 비유라는 생각을 했습니다. 프로그램 하나만 봐도 그래요. 완성 단계로 가면서 좋은 게 이것저것 계속 보태어집니다. 그러다 어느 선을 넘어서면 아주 복잡하고 한마디로 덕지덕지해지지요. 지워야 할 때 지우지 않아서 그래요. 그러니 언제 지우개가 필요한 순간인지 잘 살펴야 하는 겁니다.

　시가 절묘한 건 바로 상징과 은유 때문이지요. 제게 오래된 노트가 한 권 있는데 거기엔 시들이 빼곡하게 쓰여 있어요. 상징과 은유로 된 압축적인 표현들이 좋아서 적어놓은 것이지요. 앞에서 얘기한 시도 그 노트에 적혀 있습니다. 또 하나 읽어 볼까요? 제목이 「하늘냄새」예요. "사람이 하늘처럼 맑아 보일 때가 있다. 그 때 나는 그 사람에게서 하늘 냄새를 맡는다."

다음은 수련회 때 자주 인용한 시에요.

"인당수에 빠질 수는 없습니다, 어머니. 저는 살아서 시를 짓겠습니다. 공양미 삼백 석을 구하지 못해 당신이 평생 어둡더라도 나는 결코 인당수에 빠지지 않겠습니다. 어머니 저는 여기 남아 책을 읽겠습니다. 나비여, 나비여. 애벌레가 나비로 날기 위하여 누에고치를 버리는 것이 죄입니까. 그 대신 점자책을 사드리겠습니다. 어머니. 점자 읽는 법도 가르쳐 드리지요. 우리 삶은 모두 이와 같습니다. 우리들 각자 배우지 않으면 외국어와 같은 것. 어디에도 인당수는 없습니다 어머니. 우리는 스스로 눈을 떠야 합니다."

오늘은 이런 상징과 은유가 살아 있는 강의를 해볼까 해요. 유명하진 않아도 저에게 감동이 된 시들을 소개하면서요.

찔레꽃 같은 삶을 노래하다

도한호. 신학교 다닐 때 만난 교수님이자 시인입니다. 그 분의 가장 유명한 시가 「나의 꿈」인데 이렇게 시작해요. "나는 나를 필요로 하는 곳에 가서 내 손으로 흙벽돌을 쌓고 작은 십자가를 세우리라. 십자가로 사람들 속이지 않으리라. 겁주지 않으리라. 사람들 누르지 않고 빼앗지 않으리라. 십자가로 사람들 상처주지 않으리라. 내 뜻 세우지 않겠노라. 십자가로 오직 예수 사랑만 전하리라."

신학교 들어간 지가 2년이 돼가는데 뭔가 체질에 안 맞는 것 같은 거예요. 그래서 교수님을 찾아가 학교를 감리교 쪽으로 바꾸고 싶다고 했죠. 그랬더니 하시는 말씀이 어디서나 배우는 건 같다고, 저 하기 나름이라는 거예요. 그 즈음 누군가의 소개로 알게 된 게 바로 도한호 님의 시였습니다.

또 하나 소개할 시는 「찔레꽃 피는 날」이에요. 전엔 여기 들어오는 길이 전부 비포장이어서 대전에서 신대리 오는 것보다 신대리에서 여기 들어오기까지가 시간이 더 많이 걸렸어요. 여기 봉헌식 하던 날 교수님이 들어 오신다기에 봉고차를 몰고 마중을 나갔죠. 저 입구부터 나무 한 그루 없이 찔레꽃이 만발했습니다. 그걸 보시고는 미국 가시면서 시 하나 주고 가셨어요. 읽을 때마다 죄스러운 마음이 들게 하는 그런 시예요.

화려한 장미보다는 수수한 찔레가 좋다.

장미넝쿨이 잘 가꾸어진 정원에 붉은 벽돌담 기어올라

미소와 활기 불어넣을 때 그 찔레는 쇠똥 냄새나는 길섶에 늦게 핀

민들레와 너무 일찍 돌아온 산제비를 염려한다.

진달래가 피고지고 아카시아 감꽃 밤꽃이 차례로 이은 다음

네가 산목련 그늘 아래 묻혀서 창백한 연두빛 꽃송이 몇 줄 힘겹게

피워 올려도, 나는 장미보다는 네가 더 아름답다.

네가 피어 있는 곳 언제나 빈 손 들고 갈 수 있고

네가 확장한 영토 평민의 아들들이 어깨 펴고 드나들 수 있는 곳,

네가 둥지 틀고 봄을 기다리는 곳 어디나 내 어머니의 땅.

네 영토에 봄이 아직 멀다 해도,

올해는 영영 꽃피우지 못한다 해도

나는 장미보다는 찔레가 좋다.

시대를 향한 서슬 퍼런 목소리

다음 시는 그 유명한 함석헌 선생님 것입니다. 운동권 시절에 끼고 다닌 시집인데 권두언이 이렇게 시작돼요. "나는 시인이 아니다." 조금 더 읽어 볼까요?

"세상에 나와 45세가 되도록 시라고 써본 적이 없었다. 우리 역사가 그런 역사다. 한 사람의 다윗도 예레미아도 난 적이 없고 단테도 밀턴도 낳은 일이 없다. 그 좋은 자연에 워즈워스가 못 나오고 그 도발적인 역사에 타고르도 못 낳았다. 이 사람들은 오직 눈 뽑히고 머리 깎이고 사슬 지고 맷돌 갈은 삼손이었다." 어때요, 서슬이 퍼렇죠?

또 제가 좋아했던 시「얼굴」입니다.

이슬에 젖어 반짝이는 들판을 뚫고 닿는 큰 길 위에 기운 좋게
내리쬐는 아침 햇볕 받으며 대학교 오고가는 저 얼굴들.
무엇 하러 어디로 가는 얼굴들인가. 무슨 생각을 하고 있으며
무엇 잡으러 무엇 보려 누굴 보려 가는 얼굴들인고.
남자 얼굴 여자 얼굴 젊은 얼굴 늙은 얼굴. 잠이 안 깬 얼굴 무슨 꾀를
그리는 얼굴. 우매한 얼굴 뻔뻔한 얼굴 간사한 얼굴 얄미운 얼굴…….
영웅심에 들뜬 청년의 얼굴, 욕심에 잔주름 잡힌 노인 얼굴.
병에 눌린 얼굴, 학대 받아 쪼그라진 얼굴, 학대하여 독살이 박힌 얼굴.
얼굴 얼굴…… 그 많은 얼굴들 속에 참 아름다운 얼굴 하나도 없구나.
참 고운 얼굴이 없어. 하나도 없단 말이냐.
그 얼굴만 보면 세상을 잊고 살겠는데.

그 때는 너무 감동적이었는데 이젠 그 정도는 아니네요. 뭐가 변한 걸까요?

우주를 품은 자화상

그 시절에 만난 또 하나의 시집은 정말로 유명한 윤동주의 시집입니다. 『하늘과 바람과 별과 시』. 그 중 감명 깊었던 시가 「십자가」였죠.

좇아오던 햇빛인데
지금 교회당 꼭대기
십자가에 걸리었습니다.

첨탑이 저렇게도 높은데
어떻게 올라갈 수 있을까요.

종소리도 들려오지 않는데
휘파람이나 불며 서성거리다가
괴로웠던 사나이,
행복한 예수 그리스도에게처럼
십자가가 허락된다면

모가지를 드리우고
꽃처럼 피어나는 피를
어두워가는 하늘 밑에
조용히 흘리겠습니다.

예수 앞에 행복하다는 수식어가 붙은 걸 이 때 처음 봤죠. 아, 예수를 이렇게 표현할 수도 있구나 싶었습니다. 「자화상」 한 편 더 읽어 볼까요?

산모퉁이를 돌아 논가에 외딴 물을 홀로 찾아가선
가만히 들여다봅니다.
우물 속에는 달이 밝고 구름이 흐르고 하늘이
펼치고 파란 바람이 불고 가을이 있습니다.
그리고 한 사나이가 있습니다.
어쩐지 그 사나이가 미워서 돌아갑니다.
돌아가다 생각하니 그 사나이가 가엾어집니다.
도로 가 들여다보니 그 사나이는 그대로 있습니다.
다시 그 사나이가 미워서 돌아갑니다.
돌아가다 생각하니 그 사나이가 그리워집니다.
우물 속에는 달이 밝고 구름이 흐르고
하늘이 펼치고 파란 바람이 불고 가을이 있고
추억처럼 사나이가 있습니다.

우리 동네 사람 이야기

고은 선생이 만 명을 만나면서 쓴 시들입니다. 동네 누구 엄마에 누나들, 지나가는 행인들, 그리고 역사 속 인물들까지 시의 주인공으로 등장합니다. 그래서 읽어가다 보면 떠오르는 사람이 있지요. 아, 우리 동네 누구도 이랬는데, 하고요. 이 시 「수동이 어머니」를 읽으면서도 그랬던 것 같아요.

> 우리 동네 욕 잘하는 수동이 어머니
> 죽어나가는 사람한테도
> 상여에 대고
> 아이고 진작 뒈질 것이
> 이제야 상여 타고 나가네
> 한평생 동네 아이들한테 손찌검이나 하고
> 제 수염 끝 간지럼 태던 주제에
> 옥구 상평 아전 탯줄 주제에
> 상여는 무슨 상여
> 지게송장으로 나가야 할 주제에

내가 그리던 예수

다음은 김정환의 『황색예수』예요. 책장을 한장 한장 넘기는데 어쩌면 그리도 내가 쓰고 싶은 것만 골라 썼는지 참 신기하데요. 「마태복음 10장 34절」에서 영감을 얻어 쓴 시를 볼까요?

내가 사람에 대해 이야기하려는 것은
사랑은 전쟁처럼 온다는 것이다.
우리가 절망에 대하여 이야기하는 것은
절망이 전쟁을 몰아오고 전쟁도 곧 사랑이기 때문이다.

영혼과 접촉하라

대중에게 가장 많이 알려져 있는 시집 가운데 하나일 겁니다. 『지금 알고 있는 걸 그때도 알았더라면』, 이 한 권을 펴내기 위해 류시화씨가 수천 편의 시들을 모았지요. 그러니 우리 독자들은 얼마나 행복합니까? 시 한 편 보겠습니다. 에머슨의 「무엇이 성공인가」입니다.

자주 그리고 많이 웃는 것

현명한 이에게 사랑을 받는 것

정직한 비평가의 찬사를 듣고

친구의 배반을 참아내는 것

아름다움을 식별할 줄 알며

다른 사람에게서 최선의 것을 발견하는 것

……

자신이 한때 이곳에 살았음으로 해서

단 한 사람의 인생이라도 행복해지는 것

이것이 진정한 성공이다.

은유와 상징의 영성세계

운동권에서 껑충 뛰어올라 영성의 세계로 넘어오면서 만난 시집입니다. 류시화씨예요. 시집으로는 10만 권을 판 최초의 사람이라지요. 시집 만 권 팔리면 소설 백만 권 팔린 거와 같다고 하니까 얼마나 대단합니까. 정말 시를 사랑하는 사람이에요. 그러니 세계의 아름다운 시를 모아서 다른 이들에게 전해줄 수 있는 것이죠. 공자가 시경을 편집했듯이 말입니다.

그가 모아서 낸 시집 중에 가장 감명 깊었던 것이 바로 이『한 줄도 너무 길다』입니다. 일본의 시 하이쿠를 모은 거예요. 시들이 굉장히 짧아요. 강력한 지우개와도 같습니다. 이런 시는 하나 읽고 가만히 있어야 돼요. 음미하고 음미할수록 시의 세계로 깊이 들어가게 되는 거죠. 몇 개 읽어 볼까요?

달팽이 얼굴을 자세히 보니 너도 부처를 닮았구나.

이 숲도 한때는 흰 눈이 얹힌 나뭇가지였겠지.

장맛비 내리자 물가에 서 있는 물새의 다리가 짧아지네.

생선가게 좌판에 놓인 도미가 잇몸이 시려 보인다.

인간으로 와서 이런 시 읽고 감동하는 게 놀랍지 않습니까? 이런 시에서 감동을 느끼지 못한다면 그 사람은 감맹이에요. 그런 사람일수록 자꾸 이런 시를 접하고 되새기고 해서 감성을 깨워야 합니다.

자연에 바치는 잠언

이어지는 시집은 『민들레를 사랑하는 법』입니다. 「나무 한 그루를 심는 것은」이란 시를 읽어 보겠습니다.

> 나무 한 그루를 심는 것은 생명에게 예 하고 대답하는 일이다.
> 미래에 대한 우리의 신뢰를 확인하는 일이다.
> 나무 한 그루를 심는 것은 과거에 대한 우리의 빚을 인정하는 일이다.
> 씨앗은 결코 무에서 창조되지 않았으므로.

시심과 명상이 만나다

목원대에서 강의하던 도인 같은 분이에요. 학생들은 좋아하는데 교수들이 싫어해서 학교에서 쫓겨났죠. 하루는 누가 소개해서 강의를 듣고 같이 식사를 했어요. 당시 그 분이 50대일 땐데 태도가 아주 멋있었어요. 그 때 받은 책이 바로 이 시집입니다. 연세대에서 물리학을 전공하고 다시 신학을 공부한 분이에요. 시심이 있어서 이렇게 시도 쓰고요.

시카고에서 목회할 때 주보에 단상처럼 실었던 시를 모아서 낸 시집입니다. 읽어 보면 저자가 명상 경험이 깊은 사람임을 알게 됩니다. 「빈손으로 세상을 떠날 때」 인용해 봅니다.

> 즐기지는 못하고 쌓는 재미로만 살아가는 인간들이 많다.
> ……
> 즐길 줄만 알았지 고마워할 줄을 모르는 사람이 있다.
> 고마운 줄 알면서도 후히 나누어주지 못하는 사람이 있다.
> 빈손으로 이 세상을 떠날 때
> 부끄러움이 와락 앞을 가로막을 사람이 너무도 많은 것이다.

기탄잘리 | R. 타고르

절절한 사랑과 헌신의 노래

당시 인도 상류층의 아이들은 거의 영국으로 유학을 갔습니다. 이 사람도 예외는 아니었죠. 그런데 1년도 안 돼 다시 인도로 돌아와요. 가난한 이들을 위해 학교를 짓고 문학과 음악과 춤을 가르칩니다. 동양 최초로 노벨상을 받은 타고르가 바로 그 주인공입니다.

　『기탄잘리』, 타고르를 있게 한 가장 유명한 시집이죠. 신에게 바치는 노래라는 뜻이라 합니다. 불교인에겐 불교 경전 같고 기독교인에겐 성경 같은 책입니다. 연애하는 이들이 보면 또 기가 막힌 연시戀詩로도 읽히죠. 신에 대한 사랑과 헌신으로 가득한 이 시집은 그 자체로 기도문이고 러브레터인 겁니다. 그럼 25편 읽어보겠습니다.

고달픈 밤에 날 편안히
내 믿음을 님에게 내맡긴 채 잠들게 하옵소서.
내 늘어진 정신으로 하여금
님의 예배를 위해 빈약한 준비로 허덕이게 마옵소서.
이 하루의 피곤한 눈 위해 밤에 베개를 치신 건 님입니다.
깨어남의 보다 더 신선한 기쁨 속에,
그 시력을 새로이 하기 위해.

민들레의 영토 | 이해인
시의 거울에 비친 일상

신학교 때 예쁜 누님 한 분, 이해인 수녀님을 만났지요. 이 분 시집 한 권 안 읽은 사람이 있을까요? 그만큼 대중적인 인기를 끈 분입니다. 시가 아주 쉬워요. 일상을 잔잔하게 노래합니다. 그 중 하나 「단추를 달 듯」을 읽어 보지요.

떨어진 단추를
제자리에 달고 있는
나의 손등 위에
배시시 웃고 있는 고운 햇살

오늘이라는 새 옷 위에
나는 어떤 모양의 단추를 달까

산다는 일은
끊임없이 새 옷을 갈아입어도
떨어진 단추를 제자리에 달듯
평범한 일들의 연속이지

탄탄한 실로 바늘에 꿰어
하나의 단추를 달듯
제자리를 찾으며 살아가야겠네

보는 이 없어도
함부로 살아버릴 수 없는
나의 삶을 확인하며
단추를 다는 이 시간

그리 낯설던 행복이
가까이 웃고 있네

모든 것은 아름답다

신문인가 잡지에서 발견한 시집입니다. 거기 쓰인 구절 하나 인용하면서 마치겠습니다.

그 때 그 꽃 피어 온 우주가 아름답다.

나에게 그 때 그 일이 있어 지금의 내가 있다는 거죠. 그러니 아름답지 않은 일이 어디 있겠습니까.

자, 오늘은 여기까지 합니다.

시詩가 생의 한가운데 있었네

희망, 더 좋은 것을 위한 꿈

나무 심는 사람

서머힐

정원의 역사

하늘에서 본 지구

희망의 인문학

풀들의 전략

시청각장애에 말도 할 수 없던 헬렌켈러 아시죠? 그 분이 이런 글을 남겼어요. 진정한 시각장애란 앞을 못 보는 게 아니라 비전이 없는 거라고. 꿈과 이상이 없는 사람이야말로 시각장애인이라는 얘기죠. 그리스 말로 사람을 안스로포스 anthrpos라 하는데, 그 뜻이 두 발은 땅에 딛고 고개는 하늘로 향한다는 거래요. 그렇습니다. 사람이란 현실에 발을 디딘 채 이상을 추구하는 존재입니다. 물론 그 사이에서 균형을 잡아야 하겠죠. 현실을 너무 무시해서도 살 수가 없지만 그렇다고 이상을 놓칠 만큼 현실에만 얽매여서도 존재는 만족을 못 하니까요.

오늘 소개할 책은 당장 내게 편하고 유용한 것보다 더 가치 있는 것, 대안적인 것을 '꿈'꾸는 자들의 이야기입니다. 그 첫 책은 바로 장지오노가 쓴 『나무 심는 사람』입니다.

희망, 더 좋은 것을 위한 꿈

황무지가 숲으로 바뀌기까지

한 할아버지가 있습니다. 낮에는 나무를 심고, 밤에는 돋보기 쓰고 좋은 상수리나무 씨앗을 고릅니다. 주변에서 사람들이 묻지요. 당신 나이가 벌써 오십인데 무엇 하러 나무는 심느냐, 심어봤자 열매도 하나 따먹지 못할 거 아니냐고요. 그에 할아버지가 반문합니다. 열매는 못 따도 나무가 크는 것은 볼 수 있지 않느냐고 말이죠. 마침내 할아버지는 산에 2만 그루의 나무를 심습니다. 그 중 만 그루 정도는 죽죠. 하지만 나머지 만 그루에서는 싹이 납니다. 사람들은 계속 할아버지 흉을 봅니다. 편하게 살지 괜히 사서 고생한다고요. 그러던 어느 날 발견하지요. 자신들이 사는 마을에 숲이 생겼다는 사실을요. 황폐했던 마을이 그 숲으로 인해 녹색으로 변했다는 것을 말입니다.

한때 이 책을 참 많이 선물했습니다. 한 그루 한 그루 나무를 심듯 한 사람 한 사람 깨어나면 언젠가는 우리의 삶이 바뀔 거라 생각했어요. 실제로 나무를 많이 심기도 했습니다. 점심을 라면으로 때우면서도 해마다 나무는 꼭 심었지요. 요만하던 나무가 어느 날 나보다 커 있는 걸 볼 때의 희열은 말도 못 해요. 언젠가는 남의 땅에 은행나무 한 그루를 심었는데 지금은 아름드리가 되어 있습니다. 그 집 아들딸들이 그 아래서 열매도 줍고 잎도 쓸면서 나무와 함께 자라나지요. 그러니 내 삶도 그만큼 풍요로워지는 게 아니겠습니까?

여기 살림마을에 와서도 처음엔 그늘을 만들어야겠다 싶어서 나무를 심기 시작했지요. 정말 잘 한 일이죠. 볼 때마다 나는 감동합니다. 물론 나무에 물 주느라 엄청 고생했고 지금도 고생이죠. 그래서 직원들이 그래요. 나무가 주인이고 자기들은 머슴이라고.(웃음)

서머힐 | A. S. 니일

인간을, 삶을 향해 열린 교육

다음 책은 『서머힐』입니다. 아이들을 자유롭게 성장하게 하는 학교에 대한 이야기지요. 지금은 우리나라에 대안학교가 많지만 군사독재 시절인 80년대 초에는 전무하다시피 했어요. 그래서 더 관심을 갖고 볼 수밖에 없었죠. 사람들을 깨어나게 하는 데는 교육이 중요하니까요.

교육학자인 저자가 다시 공부를 해서 아동심리학자가 됩니다. 그 분의 이념을 따르는 한 사람이 어느 날 왕궁처럼 크고 아름다운 집을 한 채 헌사해요. 그 후 거기서 제도권교육과는 다른 교육이 펼쳐집니다. 어떤 교육이 펼쳐지는지는 이 책을 보면 알 수 있습니다. 저자 니일이 이렇게 말하지요. "어린아이가 북치고 소리 지르고 시끄럽게 군다고 해서 나쁜 버릇을 치료할 권리가 어느 교사에게도 없다. 실행해야 하는 것은 오직 행복을 경험시키는 것이다."

한창 각광받는 정신분석학에서도 이런 애는 치료받아야 한다고 주장했는데 니일은 거기에 정면으로 도전한 겁니다. 오히려 그는 소위 말하는 문제아들, 즉 뭐 훔치고 유리 깨고 하는 애들이 그런 행동을 하는 이유는 단 하나 "불행해서 그렇다"고 보았어요. 행복을 느끼고 경험할 기회가 없었다는 것이죠. 그러니 교사가 할 일은 그 아이들을 분석하여 치료하는 것이 아니라 행복을 경험시키는 것이라는 주장이 성립됩니다. 관점이 이렇게 달라요. 한 대목 더 읽어볼까요?

"다루기 어려운 어린이는 불행한 아이다. 그는 자기 자신과 싸우고 있다. 그래서 결국은 세상과 싸우는 것이다. 자기 안에 싸움이 없다면 결코 바깥과 싸우지 않는다.…… 곤란한 어른에게도 마찬가지 이야기일 것이다. 행복한 어른은 결코 전쟁을 촉구하거나 흑인에게 린치를 가하지 않는다. 살인이나 절도를 하지 않는다. 행복한 고용주는 결코 자기 아랫사람들을 못 살게 들볶지 않는다. 그곳에서는 어린이들이 치유된다. 행복하게 자라고 있다."

제가 심리학을 공부한 것도 아니고 임상실험을 한 것도 아니지만 여기 살림마을에 오면 사람들이 치유됩니다. 정신병원 다녀도 아무 소용없던 우울증이 나아요. 결혼 안 하겠다고 속 썩이던 청춘남녀들이 결혼을 하고요. 부모가 그렇게 잔소리해도 안 듣던 아이가 자발적으로 공부를 시작합니다. 왜 그럴까요? 행복을 느끼게 해주었기 때문이지요. 그 다음엔 연습이고 훈련입니다. 내가 사랑할 수 있고 사랑 받을 수 있다는 걸 일깨워 행복감을 느끼는게 중요하지요.

그리스어로 행복을 유다모니아라 합니다. 풀이하면 하나님과 함께하는 것이에요. 다른 말로 하면 우파니샤드입니다. 스승과 함께하는 것이죠. 또 다른 말로 하면 열려 있다는 겁니다. 그래요. 삶은 열려 있어야 해요. 그리고 존재는 삶을 향해 열려 있어야 합니다. 닫히는 한 행복할 수가 없어요. 행복한 척은 할 수 있을지 몰라도 결코 행복한 삶을 창출할 수는 없습니다. 이 책은 자녀와 함께 행복을 꿈꾸는 부모들, 그리고 부모가 될 사람들의 필독서입니다.

정원의 역사 | 자크 브누아 메샹

숨어 있기 좋은 지상낙원

어느 날 누가 물어요. 30대로 다시 돌아간다면 무엇을 하겠습니까. 나는 수목원 할 거다 그랬어요. 수목원 안에 미술관도 짓고 놀이터도 만들고, 구석 깊은 곳에는 예쁜 집 만들어 명상도 할 거라고요.

내가 정원에 눈을 뜬 건 유성에서 교회할 때 〈늘봄가든〉이라는 고깃집 주인을 알게 되면서였죠. 교회 옆에 있었는데 거기 정원이 참 예뻤습니다. 재일교포인 주인이 어찌나 열심히 가꾸던지 오며가며 그가 하는 모습을 지켜보게 되었지요. 그런데 어느 해엔가 주인이 그러는 거예요. 목사님, 이걸 싹 불태우고 싶어요. 아니 왜 그러시냐고 깜짝 놀라 물어보니 관리하는 게 너무 힘들고 돈이 많이 든답니다. 그 후 살림마을 들어와 이만큼 정원 규모가 커지니까 그 때 주인이 왜 그런 말을 했는지 이해가 되기도 하더군요.

하여간 그 분 덕에 내가 정원을 좋아하고 정원 일에 관심이 많다는 걸 알게 됐죠. 이 책 『정원의 역사』도 그래서 읽게 되었고요. 소제목이 '지상 낙원의 3천년'이에요. 정원을 인공적으로 가꾸기 시작한 게 3천 년이 되었다는 걸 의미합니다. 누가, 왜, 어떻게 만들었는지가 이 책에 다 나옵니다. 저자가 말하길 정원은 사람이 숨으려고 만든 공간이래요. 그 말이 가슴에 와 닿습니다. 우리나라 소쇄원도 그렇잖아요. 중앙정부 관료로 사는 게 싫어서 내려와 정원을 가꾼 겁니다. 그 안에서 구름을 만나고 바람을 만나고 시도 짓고 글도 읊으며 살다 보니 그게 이상 낙원인 걸 깨닫게 되지요. 하지만 무엇보다 정원의 핵심은 사람입니다. 꿈과 이상이 비슷한 사람들이 모여 즐기는 풍류의 공간인 것이죠.

하늘에서 본 지구 | 얀 아르튀스 베르트랑

내려다보아야 보이는 세상

비행기 타고 하늘 높이 올라가서 지구 곳곳을 촬영한 사진들을 수록한 책이 있습니다. 『하늘에서 본 지구』입니다. 거기 실린 사진 중 하나는 대서양 쪽은 아침인데 태평양 쪽은 밤이에요. 밤낮이 공존하는 풍경을 담은 겁니다.

우리는 우리 자신만 보고 사는 경향이 있죠. 대전 시민은 대전만 봅니다. 그래서 대전만 잘 되면 다 잘 되는 것인 양 착각을 해요. 우물 안

개구리처럼 사는 거죠. 이 책의 좋은 점은 그걸 깨우쳐 준다는 것입니다. 우리가 얼마나 편견에 갇혀 좁은 시야로 살고 있는지를 느끼게 합니다. 나는 지금 어둠 속에 있을 수 있어요. 하지만 저쪽엔 빛이 환해요. 눈에 보이는 건 사막뿐이지만 어딘가엔 오아시스가 있다는 걸 알게 합니다.

하루에 한 편씩 감상하게 돼 있어요. 정말 아름답습니다. 전시회도 세계 곳곳에서 했답니다. 다큐멘터리로도 제작되었고, 그 영화에 배경음악을 작곡한 아르만드 아마르라는 사람은 같은 제목으로 음반도 만들었어요. 책도 보고 음반도 구해서 들어보면 좋을 것입니다.

오직 풍요로운 정신이 희망이다

오늘의 마지막 책입니다. 『희망의 인문학』, 부제가 '클레멘트 코스, 기적을 만들다'예요.

한 철학자가 있었어요. 왜 사람들이 가난할까, 그 가난이 왜 상속될까를 생각하다가 그는 가난의 원인은 돈이 없어서가 아니라 철학의 부재 때문이라는 결론을 내리지요. 그리고는 가난으로부터 사람들을 구제하기 위해 클레멘트라는 코스를 만들어 철학을 가르치기 시작합니다. "록펠러보다 풍성하게!" 이것이 그 사람의 모토였어요. 철학자를 왕으로 만들든가 왕을 철학자로 만들어야 한다고 플라톤이 말했다면 그는 왕 대신 그 자리에 시민을 올려놓은 것이지요. 시민 중에서도 툭하면 감옥에 들락거리고 게으르고 함부로 말하고, 뉴욕에 살지만 문화와는 전혀 상관없이 살아가는 그런 사람들을요. 그 코스의 교과과정들이 정말 멋집니다. 소크라테스 철학부터 미학과 미술사까지, 미합중국의 역사부터 논문 작법까지 꿰뚫어요. 때론 3, 40명이, 많을 땐 4백 명까지 코스를 이수했다죠. 그 사람들이 변해가는 이야기가 바로 이 책에 담겨 있습니다.

그 클레멘트 코스를 우리나라 성공회대학교가 수탁운영하고 있는 〈광명시 평생학습원〉에 그대로 적용합니다. 책도 번역하고, 미국 클레멘트 코스 만든 이를 초청해서 강의도 하게 해요. 그이가 한국에 방문했을 때 림프성 암 3기였대요. 계단을 오르지 못할 정도로 몸이 안 좋았죠. 그런데도 한국에 와서 강의하고 답사 다니고 그랬으니 교수들이 얼마나 감동했겠습니까. 가난한 이들과 함께한다는 게 어떤 것인지, 이런 사람이 있어 가난한 이들이 부유해지고 그 자녀들이 가난을 물려받지 않게 된다는 것을 확인한 거죠.

아, 강하고 아름다워라

우리는 풀을 잡초라고 무시하는 경향이 있지요. 그런데 풀에 대한 전문가가 묻습니다. 잡초가 없다면 어떨까? 잡초와 곡식의 차이는 뭐고 화초와의 차이는 뭘까? 그리고 말합니다. 그런 건 전부 사람이 정한 개념일 뿐이라고. 또 잡초가 없으면 생태계가 제대로 돌아가지 않을 거라고요. 쉽게 말해서 대학 나와 다 선생만 한다면, 이 지구에 미장이 없고 보일러공 없으면 세상이 돌아가겠느냐 이거죠.

과학적으로도 동종끼리만 결합하면 열등해진다고 증명돼 있습니다. 이종결합을 시켜야 새로운 것도 나오고 강해진다는 거예요. 그러니까 곡식과 화초가 잡풀과 결합해야 한다는 거지요. 종교도 그렇고 나라도 그렇습니다. 기독교가 번성하려면 다른 종교를 만나야 하지요. 불교를 이해하고 배워야 합니다. 우리나라는 또한 미국과 일본을 만나고 배워야 하지요. 차혁진이라고 태권도 선수가 있어요. 고등학생 때 다친 후 운동을 못하게 되어 공부를 시작합니다. 얼마나 열심히 했으면 스탠포드 대학에 들어가요. 그 다음 대학원에 갔는데 첫 강의가 개미에 대한 것이더래요. 전공은 안 가르치고 엉뚱한 내용만 가르치더라는 것이죠. 그렇게 2년 동안 배우니까 알겠더랍니다. 아, 이게 미국이구나. 모든 지식이 내 안에서 통합되지 않고서는 어느 것 하나 기획하고 적용할 수가 없구나. 그래요. 산업사회 때까지는 자격증 받으면 전문가가 됐습니다. 하지만 지금은 지식사회죠. 자격증 갖고는 안 통합니다. 지식을 먼저 알고 써먹는 이가 임자인 거죠.

끝으로 '어저귀'라는 풀 얘기 할까요? 콜럼버스가 그토록 가고 싶어한 나라가 인도입니다. 그런데 못 갔죠. 또 마르코폴로는 일본을 가고 싶어했으나 못 갔습니다. 그런데 어저귀는 세계 곳곳을 다 갔다는 거예요. 그 풀에서 섬유질이 나오는 것을 누군가 발견해서 옷을 만들어 전 세계에 퍼뜨렸다고 합니다. 그렇게 해서 4천년 만에 세계 일주를 끝냈대요. 우리가 잡초라 부르는 풀들의 생명력이 그렇게 강하다는 겁니다. 그래서 온실의 화초가 아닌 들판의 잡초처럼 커야 한다는 말이 나온 것이겠지요.

저는 우리 수련에 부족한 게 인문학이란 걸 알았어요. 기초를 수련한 것만으로도 사실은 상당한 수준에 오른 겁니다. 그런데 거기서 깨우친 걸 스스로 개념화를 못 하니까 의사소통이 막히는 거예요. 개념화를 하려면 책을 읽어야 하죠. 한 번 갖고 안 됩니다. 두세 번씩 읽어야 돼요. 제가 책 설교 하는 이유도 그래서죠. 여러분에게 풍성하게 살 수 있는 길을 안내하고 싶어서입니다. 철학의 문을 못 열고 과학적 사고에 다가서지 못 하면, 문화의 향기를 맡지 않으면 가난해지니까요. 경제활동만 활발하게 해서 돈 좀 번다고 그런 게 될까요? 언제 뒷산에 진달래가 피고 이슬이 내리는지 가슴으로 느낄 수 있을까요? 지금은 학습과 배움이 보편화되는 시기입니다. 죽을 때까지 책을 놓아서는 안 돼요. 가장 절망적인 소외는 문화적인 소외거든요. 그거 안 당하려면 볼 줄

321

희망, 더 좋은 것을 위한 꿈

알고 들을 줄 알고 느낄 줄 알고 해석할 줄 알아야 합니다. 그래서 제가 말하잖아요. 여러분은 천국에도 책을 갖고 가야 한다고요.(웃음) 쉬운 책부터 읽으세요. 새로운 것을 받아들이면서 그렇게 깨달은 눈으로 자연을 접하고 일을 찾고 풍성하고 윤택한 삶을 누리시길 바랍니다. 오늘은 여기까지 하겠습니다.

미래의 키워드 따라잡기

한 남자가 있습니다. 부인이 아파서 중환자실에 있습니다. 병간호를 하고 있는데 전화기가 울립니다. 아들 담임선생님이에요. 학교에 아들이 안 온답니다. 그러면서 하는 말이 전학을 시키지 않으면 제적할 수밖에 없다는 거예요. 남자는 한의사예요. 사회적으로는 성공한 사람이죠. 그런데 삶이 재미도 없고 힘듭니다.

　30대 후반의 또 다른 사람 얘길 해볼까요? 부인이 이혼하자면서 처갓집에 갔어요. 애도 떼놓고요. 그러니 우선 급한 대로 제 엄마에게 도움을 요청합니다. 결혼까지 해서 애를 낳아놓고도 엄마한테 밥을 얻어먹으며 회사를 다니는 거예요.

　이런 사람 많습니다. 이른바 중년의 위기예요. 자기가 어디에 와 있는지, 어디로 가는지를 몰라요. 그런데도 어떻게 되겠지, 해결되겠지,

뭔가 걸리겠지, 하고 그냥 막연하게 사는 겁니다. 그러나 과연 이런 사람에게 해가 뜰까요?

미래가 누구 편이냐는 것은 중요하지 않아요. 중요한 건 누가 미래의 편이 되느냐는 것이죠. 그래서 '지금' 변화가 필요한 겁니다. 거기에 우리의 중년과 노년이 달려 있으니까요.

인생에도 지도가 필요하다

예전부터 사람들은 앞날을 궁금해 했어요. 그래서 점치는 행위가 태곳적부터 비롯되었지요. 그런데 그 점이 이제 학문으로 들어왔습니다. 바로 미래학입니다.

미래학 책을 읽기란 그리 쉽지 않습니다. 또 종류가 너무 많기도 하고요. 다행히 세계 미래학자들이 말과 글로 주장해온 바를 핵심만 추려 정리해 놓은 책이 나왔습니다. 제목이 『미래학 산책』이에요. 이 한 권만 읽어도 지금이 어느 시기인 줄 파악하는 데 큰 도움이 됩니다. 엘빈 토플러부터 소개하고 있어요. 박사학위 하나 없는 유일한 미래학자죠. 노동자였다가 공산주의자가 되고 훗날 저널리스트로 활동한 사람입니다. 『미래쇼크』라는 책으로 우리에게 쇼크를 주었지요. 고르바초프의 개혁개방정책이 토플러에게서 나왔다고 하는 설도 있어요. 그만큼 시대의 흐름을 예견하는 그의 능력이 뛰어났다는 얘기죠. 그를 유명인사로 만든 『제3의 물결』이라는 책에서 그는 산업사회 다음 단계를 초산업사회라고 규정합니다. 그 때만 해도 지식정보화사회라는 개념이 없었어요. 그 단어와 함께 지식근로자라는 단어를 쓴 건 피터 드래커라는 인물입니다. 이 책은 또한 다니엘 벨이라는, 1960년대에 이데올로기의 종말을 선언한 사람도 소개하지요. 여러분, 이데올로기의 종말이 선언된 것이 1960년대에요. 그런데 우리는 지금도 선거 때만 되면

좌우익 이념 논쟁을 하고 있습니다. 그러니 우리가 그들을 앞서갈 수 있겠냐고요.

꼭 한번 읽어 보세요. 그들이 어떻게 무엇을 예견했는지 보고 지도로 삼으세요. 낯선 길 떠날 때 지도가 필요하듯 인생을 살 때도 지도가 필요합니다. 미래학이 바로 그 지도예요. 내가 현재 어디 서 있는지, 그 길이 어디로 이어지는지를 알려줍니다.

통섭 : 지식의 대통합 | 에드워드 윌슨
존재를 실현하는 길

자, 그런데 미래학자들이 이구동성으로 하는 예견 중 하나가 2천년대는 통합의 시대라는 겁니다. 과학 안에서 더 이상 물리와 화학은 나뉘지 않습니다. 생물도 분리될 수 없어요. 천문학도 친척입니다. 과학만 그런 게 아니죠. 철학, 종교, 예술이 다 그렇습니다. 그러니 이제 서로 분리하고 싸우는 건 그만해야 한다는 거지요. 인류 최고의 가르침은 왼손 오른손을 떼어놓으면 손을 못 씻는다는 것이라잖아요. 서로 씻어 주어야 한다는 겁니다.

이 책에 소개된 멋진 일화가 있습니다. 젊은 친구들이 포도주를 만들었대요. 그리고 이름을 컨실리언스consilience라고 지은 거예요. 그들이 인터넷 사이트에 왜 와인 이름을 그렇게 정했는지 이유를 밝히는

데, 그 내용이 놀랍습니다. 한번 볼까요?

"이 단어는 한마디로 지식의 통일성을 뜻합니다. 이것은 옛날 어느 교수가 과학과 그 방법론의 철학을 한마디로 표현한 것입니다. 그는 과학이 작은 단위로 쪼개는 데 여념이 없어 전체를 못 보는 것을 걱정했습니다. 나아가 그는 이 세상 모든 것들은 다른 것과 조화를 이루며 통합되어 있으며, 문맥을 고려하지 않은 채 그들을 분리하면 그들만의 존재 이유가 손상될 수밖에 없다고 설명했습니다.…… 이는 상당히 무거운 주제이나 와인에는 더할 나위 없이 어울리는 말이며 우리 네 사람의 뜻을 완벽하게 표현하는 단어입니다. 와인은 바로 우주와 인간의 통일을 의미합니다."

기존의 사전에는 이 단어가 없대요. 그래서 이를 번역한 최재천과 장재익 교수가 고심하다가 '통섭'이라고 했습니다. 모든 건 통합되어 있다는 것, 그게 바로 영성이지요. 요즘에는 '융합'이라는 말로 더 사용되고 있습니다. 여러분도 이 정도의 단어는 알고 있어야 해요. 지식사회에서는 모르는 게 죄거든요. 그렇다고 너무 걱정 마세요. 모르면 알면 되니까요. 아는 이에게 가르쳐 달라고 하면 됩니다. 지식검색 해보면 됩니다. 아무리 어려운 단어와 개념도 아는 데 한 시간도 안 걸려요. 어찌나 친절한 인간들이 많은지.(웃음)

우주 안에서 모든 것은 하나

통합에 관한 책 한 권 더 소개합니다. 아내가 읽다가 권해준 거예요. 지금까지 소개한 책들보다 더 쉽게 음양오행과 철학과 과학을 풀어주고 있습니다. 제목도 얼마나 소박하고 단순합니까? 『삶과 온 생명』.

우리가 경험해서 다 아는 내용이어도 다시 책을 읽어 정리할 필요가 있습니다. 직관과 경험을 개념화할 수 있어야 한 단계 더 발전할 수 있기 때문이죠. 아무리 경험이 좋아도 그걸 담을 언어와 글과 개념이 없는 한 문화가 형성되지 않습니다. 부족사회가 그랬고 아프리카가 그랬죠. 자신이 깨어난 경험, 깨달은 바를 개념화하고 그걸 돕는 책을 읽어야 점점 더 그 세계가 명확해지고 확장합니다. 처음엔 다 따로 읽고 이해하죠. 다산은, 최수훈은, 공자는, 붓다는 이랬구나 하면서요. 수련의 경험을 놓치지 않고, 그걸 개념화하려는 지적인 노력을 멈추지 않으면 언젠가 다 열리고 통하게 돼 있어요. 그러니 지금 어디가 막혔다고 답답해하지 말고 그건 그대로 두고 계속 나아가세요. 그러면 어느 날 연결이 됩니다. 도통하는 거죠. 과학과 철학, 우뇌와 좌뇌, 남자와 여자, 불교와 기독교가 다 하나가 되는 겁니다.

이 책 또한 문화전통과 현대과학의 융합과 조화를 이야기해요. 온 생명, 삶이 다 열려 있으니 가능한 일이죠.

행복하기 위한 토양 가꾸기

우리가 추구하는 삶의 모양과 형태에 대해 나는 뿌듯해하는 마음이 있어요. 우리가 종교인 만들려고 하는 게 아니잖아요. 예술가나 사업가 되라고 하는 것도 아니고. 그래요. 단지 사람 되자고 하는 겁니다. 봄이면 봄이라서 좋고 겨울은 겨울대로 좋은 사람이요. 그런 세계를 경험하고 사는 사람 말입니다. 뭘 먹고 마실까 하는 문제에 갇혀서, 소유에만 얽매여서 행복이라는 걸 모른 채 살면 너무 억울하잖아요.

그런데 이 미하이 칙센트 미하이라는 사람이 말하더군요. 인간이 가장 행복할 때는 창조할 때라고요. 시카고대학 교수로 40년 동안 재직한 후 현재 피터 드러커 경영대학 교수를 하면서 〈삶의질 연구소〉 소장 일을 하는 사람이에요. 어떻게 하면 사람들의 삶이 좀더 창의적이고 행복할 수 있을지에 대해서 평생 연구한 사람입니다. 아인슈타인, 에디슨, 빌게이츠 등 창의적인 사람들 수백 명의 공통점을 연구해 내놓은 결과가 뭔 줄 아십니까? 가장 중요한 건 '토양'이라는 겁니다. 르네상스가 피렌체에서 일어날 수 있었던 것은 그런 토양이 돼 있었기 때문이라는 거지요. 예수, 공자, 이순신 이런 분들이 그 시대 그 나라에서 태어날 수 있었던 것도 토양이 돼 있었기 때문이라는 겁니다. 그러니 자식들 어떻게 키워야겠어요? 창의적인 토양을 만들어줘야 하지 않겠어요? 이 책을 읽어 보면 어떻게 그런 토양을 만들어줘야 할지가 눈에 보일 겁니다.

우주의 흐름에 융합하라

같은 저자의 책 한 권 더 소개하지요.『몰입 flow』입니다. 부제가 '미치도록 행복한 나를 만난다'예요. 멋지죠?

저자가 만든 단어 중에 최적경험, 즉 옵티컬 익스피어리언스optical experience라는 게 있어요. 모든 인간이 행복을 추구하는데 그럼 언제 가장 행복할까를 연구하다가 떠올린 단어입니다. 최적경험을 할 때 가장 행복하다는, 우리식으로 말하면 창조적으로 삶을 경영하고 사랑을 나눌 때 행복하다는 겁니다. 그래요. 행복은 우연히 그냥 주어지는 것이 아닙니다. 내가 우주적 흐름에 융합되어야 하지요. 거기서 최적경험이 일어날 때 비로소 행복을 느끼게 됩니다. 그걸 도와주는 것 중 하나가 요가와 명상이라고 저자는 말합니다. 결국 마음을 다룰 줄 모르면 외적 조건이 아무리 풍부해도 최적경험을 할 수 없다는, 우주적 몰입을 할 수 없다는 거죠. 결론적으로 이 책은 최고의 영성적 삶을 살라고 말해줍니다. 그걸 연습할 때 행복하다고요.

21세기의 인간이 되기 위하여

제목이 『생각의 탄생』입니다. 가보로 남길 만한 책이에요. 부부가 썼습니다. 남편은 생물학자고 아내는 역사학자예요. 부제가 '다빈치에서 파인만까지 창조성을 빛낸 사람들의 13가지 생각 도구'라 되어 있어요. 권두언을 이어령 선생님이 썼습니다. 내가 쓸 책을 이들이 먼저 썼다고 극찬합니다. 그러면서 요즘 대학입시에 도입된 논술이 너무 어렵다는 거예요. 그러니까 학생들이 자기 글을 못 쓰고 공식 외워서 그대로 쓴다는 거죠. 창의적인 사고를 키우려고 도입한 게 논술인데 오히려 창의성을 억압하는 도구가 되고 있음을 지적한 겁니다. 창의적인 사고란 지식만 많다고 되는 게 아니죠. 아는 게 많아도 응용을 못 하고 표현을 못 하면 소용이 없습니다. 이 책은 그걸 꿰뚫고 있어요. 우리가 왜 그런 인간이 되었을까, 하고 물음을 던지죠. 예전에는 박사면 무조건 똑똑하고 훌륭한 사람인 줄 알았죠. 그러나 21세기 전인시대, 통합시대의 관점에서 볼 때 자기 분야만 아는 사람은 박사가 아니라 협사예요.

이 책은 현재의 시대가 요구하는 전인적인, 통합적인 인간들, 우리보다 앞서 살다 간 다빈치, 아인슈타인, 뒤쌍, 제인 구달 등의 사람들을 연구하여 내놓습니다. 어떻게 하면 창조적인 지성을 계발할 수 있는지를 13가지의 도구와 방법을 통해 일러주는 거예요. 예를 들어 그 하나는 '생각을 생각하기'입니다. 생각에 빠지지 말고 자기가 무슨 생각을 하고 있는지를 생각해 보라는 거지요. 그렇게 해서 생각의 차원을 바꾸는 거예요. 그걸 또 통합시켜서 자기 세계를 형성하게 하죠. 그 때 뭔가 나타난다는 겁니다.

21세기 교육의 목적이 통합된 전인을 길러내는 거라 하지요. 협소한 전문가가 아닌 전인이 되어야 해요. 창조적인 사람은 일과 놀이, 취미를 조화시킬 수 있는 사람이에요. 놀기만 해서도, 일에만 빠져서도 안되죠. 그래서 21세기 교육은 과학을 가르치는 만큼 인문학과 예술을 같이 가르쳐야 하는 겁니다. 그런데 현실은 어떻죠? 요즘 학교에 음악 미술 선생이 없다면서요. 예능교사 한 명이 두 학교나 세 학교를 맡는대요. 수능에 안 들어가니까 1학년만 예능을 배우면서 생기는 현상이죠. 이러면서 아이들에게 창의적이 돼라고 강요한들 창의적으로 성장하겠습니까?

이 책에서 말하는 전인교육, 통합교육의 기본 목표 8가지가 참 대단해요. 그 첫째가 '학생들에게 보편적인 창조의 과정을 가르친다'입니다. 한마디로 암기교육 하지 말라는 거죠. 둘째, 셋째가 '창조과정에 필요한 직관적인 상상의 기술을 가르친다', '예술을 가르친다'예요. 그 다음이 '혁신을 위해 공통의 언어를 사용함으로써 교과를 통합해야 한다'. 철학, 과학, 미학의 용어들을 공통의 언어로 만들어야 그걸 알아듣고 통합적으로 표현하게 된다는 얘기죠. 김홍호 선생님이 기독교 용어를 불교와 도교 용어로 해설한 것도 바로 이 작업 하신 겁니다. 다섯째는 '한 과목에서 배운 것을 여러 분야에 응용할 수 있어야 한다'. 르네상스적 인간, 뭐든 다 할 수 있는 원만한 사람이 되어야 한다는 거지요.

그 다음이 '과목 간의 경계를 성공적으로 허문 사람들의 경험을 활용해야 한다', '자기 과목에 해당하는 개념을 다양한 형태로 발표하는 법을 가르친다', 마지막이 '상상력이 풍부한 만능인을 양성한다'입니다. 이게 바로 21세기의 인간형이란 거죠.

자, 어때요? 읽고 싶지 않습니까? 오늘은 이만큼 합니다.

존재, 여기 나 없이 있음

제네시 일기

하루를 사는 사람

인생수업

사람마다 슬럼프를 겪고 실의와 아픔을 거칩니다. 방황을 합니다. 하지만 방황이 길고 슬럼프가 지독할수록, 어쩌면 그 사람이 빛을 발할 때는 더 환하지 않을까요? 나 또한 방황의 시절을 거쳤습니다. 불안했어요. 이게 옳은 길일까 의심하고 이러다 실패하는 건 아닌가 두려웠지요. 같은 길을 가는 사람이 주변에 많으면 안 불안하지요. 그래서 군중과 무리 속에 있으면 안심이 되는 겁니다.

　하지만 스승을 따르는 제자는 어느 단계에서는 끊임없이 불안해하지요. 결국 우리 삶도 제자로 거듭날 것인가, 아니면 무리 속에 묻혀 살 것인가를 선택하기 위한 여정이 아닐까 싶습니다. 그 여정 위에서 방황할 때 예수원에 가서 침묵수련을 했어요. 그 때 가져간 책이 바로 헨리 나우웬의 『제네시 일기』입니다.

모든 것은 이미 내 안에

저자는 예일대와 하버드대 교수였습니다. 세계적인 강사에 저술가, 영성가로 추앙을 받는데도 저자는 스스로 불안을 느껴요. 그래서 들어간 곳이 트라티스트라는 관상수도원입니다. 거기서 7개월을 살면서 쓴 책이 『제네시 일기』예요.

수도원에서 노동을 하고 기도를 하고 일주일에 한 번 원장과 면담을 하지요. 어느 날 헨리 나우엔이 원장선사에게 묻습니다. '저의 관심은 하나님의 영광을 드러내는 것입니다. 어떻게 하면 될까요?' 이건 내 질문이기도 했어요. 그러자 선사가 대답합니다. '당신 자체가 하나님의 영광입니다. 그러니 밖에서 구하지 마십시오. 있는 그대로의 자아를 어떻게 실현할 것인가를 생각하세요.'

그 구절을 읽으며 나 자신이 번쩍 깨어나는 것을 느꼈습니다. 그래, 바깥에서 구하면 사업가가 되지. 하지만 나는 사업가가 아니지 않은가. 이런 생각이 든 겁니다. 훗날 틱낫한 스님 책을 읽는데 그분 역시 행복을 찾아 진리를 찾아 헤매는 이들에게 이런 말을 들려주시지요. 그대는 이미 도착해 있다고. 성경 말씀으로 바꿔보면 하나님 나라는 이미 도래해 있다는 거 아닌가요? 내 안에 있는 것을 밖에서 찾는 이유는 에고에 속기 때문입니다. 우주심과 분리된 내 마음, 내 생각으로 살기 때문인 거죠.

어느 선생님이 아이들에게 묻습니다. 애들아, 하늘의 별이 몇 개일까? 한 친구가 대답합니다. 수백 개요. 그러자 다른 아이들이 말합니다. 아냐 수천 개야. 아냐. 그보다 훨씬 많아. 수만 개는 될걸? 그 때 한 아이가 이렇게 말을 합니다. 하늘의 별은 세 개예요. 우리집 창문은 좁아서 세 개밖에 안 보이거든요. 이럴 땐 웃어야 정상입니다.(웃음) 내가 말하려는 건 우리가 혹시 이렇게 보는 건 아닐까, 나라는 좁은 창문으로만 내 남편, 부인, 딸 아들을 보는 건 아닐까 늘 알아차려야 한다는 것이지요.

오직 하루뿐

정신과 병원에 가면 의사가 이런 질문을 합니다. 당신 지금 어디 있습니까? 우리 수련 할 때와 똑같죠?(웃음) 두 번째로는 당신 누구냐고 묻습니다. 그리고 세 번째로 지금이 언제인지 아냐고 물어요. 대부분은 모른다고 대답하지요. 여기 수련하러 오는 이들도 거의 몰라요. 다 모른 채로 옵니다.

존재가 어디 있는지, 누구인지를 물어가면서 한평생 산 사람들이 전해준 게 바로 설교고 설법입니다. 그 중 하나를 소개할게요. 김흥호 선생님의 『하루를 사는 사람』입니다. 이화여대에서 설교하신 것을 묶어서 낸 책이에요. 도인이 성경을 해석해주니 얼마나 감동이겠어요. "애벌레가 고치 되는 것이 십자가요, 나비 되는 것이 부활입니다." 이 얼마나 명쾌하냐 이 말입니다. 또 이런 구절도 있습니다. "사람은 어제를 사는 것도 아니고 오늘을, 내일을 사는 것도 아니다. 하루를 사는 것이다. 어제를 그리며 사는 것도, 내일을 위해 사는 것도, 오늘에 쫓기며 사는 것도 아니다. 오직 하루를 사는 것이다."

하루 속엔 지혜와 사랑만 있을 뿐입니다. 진리와 생명이 있을 뿐입니다. 그러니 하루를 사는 사람은 행복합니다.

인생수업 | 엘리자베스 퀴블러 로스
웃고 사랑하고 배우며 살아라

호스피스 활동을 한 분이 쓴 책이에요. 중풍으로 죽음의 문턱에까지 갔다가 살아난 다음 쓴 것이라 합니다. 『인생수업』입니다.

호스피스로 활동하면서 임종 직전의 사람들을 백여 명 만납니다. 그 사람들이 죽음을 앞두고 남기는 말이 똑같다는 걸 발견해요. 하고 싶은 거 하고 살라는 것입니다. 그러지 않는 한 살아도 사는 게 아니라는 얘기지요. 몸은 살아 있을지언정, 싸우고 미워하면서 억지로 사는 삶은 죽은 삶이라는 것입니다. 이분이 말하는 결론은 하나, 삶은 아름답다는 거죠. 사랑이고 창조고 놀이라는 겁니다. 그러니 '살라'는 거예요. 여기서 네 가지 L이 나옵니다. Live, Love, Laugh, Learn. 삶 안에서 이 네 개는 안 떨어져 있어요. 배우는 이는 사랑합니다. 웃습니다. 웃으면 잘 배우고 사랑합니다. 사랑하는 이 또한 늘 웃고 배웁니다. 그렇게 살아 갑니다.

호스피스란 말은 원래 예루살렘을 순례하던 이들이 묵었던 여관을 가리켰대요. 그런데 요즘에는 임종을 앞둔 환자들이 묵는 곳으로 바뀌었죠. 우리나라에는 78년엔가 들어왔고, 그동안 가톨릭계 병원과 대학에서 호스피스 정신을 보급하는 데 앞장선 덕분에 지금은 많이 대중화된 상태입니다. 호스피스는 삶에 대한 집착에서 벗어나 행복하게 죽음을 맞이하는 법을 알려주는 좋은 제도죠. 나중에 기회가 되면 호스피스 교육을 받아보세요. 아주 뛰어난 영적교육이라는 걸 알게 될 것입니다. 물론 그 전에 이 책을 읽어보는 건 필수고요. (웃음)

오늘은 여기까지 합니다.

지식인으로 살아가기

나는 이런 책을 읽어왔다
생각정리의 기술
지식인 마을에 가다
디지로그

지식사회에 살면서 지식이 없다면 그건 죄예요. 죄를 안 지으려면 물어야 해요. 지식검색을 하면 됩니다. 몸의 성장이 어느 날 그치죠? 정신도 마찬가집니다. 더 이상 지식에 대한 욕구가 사라질 때, 앎의 욕구가 사라질 때 정신은 성장을 멈추는 겁니다. 바울이 그랬죠. 겉사람은 늙지만 속사람은 날로 새로워진다고요. 그렇게 새롭게 사는 비결은 공부를 하는 것입니다. 물어서 아는 겁니다.

그런데 공부에도 요령이 있지요. 먼저 선생님을 정해야 해요. 자기 전공, 회사, 학과를 택해서 입문해야 한다고요. 일단 정해서 들어가야 합니다. 깍지 안에 있지 않으면 콩이 안 돼요. 나오는 건 그 안에서 큰 다음에 할 일입니다. 그리고 들어갔으면 무조건 예, 하고 따라야 합니다. 그럼 복종한다는 게 뭐냐, 그건 나보다 큰 사람이 쓴 책, 그가 읽는 책은 다 읽는 겁니다.

　다치바나 다카시란 사람이 있지요.『나는 이런 책을 읽었다』의 저자입니다. 그도 이렇게 말합니다. 선생을 정해라, 그리고 그가 읽는 책은 다 읽어라, 그러면 넘어선다. 안 그러면 받지도 못 하고 주지도 못 합니다. 자, 오늘 강의는 그 사람의 책으로 시작합니다.

독서에도 '법'이 있다

동경대에서 불문학을 공부한 다음 졸업 후 다시 철학을 한 사람입니다. 지식욕이 많아요. 책도 무지하게 읽었죠. 그걸 정리하기 위해 집까지 지었습니다. 그리고는 '실전에 필요한 14가지 독서법'이란 제목의 칼럼을 신문에 썼어요. 책을 어떻게 읽고 정리하는가를 알려주는 데 귀재입니다.

책 사는 데 돈 아끼지 말라는 말 있지요? 반면 이렇게 말하는 이도 있습니다. 전에도 책을 안 읽었는데 이제 와서 뭐 하러 읽냐고요. 그러면서 덧붙이는 말이 요즘은 책이 비싸서 사기 힘들다는 겁니다. 하지만 생각해 보세요. 저자가 그 책 한 권 쓰기 위해 얼마나 많은 책을 읽었을까요? 최소한 백 권은 넘게 읽지 않았을까요? 그것도 몇 년에 걸쳐서 말입니다. 그러니 내가 책 한 권을 산다는 건 그 분야의 책 몇 백 권을 구입하는 거나 마찬가지라 할 수 있지요. 그러니 책이 비싸다고 하는 건 도둑놈 심보죠. 도둑놈은 또 있습니다. 어떤 주제에 대해 딱 한 권으로 마스터하려는 사람이에요. 이런 사람이 돈 버는 법 알려주는 책 한 권 읽고 그대로 했는데 안 되더라고 욕합니다. 멍청한 짓이죠. 최소한 몇 권은 읽어야 밑그림이 나오는데 말입니다.

또한 저자는 책 선택과 관련하여 실패를 두려워하지 말라고 해요. 실패의 경험이 쌓여야 책도 선택을 잘 할 수 있다는 이야기죠. 자신의 수준에 맞지 않는 책은 무리해서 읽지 말라고도 합니다. 한마디로 폼 잡지 말라는 거예요. 읽다가 자기 수준에 안 맞는 거 같으면 미련 없이 포기하라고 말합니다. 나중에 그만한 수준이 되었을 때 다시 읽으면 되니까요. 저자는 또한 속독법을 몸에 익혀라, 책 읽는 도중에 메모하지 마라, 남의 의견이나 가이드에 현혹되지 마라, 책 읽는 동안 적당히 의심하라는 등의 조언도 해줍니다. 하지만 무엇보다 중요한 건 '책 읽는 시간을 꼭 만들라'는 것이지요.

지식 축적 없이 오늘이 있을 수 있을까요? 동물과 인간의 차이가 거기에 있습니다. 그러니 우리도 더 열심히 축적해서 후대에 물려줘야겠죠. 그게 지구가 밝아지는 길이니까요. 그러니 여러분도 부동산만 유산 받을 게 아니라 철학 예술 종교 다 유산으로 받아서 전하시길 바랍니다.

생각정리의 기술 | 드니 르보

말끔한 생을 위한 마인드맵

공자가 그런 말을 했어요. "들으면 잊어버린다. 보면 기억은 한다. 행동하면 이해한다." 듣고 보기만 하면 한계가 있다는 겁니다. 그걸 자기 식으로 정리해서 행동을 해야 해요. 그에 필요한 것이 바로 마인드맵입니다.

토니 브잔이라는 사람이 있었어요. 그가 다빈치를 연구하다가 그의 생각에 반합니다. 그런데 알고 보니 다빈치는 생각을 정리하는 기술을 알고 있었어요. 그걸 체계화한 것이 토니 브잔의 마인드맵입니다. 다빈치를 연구하다가 알게 된 생각의 기술과 방법을 시대에 맞게 발전시키고 퍼뜨린 것이죠.

우리 삶에도 정리가 필요합니다. 정리를 못하면 어지러워요. 어떤 사람이 자기 그룹 모임에 쓰겠다며 수련원을 빌려 달래요. 그래서 빌려 줬죠. 그런데 나가면서 정리를 하나도 안 하고 간 거예요. 그런 사람에게 다시 수련원 빌려주겠습니까? 정리가 필요할 때는 정리를 해야 인생도 말끔해집니다.

호기심과 열정의 세계로 진입하라

장대익이라는 분이 쓴 책입니다. 과학고를 나와 카이스트에 갑니다. 거기서 철학에 빠져서 과학사를 전공한 후 다시 서울대 철학과를 가지요. 저자는 사람이 돈이 많아도 풍요롭지 못한 건 인문학의 부재 탓이라 봅니다. 거꾸로 말하면 인문학을 복원하는 게 행복해지는 지름길이라고 본 것이죠. 이런 진단에 동의하는 사람들이 모여서 출판사 〈김영사〉 사장의 주도로 프로젝트를 기획합니다. 프로젝트 이름이 '지식인 마을 건설'이에요.

그 지식인 마을엔 거리가 전부 네 개 있어요. 플라톤가, 다윈가, 촘스키가, 아인슈타인가 이렇게요. 『지식인 마을에 가다』, 이 책은 그 마을에 사는 동서양 지식인 100명을 소개하고 있습니다.

이 책을 보면 공부를 어떻게 해야 하는지가 보여요. 가장 첫째는 그들이 평생에 걸쳐 물은 게 무엇인지를 알고 왜 그랬을까를 이해하는 겁니다. 김흥호 선생님의 핵심은 '생각'이었죠. 이렇게 뭐든 단어 하나 문장 하나로 정리할 줄 알아야 해요. 유영모 선생님의 사상은 '일'로 집약돼 있었고요. 그럼 노자는 뭐였죠? 예, '무無'였습니다. 공자는 '인仁'이었고요. 그럼 왜 그들은 그걸 화두로 삼은 걸까요? 플라톤이 철인을, 피타고라스가 수를, 함석헌이 씨알을 잡은 이유는 무엇이었을까 그걸 알아야 합니다. 거기서 한 걸음 더 나아가면 이제 그 사람의 지적인 동무가 누구였고 맞수는 누구였는가를 아는 게 필요합니다. 그리고 마지막으로는 주변 상황, 즉 그 사람이 어떤 시대에 태어났고 성격은 어땠고 사생활은 어땠는지를 알면 됩니다. 이렇게만 하면 그 사람에 대한 공부는 거의 끝나는 거예요.

『지식인 마을에 가다』는 시리즈의 첫 권이에요. 그래서 큰 틀만 소개하고 있지요. 더 구체적으로 공부를 하려면 한 사람 한 사람의 사상을 구체적으로 다루는 책들을 따로 봐야 해요. 그렇게만 하면 동서양 철학과 사상의 맥을 잡지 않을까 싶습니다.

디지털과 아날로그의 통합을 위해

그 다음 책은 다시 이어령 선생입니다. 『디지로그』예요.

디지로그는 디지털과 아날로그를 합해서 만든 단어입니다. 디지털은 원래 짐승의 손가락, 발가락을 의미하는 단어라고 해요. 나눌 수 있다는 걸 의미합니다. 본래 소리는 아날로그죠. 특성이 흐르는 겁니다. 넣고 빼거나 할 수가 없어요. 그런데 디지털이 도입되면서 그걸 자르기 시작합니다. 잘라서 사이에 다른 걸 끼워 넣어요. 소위 말하는 편집을 하는 거죠. 김광석 기념하는 음반이 그렇게 만들어진 거잖아요. 한 노래를 강산에, 윤도현 등 여러 가수가 부르는데 그들은 서로 만난 적도 없대요. 다 따로 노래한 것을 녹음해서 갖다가 붙인 겁니다. 심지어는 반주도 따로 한다잖아요. 그러니 음반을 편집자가 만든다는 말이 나오는 거죠. 이처럼 디지털은 빠르고 편합니다. 그러나 그것만으로는 안 된다는 거죠. 가슴은 여전히 아날로그적인 속성을 갖고 있고 그걸 추구한다는 거예요. 그러니 둘을 합하자는 게 이 책의 주장입니다.

지금과 같은 네트워크 시대에 꼭 읽어야 할 책입니다. 왜냐? 디지털을 어색해 해서는 안 되고, 그렇다고 아날로그도 멀리 해서는 안 되는 시대이니까요. 그것을 통합하는 것이 정말 지식인으로 사는 길입니다.

———

닫는 글

'저이는 참 아름다운 삶을 살았어' 하고 감탄하게 되는 사람 가운데 한 명이 〈동광원〉의 김준호 선생입니다. 평생을 자기 수련하면서 사신 분이죠. 어느 해에 그 분과 해인사 도솔암에서 위빠싸나 수련을 함께 하게 되었어요. 5박 6일의 수련을 마치고 나오는데 이렇게 말씀하시는 겁니다. 자기 수도원에 있는 식구들은 누가 와도, 그가 스님이든 목사든 선사든 거부를 안 한다고요. 그를 이해하든 못 하든 그냥 듣고 있는 수준은 된다고요.

　그 때 그런 생각을 했습니다. 나와 함께 영성수련을 하고 그를 삶에 적용하는 교우들도 최소한 그 정도는 되었으면 좋겠다고요. 나와는 다른 말을 해도, 그게 설령 모르는 말이라 해도 가만히 듣고 있는 정도는 되었으면 좋겠다고요.

　이게 쉬울 거 같죠? 굉장히 어렵습니다. 사람들 성향이 그래요. 자기가 모르는 얘기, 안 들으려 합니다. 자기가 아는 것과 조금이라도 다른 얘기가 나오면 즉각 거부반응 일으킵니다. 모르면 물어서 알아야 하는데, 다른 것 같으면 들어서 알아야 하는데 안 그래요. 그러니 한 번 모르는 건 계속 모를 수밖에 없는 거지요.

지난 몇 달 동안 책 강의를 한 건 모르는 거 알자고 한 일입니다. 이런 내가 좋다고 스스로 감동하고 남에게 감동주는, 그런 성공한 삶을 살게 하려고 시작한 일입니다. 알아야 행복해지고 알아야 풍성해지는 시대에 살고 있으니까요. 들어주는 여러분이 있어 덕분에 참 즐겁고 보람 있었습니다. 책을 고르는 시간, 그걸 준비해 와 나누는 시간. 그 시간들을 잊지 못할 것입니다.

　앞으로 여러분이 이 150권의 책을 통해 삶의 예술가들로 성장하는 걸 보게 된다면 얼마나 더 행복해질까요? 앎과 행동의 합일과 조화로 자신만의 눈부신 작품을 만들어가는 것을 감상하게 된다면 얼마나 뿌듯할까요?

　그렇게 되길 바라는 마음으로 책 강의를 마감합니다. 오늘따라 유난히 책의 향기, 우리 삶의 향기가 진하게 느껴지는 듯합니다. 만권독서, 만리여행입니다.

　고맙습니다.

마음독서

초판 1쇄 발행 | 2014년 2월 10일

지은이   장길섭

책임편집   김인호
디자인   박은진 · 김한기
펴낸곳   나마스테
발행인   김인호
주소   서울 마포구 서교동 어울마당로 5길 17(서교동, 5층)
전화   322-3885(편집), 322-3575(마케팅부)
팩스   322-3858
E-mail   badabooks@gmail.com
홈페이지   www.badabooks.co.kr
출판등록일 1996년 5월 8일
등록번호   제 10-1288호

ISBN 978-89-5561-666-8 03810

※ 나마스테는 바다출판사의 자회사입니다.